KB129894

문갑연 소설집

꿈꾸는 사람들

청어 도서출판

꿈꾸는 사람들

문갑연 소설집

| 작가의 말 |

올해도 장편소설을 계획했었는데⋯, 소설집을 먼저 내야겠다는 결심으로 돌아서게 된 것이 꿈만 같다. 그 동안 개발제한구역 주민들의 부당함을 더 증명해야 한다는 생각에서 자유롭지 못한 채 장편에만 몰두하다보니, 2010년에 소설집을 내고는 9년이라는 길다면 긴 기간에 각 문학지에 게재된 단편들이, 이미 기억 속에서 사라져 가고 있었다는 사실을 깨닫는 순간 내 것에 대한 강한 애정이 솟구쳤다. 즉시 하나하나 찾아내어 정리하기 시작했다.

내 시선에 비친 사회 곳곳에 산재되어 있는 부조리와 놓쳐버릴 수 없는 삶의 진실, 아름다운 추억들에 이어 인간의 야망으로 침몰되어가던 양심을 건져 올려보겠노라고 안간힘을 쓰던 내 몸부림의 현장이 조금씩 깨어나나 싶었는데, 생각지도 않았던 두려움이 엄습했다. 나로서는 그래도 최선을 다한 결과물이기에 혼란스럽다고 해서 소중한 분신들을 외면할 수 없었다. 다행히 느린 걸음이지만 쉬지 않고 계속하여 창작의 끈을 놓치지 않았던 터라, 그 여파를 몰아 살을 붙이고 또 떼내야 하는 작업 역시 만만찮은 옥죄임과 인고의 시간을 요했지만 포기할 수 없었다. 다행히 출판사 청어를 만나 계속되던 갈등을 해소하는 데 많은 도움이 되었다.

이런 저런 복잡다단함 가운데서도 내 삶의 의미를 부여해 주는, 소중한 가족들이 있다는 사실은 나를 매우 든든하게 한다. 거기다가 전혀 보장되지 않은 또 하나의 도전에도 힘이 되어주니 감사하다. 이들은, 언제나 내 의식을 지배하고 있어서 그 어떤 순간에도 영혼까지 좌우한 채 삶에 대한 욕구를 충족시켜주기 때문이다. 그들을 향한 해바라기는 어떠한 상황에서도 내 삶을 지탱하는데 필수요건이 되어 주는 것 역시 변함없기는 마찬가지다. 그리움으로 휑하니 빈 가슴이 채워지지는 못해도 좌절하지 않고 기대감으로 나아가게 하는 힘, 즉 내 생존의 이유이자 현존케 하는 가장 소중한 무기로 작용해 준다. 비록 창작의 과정은 고달프고 긴 인내를 요구하지만, 자손들의 흔적을 인질로 그들의 노력에 뒤지지 않을 만큼 나를 연마해 보겠노라는 소망은 물론 내 손이 미치지 못하는 아주 먼 그들과의 거리가 오히려 나를 견고하게 하는 요건이 되리라 기대한다. 내가 존재하는 한, 미미하게 시작된 한 그루의 나무들이 더 단단한 뿌리로 어떠한 땅에서도 뻗어 나기기를 꿈꾸며 기도할 것이다. 비록 지금은 내 손이 닿지 못하는 먼 이국땅으로 훌쩍 다 떠났기에 당연히 서럽고 그립지만, 그럴수록 창조주의 위대한 손과 시선을 더욱 신뢰하게 된다. 그리움과 한이 여생 가운데서 못다 해갈된다 해도, 나는 여전히 소설 창작으로 안정과 평안을 누릴 수 있기를 소망한다. 할 일이 있다는 건 감사한 일이다.

| 차례 |

반추

반추

금희가 광활한 대지 위에 흐드러지게 핀 유채 꽃 사이로 걸어가고 있었다. 그녀는 너무 반가워 목청껏 금희야!라고 불렀다. 하지만 소리도 나오지 않고 뛰어도 움직여지지 않았다. 그녀가 꿈속에서 얼마나 용을 썼으면 전신에 식은땀이 흥건했다.

그녀는 아직 남아있는 어둠을 뚫고 조반 준비를 서둘렀다. 어제 밤까지도 동기동창회 참석을 저울질했기 때문이다.

버스는 어느덧 시내로 접어들고 있었다. 그녀의 시선은 줄곧 차창 밖에 머물렀다. 하지만 초점 잃은 그녀의 눈에는 아무것도 들어오지 않았고 오로지 금희 생각뿐이었다. 어떻게 변했을지 여러 모습으로 상상도 했다. 금희를 마지막으로 본 게 거의 십오 년은 더 넘었을 것이다.

이튿날 동창회에 참석하여 얻은 정보를 중심으로 금희를 찾아 나섰다. 다행히 곧 바로 금희를 만났다. 무더운 여름 날씨에도 속히 만나고 싶은 마음에 미루지 못했다. 정신분열증도 그만하다는 소식과 함께 결혼하면 남의 신세 망친다는 금희 오빠인 선생님의 결단이 동생을 아직 미혼녀로 살게 한다는 것이었다. 짧은 커트머리에 화장기 없는 금희의 모습을 보고서야 그녀는 안도의 숨을 내쉬었다. 졸업 후 첫 여름방학 때 잠깐 보았던 골방에서의 금희만 지워버릴 수 있다면 극히 평범한 한 여인의 모습으로 보아도 별 손색이 없을 것 같았다.

그녀는 버스를 타기위해 가면서도 금희를 볼 생각에 종종 걸음을 쳤다. 연신 마음은 달군 화로 가에 엿을 엊어놓은 듯 급했다. 혼자 있으면 허전하고 같이 있으면 말없이도 전혀 불편하지 않고 편안했으니까. 거기다가 몸도 마음도 혼자서 휴식을 즐기듯 그런 대상이 금희였다. 그녀와 금희와의 만남은 운명이었다고나 할까.

그녀가 금희와 친하게 된 건 중학교에 입학하여 반 짝지가 되면서부터였다. 학급이래야 남녀 합해서 달랑 한 반뿐이긴 했지만, 그녀로서는 금희와 짝꿍이 되었다는 사실은 특별히 선택된 학생에게 돌아오는 행운이라고까지 생각했다.

금희의 얼굴과 머릿결은 항상 윤기가 자르르 흘렀다. 교복 윗도리의 하얀 칼라는 언제나 깨끗했고 빳빳하게 세워져 있었다. 거기다가 비단결처럼 고운 피부에 눈의 곡선을 따라 선명하게 그려진 쌍까풀도 매력적이었지만, 가장 독특한 것은 까만 속눈썹이 얼마나 길었으면 연필을 올려놓아도 될 것처럼 보였다. 거기다가 말수가 적다보니 도도하다는 꼬리표는 떨어질 날이 없었다. 날이 갈수록 금희가 정이 많은 친구라는 사실이 가슴으로 새록새록 느껴지기 시작했다.

귀자가 금희 네와 담 하나를 사이에 두고 산다는 것을 알은 건 그녀가 일학년 일 학기 어느 토요일 방과 후였다. 금희가 재미있는 소설책을 빌려 줄 테니 같이 읽자고 해서 그녀가 막 대문을 들어서고 있을 때다. 마침 귀자가 옆집에서 담 너머로 발돋움을 하고는 겨우 얼굴만 내밀면서 금희 네를 훔쳐보고 있었다. 귀자는 자기 집이 거기라며 그녀더러 오라고 했다. 그녀가 손사래를 치자 담 가까이로 바싹 얼굴을 대며 낮은 음성으로 말했다.

"금희는 남의 집에 살아, 세 얻어서."

그러고 보니 귀자네 집이 매우 컸다. 세 들어 산다는 슬레이트 지붕인 금희 네와는 달리 위채 아래채 다 지붕은 기와를 얹었는데, 그 외도 작은 집 몇 채가 넓은 대지 여기저기 우거진 숲속에 더 숨어 있었다. 특히 위채의 건평이 꽤 넓어보였고 높이도 이층 이상으로 덩그렇다. 얼른 보아도 부잣집이 틀림없었다.

"어머! 저게 다 너네 집이야!?"

"곧 친구들이 올 거야. 셋집인 좁은 금희 네보다 우리 집에서 같이 노는 게 낫겠지?"

그녀는 귀자의 집을 보는 순간 저런 큰 집도 다 있나? 싶었다. 난생 처음 보는 부잣집 같은 크고 좋은 집이었다. 하지만 귀자가 사는 집은 너무 넓고 큰 집이라 그녀와는 상관없이 느껴졌다. 오히려 금희가 사는 집은 아담하고 정겨웠다. 그래서 부럽기도 했다. 그녀 집은 초가집이고 대문도 없지만, 첫째 금희네는 슬레이트 지붕에 대문도 있다. 그것도 철 대문이다. 빨간 페인트까지 칠해져 있었다. 문이 없는 농촌 집과는 다르게 마루에도 사방으로 유리 창문이 달린 나무문으로 막았다. 거기다가 마당에는 온갖 티끌과 나뭇가지, 나뭇잎 등의 잡동사니로 어질러있고, 아직 숙성 되지 않은 퇴비 더미에서 나는 악취로 코를 찌르는 농가의 마당과는 다르다. 그녀의 집에 있는 마당과는 달리 티끌하나 없이 깨끗했다. 그녀는 이렇게 깨끗한 집은 처음 본다. 대문 반대쪽 집 벽에 붙어있는 화장실만 해도, 아래채 후미진 곳에 문도 없이 발을 올려놓는 나무 깔판에는 언제나 오물로 질퍽거리는 그녀의 집 화장실과는 차원이 달랐다. 볼일을 볼 때 발을 올려놓는 깔판은 마르고 깨끗했다. 거기다가 오물이 담긴 곳과 깔판과는 거리가 멀어서 볼일을 봐도 몸에 튀어오를 염려도 없었다. 마루 옆문을 열고 들어가게 되어 있는 부엌에는 지저분한 땔나무도 없다.

그녀는 이런 데서 살아봤으면 원도 없겠다고 생각했다. 그녀는 책상도 없이 바닥에 배를 깔거나 밥상을 놓고 공부를 하는데, 금희는 의자가 있는 책상이 있고 책꽂이에 참고서도 꽂혀있었다. 부러웠다. 그녀의 시선은 다시 맞은 편 벽에 걸려있는 사진으로 옮겨갔다.

"할머니야! 내가 이 학교로 전학 오기 전에 돌아가셨어."

금희와 나란히 앉아있는 사진속의 할머니를 소개했다. 갑자기 금희의 목소리가 젖더니 잠시 침묵한 후 계속했다. 할아버지는 자기가 나기 전에 돌아가셨고, 아버지와 어머니는 교통사고로 초등학교 삼학년 때 돌아가셨다는 것이다. 그녀의 시선이 사진 속 벽에 있는 성모마리아 상으로 이동하고 있을 때, 금희가 우리 할머니는 진실한 천주교 신자셨어, 했다. 이때 마침 밖에서 인기척이 났다. 금희가 문을 열자 키가 큰 선배언니가 여러 권의 책을 안고 들어왔다. 그녀의 눈이 휘둥그레졌다. 교과서 외 이렇게 많은 책을 본 적이 없었기 때문이다. 집에는 주로 오빠 언니들이 보던 교과서나 대학에서 배우는 어려운 책들이고, 그 중에는 영어 원서로 된 책도 몇 권 있었는데 딱히 그녀가 읽어

볼 만한 서적은 없었다. 하지만 오빠들이 외울 정도로 읽은 삼국지는 방학 때만 되면 완독하려고 작심을 한다. 하지만 번번이 다섯 장을 못 넘겼다. 가끔씩은 색 바랜 신문지조각이나 찢어진 책장조각을 학교 화장실에서 몇 번 가져와 읽은 적은 있다. 그 외는 초등학교 때 독서를 좋아하는 민자가 가끔씩 낡은 동화책을 쉬는 시간에 눈물을 찔끔거리면서 큰 소리로 읽어주던 걸 듣는 게 고작이었다.

셋이서 한창 독서에 빠져있을 때, 학생들의 왁자지껄 떠드는 소리가 귀자 집에서 들려왔다. 그 소리는 죽었다 살아나기를 반복했다. "귀자 제는 매일 친구들이네. 제네 집 살림 거덜 내겠다. 부자도 옛날 부자지, 지금은 소라껍질처럼 집만 덩그렇게 남았지 막상 속은 텅텅 다 비었다던데…. 철없기는." 선배언니는 안쓰럽다는 투로 혀까지 툭툭 쳤다.

시간이 지날수록 더 많은 남녀학생들의 소리가 어우러진 채 들려왔다. 그녀는 궁금하여 둘에게 방해 되지 않기 위해 살그머니 방을 나왔다. 마주보이는 귀자네 아래채의 넓은 마루에서 남녀 학생이 둥글게 앉아 손수건 놓기를 하고 있었다. 그러다가 새 술래가 나오면 모두가 웃음보를 터뜨렸는데, 웃는 행동들은 다 각각이었다. 손뼉을 치는 학생이 있는가 하면 또 어떤 학생은 옆 학생을 때렸다. 또 어떤 학생은 배를 잡고 앞으로 꼬꾸라지면서 웃었다. 그러다가 귀자가 술래가 되자, 남학생들이 손뼉을 치면서 한목소리로 소리를 지르는 걸로 보아 뭔가를 주문하는 듯했다. 잠시 후 귀자가 결심을 했는지 천천히 중앙으로 나오더니 춤을 추기 시작했다. 귀자의 성격으로는 동작이 느리고 유연한 한국무용이 어울리지 않을 것 같은데 생각보다 잘 췄다.

그녀는 마루 문 유리창으로 이 광경을 훔쳐보다가 어느새 문을 열고 밖으로 나왔다. 이때 한 남학생이 대문 안으로 얼굴을 내밀었다. 그는 쭈뼛쭈뼛 안으로 들어오더니 담임선생님의 심부름을 왔다며 쪽지를 금희에게 전해 달라고 했다. 그러고는 금희가 나올 때까지 밖에서 기다리겠다는 것이었다. 하지만 금희는 쪽지를 읽자마자 찢어버리고 다시 책속으로 빠졌다. 얼마 후 언니가 금희의 옆구리를 툭 치면서 나무랐다.

"그래도 그렇지 선생님의 심부름인데…, 학생이 밖에서 기다린다지 않니!"

그때서야 금희는 그게 아니고 남자 선배가 여동생이 없으니 의남매를 맺자는 내용이라고 실토했다. 이름을 대니 언니가 안다면서 괜찮은 학생이라 했다. 첫째 인물이 반반하고 공부도 제법하며 얌전하다고, 하지만 금희는 한마디로 언니의 말을 잘라버렸다.

"난 그런데 관심 없다는 걸 언니가 더 잘 알잖아요!"

하지만 언니는 금희가 내린 결정이 아쉬운지, 책에만 처박고 있던 시선까지 떼고서는 막무가내로 거부반응만 보일게 아니라 단 한 번이라도 생각해 보라는 것이었다. 하지만 금희의 생각에는 변함이 없었다. 그날 그녀는 금희의 결단성에 감탄했다. 아직은 미성년자로 주체의식이 바로서지 못할 나이인데, 그토록 단호한 결단을 내릴 수 있다는 게 존경스럽기까지 했다. 그녀가 얼마 전 남학생으로부터 편지를 받았을 때를 비교해 보면 너무나 판이했기 때문이다.

마침 그날 같이 다니던 민자가 결석을 했었다. 그녀는 막 갈림길에서 친구들과 헤어져 혼자 걸어가고 있었다. 한 남학생이 뒤쫓아 오더니 혼자만 보라는 당부와 함께 메모지를 가방에 밀어 넣었다. 가슴이 뛰기 시작했다. 꼭 죄 지은 사람처럼 다리가 후들후들 떨렸었다. 그런데 금희는 너무 태연하다. 사람이 아니고 목석간장인가. 하지만 곧 그녀는 자책했다. 금희가 아직은 미성년이지만 정신연령은 성인이나 진배없다. 그녀는 금희를 돌아보았다. 금희는 변함없이 책속에 빠져있었다. 어떻게 저토록 독서에 집중할 수 있을까. 그녀는 이해가 안 갔다.

중학생이 된 후 첫 소풍날이었다. 점심시간에 금희가 보이지 않았다. 그녀는 옆에 있던 귀자에게 금희를 보았느냐고 물었다. 그러자 귀자가 "야! 정말 몰라?" 했다. 그녀는 귀자의 말뜻을 알아차리지 못해 의아한 눈빛으로 "뭘?" 하고 물었다. 그때 귀자가 퉁명스럽게 "저길 봐!"라며 선생들이 둘러앉은 곳을 턱으로 가리켰다. 그녀는 정말 자신의 눈을 의심했다. 거기에 금희가 앉아있었기 때문이다. "저 광경을 봐도 모르겠니? 금희 자는 진수성찬에 학부형들이 선생님께 싸드린 맛난 건 다 먹을 텐데 네가 왜 자알 걱정하니! 넌 정말 걱정도 팔자다야!" 그래도 그녀는 이유를 몰라서 옷소매로 눈을 쓱 닦고 다시 금희를 봤다.

귀자가 또 비아냥거렸다. "쳇, 선생 동생이면 단가? 콧대는 엄청 쎄갖고, 제는 자기가 꼭 공주마마라도 되는 줄 안다니까. 주제도 모르면서, 금희 제는 엄마 아빠도 없어 야. 할머니가 키웠데. 아무리 오빠가 선생님으로서니 자기 부모만 할까? 그런 주제에 잘난 척은 혼자서 다 한다니까!" 그녀는 귀자가 이웃사촌인 금희에게 악감정을 가졌다는 게 이해할 수가 없었다. 그런데다가 귀자의 입에서 나온 다음 말 때문에 그녀는 너무 놀라서 맥이 다 빠졌다. "흥, 학생들한테 가장 인기 많은 영어선생님이 오빠니까 도도하게 굴겠지!" 그녀는 귀자의 말을 듣다가 놀라서 "그럼 금희가 영어선생님의 여동생!" 하자, 귀자가 그녀를 흘겨 보더니 "그러니 걱정 말고 너나 잘 챙겨 먹어!"라며 혀까지 쏙 내 밀면서 야유했다. 그러고는 "고 앙큼한 계집애, 네하고 그렇게 붙어 다니면서도 아직 자기 정체까지 감추었다니 도대체 무슨 속셈인지 모르겠네!" 하지만 곧 다시 귀자는 그녀에게로 화살을 돌려, "명숙이 너도 참 딱하다 야! 이제 실속 좀 차려! 아무도 친구해 주지 않으니까 촌구석에 사는 순진한 널 꼬드긴 거라고. 알겠니?"라며 충고했다.

그녀는 동창회 장소인 식당에 도착하여 주인의 안내를 받으며 지정된 홀로 들어갔다. 이미 와있던 30명가량의 동기동창 중에 금희는 보이지 않았다. 벌써 상 위의 불판에서는 오리고기가 익고 있었다. 누가 큰 소리로 우리 나이가 되면 성인병을 염려하지 않을 수 없는데, 불포화지방산 메뉴를 선택해서 잘했다고 했다. 오리고기와 궁합이 맞은 부추 겉절이와 갓 백김치에 기본인 배추김치와 쌈으로는 상치, 깻잎 등과 오이, 풋고추도 담겨있었다. 술병과 음료수병도 군데군데 놓였다.

금희를 찾던 그녀의 시선이 귀자에게 가 멈췄다. 제법 부티 나게 차려입은 귀자는 남녀동창들의 시선을 한 몸에 받으며 주거니 받거니 하다가 그녀를 힐금 쳐다보더니, 즉시 시선을 거둔 채 친구들과 다시 어울렸다. 간호고등학교를 졸업하고 양호교사를 한다던 귀자의 갈색피부가, 지금의 생활수준에 걸맞은 외모를 유지하느라 마사지 숍에 드나들면서 피부 관리를 하는지 얼굴이 유리알처럼 투명하고 하얗다. 사람들은 상대방으로부터 상처 받은 건 오래토록 기억해도 상처를 입힌 것은 기억을 못하는 게 일반적이라고 했던가. 귀자 역시 자기 딴에는 금희와 이웃집에 살면서 친하고 싶었으나 그녀가 중간에 끼여 있기 때문이라고 원망했었다. 그러니 아무리 세월이 흘렀다 해도 그녀를 보는 순간 그 때가 생각나서 그런 행동을 했을 수도 있을 것이었다.

그녀는 귀자의 행동에 좌우되지 않으려고 일부러 큰 소리로 반갑다고 했다. 졸업하고 처음 보는 얼굴은 낯이 설다가도 이름을 듣고 나면 금방 그 옛날 모습들이 되살아났다. 그녀가 친구들이 내미는 이손 저손을 잡느라 정신이 없는데 느닷없이 귀자가 뒤로 와서 부둥켜안았다. 그러고는 입을 그녀의 귀에 대면서, "명숙이 네가 그렇게도 거만한 금희와 어떻게 친구가 되었는지 아직도 그 이유를 모르겠다."라며 은근 슬쩍 아첨까지 하는 게 아닌가. 거기다가 누가 귀자의 말이 천만번도 더 옳다고 부추기자, 천군만마를 얻은 냥 더 예리한 칼날로 금희를 난도질하기 시작했다. 금희의 성격으로 보아 정신분열증에 걸리지 않았다면 오히려 이상하다고도 했다. 그래도 그 정도로 회복되었다가 빨리가 준 건 천만다행이지만, 사실은 금희의 출생자체가 저주며 그 가족들은 당연하고 친구나 그 외 주변 사람들한테도 피해만 주다가 간 것뿐이라는 둥 너무나 태연하게 비난을 이어갔다. 그녀는 귀자가 아무렇게나 내뱉은 금희의 사망소식에 하늘이 무너지는 느낌이 들면서, 보다 일찍 찾지 못한 죄책감에 할 말을 잃고 말았다.

잔인한 귀자, 세상에서 초라할 대로 초라하게 살다 간 친구를 위해 슬퍼하지는 못할망정, 고사라도 지내는 심정이랄까. 그러고도 과연 3년을 한 교실에서 지낸 학우라고 볼 수 있단 말인가. 순간 금희를 향한 연민 보다는 귀자를 향한 분노가 그녀를 더 강하게 사로잡았다. 순간 그녀는 겁이 덜컥 났던 것이다. 감정을 노출시키기라도 하면 어쩌나. 그녀는 부리나케 화장실로 달려갔다.

그녀는 화장실에 도착하자 참았던 감정을 쏟아놓았다. 불쌍한 금희! 난 네 친구라고도 할 수 없다. 이토록 무심한 날 넌 용서하지도 말아라! 그녀의 비통함이 금방 오열로 이어졌다. 그녀는 북받치는 감정을 감추려고 수도꼭지를 틀어 물소리를 최대한 키웠다. 얼마나 지났을까. 누가 그녀의 어깨를 다독거렸다. 경자였다. 사람은 배우고 보라더니, 벼도 많이 익을수록 더 머리를 깊이 숙인다고 했던가. 지금의 경자는 아직 미성숙한 그 어릴 때의 질투심 많은 사춘기 소녀가 아니었다.

어느 날, 그러니까 더 정확히 말하자면 일 학기 종강식이 있던 날이었다. 여느 때나 마찬가지로 입학시험에서 수석을 한 경자를 중심으로 금희를 뺀 여학생들이 둘러앉아 얘기를 나누고 있었다. 종강 일이라 다들 생각이 성적표에 가있었던지 긴장한 모습이 역력했다. 화제는 자연스럽게 누가 1등일 것이냐, 였다. 결국 경자가 그대로 유지할 것이라는 예견들이었다. 그런데 막상 선생님의 발표 내용은 그들의 예상과는 달랐다. 한 번도 입에 오르내리지도 않은 금희였기 때문이다. 금희는 입학식이 끝나고 며칠 뒤에 시내 중학교에서 전학을 온 관계로 입학성적이 없었다. 그 다음 2등은 남학생이었고, 경자는 3등이었다. 갑자기 학생들이 술렁이기 시작했다. 하지만 선생은 학생들의 의도를 벌써 읽었음인지, 성적이란 게 수업시간에 발표를 많이 한다고 해서 꼭 좋게 나온다는 법은 없다고 했다. 드디어 학생들만 남자 경자가 펑펑 울면서 선생님동생이라고 특혜를 줘도 되느냐며 노골적으로 불만을 터뜨렸다. 하지만 간사한 게 사람의 마음이라 했던가. 당연히 경자를 위로해야 할 반 여학생들이 먼저 밖으로 나가는 금희를 향해 우르르 몰려갔다. 그러고는 앞 다투어 축하한다는 것이었다. 덧붙여 그럴 줄 알았다고도 했다.

그녀는 볼일을 보고 나서 경자에게 네가 교수가 되어서 고맙다고 했다. 네가 내 친구인 게 정말 자랑스럽다고도 말해 주었다. 뿐만 아니고 넌 꼭 공부로 성공하리라 믿었다고도 했다. 그것은 공부를 열심히도 하지만 머리도 남달리 좋았다는 걸 말하자, 경자는 고맙다며 그녀의 손까지 꼭 잡으면서 요즘은 전문인 시댄데 꼭 교수만이 대수겠는가. 너처럼 꾸준히 꿈을 향해 노력해서 서예학원도 운영하고 복지관에서까지 후학을 양성한다는 것은 너나 나나 뭐가 다르니, 뿐만 아니고 국선은 물론이고 네가 대상을 받았던 4·19 서예휘호대회 심사위원이라면 너의 서예 수준을 누가 의심하겠니? 정말 장해! 거기다가 네가 하는 일은 정년도 없잖니. 정말 자랑스럽고, 부럽다야! 이건 진짜고, 진심이야! 경자는 이 대목에서는 흥분까지 감추지 못했다. 사실 어릴 때는 철이 없어서 경쟁의식만으로 금희를 미워했는데 철이 들면서 몹시 후회했다는 것이었다. 아무리 오빠가 선생님이로서니 부모만 하겠느냐며 경자는 손을 씻다가 멈춘 채 심각한 어조로 자기도 공부한다고 객지에 나가있으면서 겨우 부모 없는 금희의 심정을 좀은 알 것 같았다고 했다. 그때 우리라도 좀 더 잘해 주었더라면 그런 병이 안 걸렸을지 누가 아느냐는 대목에서는 목까지 메었다. 그러면서 선생님의 전화번호를 아는 친구가 있다면서 마치고 찾아뵙자고 약속했다.

그녀는 여고에 들어가서야 금희가 궁금했었다. 그녀는 형부 직장을 따라 서울에 사는 언니가 학생들을 상대로 하숙을 치기에, 도와준다는 명목으로 야간여자고등학교에 입학하기까지 앞뒤 돌아볼 겨를이 없었다. 첫 여름방학이 되어서야 먼저 금희를 찾았다.

다행히 금희는 그 집에 그대로 있었다. 사모님이 그녀를 반겼다. 그녀가 금희의 안부를 묻자 눈시울을 적셨다. 선생 신랑 만났다며 시집 잘 갔다고들 한다는 것이다. "그런데 명숙이 너 이 꼴 한 번 봐!"라며 앞장섰다. 사모는 부엌 뒤쪽에 붙은 작은 문에 채워진 빗장을 땄다. "내가 오죽하면 이렇게 하겠어? 툭하면 명숙이 널 찾으러 간다며 입에 담지 못할 욕까지 하면서 문을 열라면서…, 글쎄, 한 번은 방을 빠져나가 지 오빠가 수업하는 교실까지 쳐들어갔으니…, 만약 계속 그런 일이 벌어진다면 선생님이 학교를 그만둬야 할 지경이었다니까.

물론 너는 상상이 안 될 거다. 어린 조카가 저런 고모를 보면서 어떤 영향을 받을 지도 겁나. 그러니 이렇게라도 하지 않으면 불안해서 하루도 못살아, 성한 사람이라도 살아야지. 그래도 다행한 건 오빠가 퇴근하면 얌전해져." 그녀는 꿈인가 했다. "여길 봐!" 어두침침한 골방이었다. 중학교 3년 동안 못 보았던 방이었다. 저 골방에 금희가 갇혀있다. 어떤 모습일까. 날 알아보기나 할까? 아직 금희를 볼 준비가 되어 있지 않은데 벌써 문이 열렸다. 좁은 골방 안쪽에 희미하게 보이는 물체, 문을 열자 눈이 부시는지 손바닥으로 눈 위를 가린다. 긴 머리카락 때문에 얼굴이 거의 보이지 않았다. 섬뜩했다. "고무줄로 매려해도 못하게 해." 사모님이 그녀의 내심을 투시하듯 설명했다. 미동도 않는 물체, 정말 금희가 맞나? 그런데 전혀 움직이지 않을 것 같은 그 물체가 눈 깜짝 할 사이에 몸을 일으켰다. 사모는 반사적으로 문을 닫았다. "저러다가 순식간에 문을 박차고 도망쳐." 하지만 한마디 말도 못 건네고 씁쓸하게 돌아서야 했던 그녀, 아닐 거야. 금희가! 그녀는 친구를 그 어두운 골방에 가둬두고 나오면서 자위했었다.

"할머니께서 살아계실 때 금희 보고 수시로 수도원에 가라고 하셨다는 거야. 해서 금희가 은연중 세뇌 된 건지, 본인이 가려고 해서 보냈는데… 겨우 두 달 정도 지났을 때 수녀원으로부터 연락이 왔었어. 그때부터 선생님은 술이 벗이라고 해도 과언이 아니지."

사람은 망각의 동물이라 했던가. 그런 친구를 보고도 그녀는 먼 훗날, 그것도 극히 우연히 동기동창회 모임에서 한 남자동창이 금희와 사돈지간이 된다는 사실을 알고서야 비로소 친구의 소식을 물었다. 금희 오빠인 영어선생님은 시내 남자고등학교로 승진발령이 나서 학교 가까운 아파트로 이사를 갔다는 것도 들었다. 금희는 살아있고 병세도 그만하다기에 얼마나 고마웠는지 모른다. 무엇보다 외면했던 우정을 만회할 수 있는 기회를 얻어서 너무나 기뻤다.

그 다음 날, 남편으로부터 하루를 통째로 얻었다. 금희만 집에 있었다. 금희의 모습에서 옛날을 발견했다. 말수가 적은 것도 그랬고 조용한 것 역시 다 같았다. 금희는 이것저것 사오기도 하고 또 냉장고를 뒤지면서 무엇을 내놓아야 친구가 좋아할까. 줄곧 그녀의 입맛을 감지하느라 여념이 없었다. 그리고 한결같이 미소를 잃지 않았다. 그녀 역시 미소로 답했다. 이것만으로도 둘의 사이를 잇는 교감은 충분했다. 말이 필요 없었다. 졸업 후 첫 여름방학, 삶의 무게에 깔린 채 어두운 골방에서 나오지 못하던 금희는 분명 아니었다. 그렇지만 중학생 때처럼 눈망울이 초롱초롱한 게 무척 영리하고 단아했던 금희가 아닌 것만도 또한 확실했다. 그러나 싫거나 낯설지 않으면서 퍽 편하고 같이 있고 싶고 가끔은 연민이 발동하기도 하는 것 역시 변함없기는 마찬가지였다. 그럴 땐 세월을 되돌려 금희 옆을 지키고 싶었다.

그러나 이미 지금까지 굴러와 버린 세월을 되돌릴 수는 없다 해도 다시 시작하고 싶었다. 그래서 조금씩 우정을 쌓아 가리라. 그렇게 그녀는 자신을 믿었다. 그러기에 가능한 거리 또 그런 형편이라고 확신했었다. 그런데 그 이후로 또 다시 금희를 놓치고 말았다. 겨우 전화를 걸기까지의 세월이 아직은 늦지 않을 것이라고 생각했던 게 그녀의 실수였다. 그랬더라도 통화만 이루어졌다면 아무런 문제가 없었을 것이다. 하지만 통화는 이미 불가능한 상태였다. 그동안 그래도 세월 속에서 배회하던 금희에 대한 기억이 어느 순간 표면 위로 떠올라 아쉬움과 후회를 반추하다가, 그녀는 비로소 묻혀있던 그리움에 대한 갈증이 고스란히 존재함을 깨닫고서야 결국 시간을 할애했던 것이다. 전화기를 드는 그 순간만 해도 그렇게 많은 세월이 지났으리라고는 상상도 못했다. 그동안 추억은 그녀로 하여금 언뜻언뜻 의무감과 죄책감으로 다가와 뒤지고 싶다가도 금세 밀려오는 파도에 휩말리는 바람에 즉시 생존의 끈을 부여잡기에 급급했었다.

동창회를 마친 후 경자와 몇몇 친구들이 금희 오빠가 사는 집을 방문했을 때, 시립도서관장인 선생님은 부재중이었다. 금희가 간 날, 그날도 성당에서 미사를 드리고 오다가 음주운전 차에 사고를 당했다는 것이었다. 그러나 더 상세한 얘기를 들을 사이도 없이, 사모는 오늘도 만취가 된 선생님을 모시러 오라는 전화를 받고 그녀의 일행과 함께 일어섰다.

"제발 술 좀 사주지 않았으면 소원이 없겠어. 하도 술을 좋아하시니까 제자들 사이에 이미 소문이 퍼졌나 봐. 시내 나와서 옮겨 다닌 학교만도 벌써 세 곳이나 되니, 길에 깔린 게 제자들인 모양이야. 하루도 그냥 들어오시는 날이 없어. 우연히 만나든가 혹은 일부러 찾아와서까지 술을 대접한다는 거야. 제자들 입장은 돈이 많이 드는 것도 아니고, 스승님이 즐기는 소주 한두 병이면 족한데 그것도 대접 못하면, 돌아가시고 나면 두고두고 후회할 것 같다는 거야. 그런데 한번 술자리에 앉았다 하면 인사불성이 되도록 마시니까 문제지. 그런데도 선생님은 그것이 제자들의 성의를 보답하는 길이라는 거야. 권하는 술은 다 마셔주는 것이…. 선생님은 동생이 하늘나라로 간 후 아예 술독이 따로 없다니까."

사모님은 수백 번도 더 고백했던 사실인지 쉴 틈 없이 술술 불어냈다. 선생님을 뵙지 못하고 가는 게 아쉬웠지만 만취상태의 스승을 보는 게 괴로울 것 같아서 그냥 헤어졌다.

그녀는 선생님 집을 나오면서 속으로 뇌까렸다. 금희는 하늘나라에 있을 거야! 틀림없이. 그녀는 하늘을 올려다봤다. 거기에 해맑은 웃음을 듬뿍 담은 금희가 내려다보고 있었다.

마음이 머무는 거기에

마음이 머무는 거기에

차가 아파트 단지 좌측 가장자리를 따라 서행을 시작했다. 곧 우람한 거목들이 무질서하게 우거진 산책로를 비껴 도로로 진입하고 있었다. 댁은 차창 밖의 풍경에 눈길을 보냈다. 몇 해 전, 엄마가 좋아한다며 아영이는 시간만 나면 댁을 차에 태우고 여러 번 왕래했던 스텐포드 가, 익숙할 만도 한데 들뜬 느낌은 여일했다. 도로변은 숲을 이룬 무성한 거목들과 그 밑으로는 극락조를 비롯해서 이름 모를 여러 가지 꽃들이 피었다. 한국은 수십 년 만에 찾아온 추위로 올해의 겨울을 더 없이 힘들게 보낸다는데 여기는 꼭 봄 같다.

마침 남편 병도도 꽃을 보았던 모양이었다. 꼭 봄 같다고 말했다. 큰딸 아영과 아들 성민은 미국 오길 그렇게도 미루시던 아빠 엄마가 하필이면 혹한을 피해 온 덕에 꼭 자기들이 효도하는 기분이 든다며 좋아했다.

한국의 겨울, 치솟는 기름 값 때문에 병도는 지난해 화목보일러를 설치했다. 그 덕분에 지난겨울 복에 넘칠 만큼 따뜻하게 보냈다. 하지만 아이들 어릴 때가 생각난 댁이 찔끔거릴 수밖에, 그땐 정말 추워서 고생했었는데…. 어느 날, 전 가족이 연탄가스를 마시고서야, 부랴부랴 융자를 내서 기름보일러의 양옥집을 지었다. 그때부터는 한 번도 따뜻하게 겨울을 난 적이 없었다. 처음에는 버튼만 누르면 집안이 따뜻해지자 즐거운 비명을 질렀다. 참 좋은 세상이라고. 그러나 이 행복감이 아직 채 전신에 전달되기도 전에 기름통이 말랐다. 그때서야 우리나라는 기름 한 방울 나지 않는다는 사실을 깨달았다.

"스탠포드 대학은 언제 봐도 아름답죠? 아빠, 엄마, 놀라지 마세요! 작은 사위가 세계적인 저 대학에서 한의학을 강의하게 될 지도 모른다고요!"

"정말…!"

댁과 병도가 동시에 탄성을 질렀다.

"아직은 단정적으로 말할 단계는 아닙니다. 하지만 강단에 설 날도 시간문제라고 봐요. 꿈과 실력 그리고 성실, 3박자가 갖춰지자 기회가 온 겁니다. 희영의 가족이 나들이를 간 날, 한 백인 남성이 지프차에서 내리다가 앗! 하는 비명과 동시에 주저앉더래요. 일행은 통증을 호소하는 그에게 온갖 응급처치를 해도 안 되니까 차에 태우려 부축하는데, 기함을 하더랍니다. 그래서 제부가 다가가 이해를 구한 끝에 결국 침을 놓았데요. 그런데 직방으로 나았답니다. 한데 놀랍게도 그 분이 세계적인 대학 스텐포드 이사 중 한 명이었다는 거 아닙니까! 그리고 더 놀라운 사실은 그 이후로 그 분이 제부 한의원에 직접 침을 맞으러 가끔씩 온다는 겁니다."

어느덧 차는 스텐포드 대학 정문을 향해 달리고 있었다. 도로 양쪽으로 아름드리 야자수가 키 재기를 하듯 일렬로 길게 늘어섰다. 미국 어디든 야자수가 있지만 여기처럼 적당한 높이에 마른 잎 하나 없이 검푸르고 깔끔하게 잘 손질된 것은 없었다. LA에 사는 아들 성민이가 누나들이 사는 팔로알토(Palo Alto)까지 굳이 병도와 댁을 따라 나선 데는 다 이유가 있었다.

전에 댁이 혼자서 아영이네로 온 적이 있었다. 아영이의 신신당부로 성민이 자기 휴대폰에다가 누나들의 전화번호까지 모조리 다 입력하여 억지로 들려주었다. 그날 그 휴대전화기가 없었더라면 어떻게 되었을지 지금도 댁은 그때의 사건이 기억나면 끔찍하기 그지없다.

처음에는 순조롭게 탑승 게이트를 찾아 전광판과 여러 개의 모니터에 뜨던, 출발지 LA에서 도착지인 샌프란시스코까지의 여객기 시간표를 확인하면서 다른 여러 승객들과 함께 대기하고 있었다. 어느 순간부터 그 많던 승객들이 사라진 것이다. 너무 놀라 전광판과 모니터를 보니 아무것도 뜨지 않았다. 비로소 뭐가 잘못되어 간다는 생각이 들었다. 그 순간 다행히 휴대전화가 생각나서 즉시 아영에게 전화를 걸었다. 그렇지 않았다면 아영이가 직원과의 통화도 또 게이트가 바뀐 사실도 몰랐을 것이다.

무식하면 용감하다 했던가. 더 전에는 댁이 희영의 큰딸 외손녀와 함께 오클라호마에서 공부하던 아영이네로 간 적이 있었다. 아영의 반대에도 울 엄마를 어떻게 보고! 라는 성민을 믿고, 댁은 희영의 딸 어린 외손녀와 둘이서, LA공항에서 탑승하여 멤피스공항을 경유한 후 환승하여 오클라호마로 가는 매우 번거롭고도 먼 길을 마다하지 않았다. 하지만 그 후 그 사건이 있은 다음부터는 성민도 예측할 수 없는 사고는 언제라도 발생할 수 있다는 걸 인정했던지, 알바에 공부하랴 몸 빠질 여가도 없지만 누나 네까지 동행한 것이다.

아영은 희영이 네로 가는 지름길을 두고 일부러 댁이 좋아한다는 스텐포드 대학 정문을 가로지르는 먼 길을 선택한 것도 모자라, 스티브잡스의 본가도 구경시켜 주었다. 이런 아영의 성의를 무시할 수 없어서 고맙다고는 했지만, 사실은 더 빨리 희영이 네로 가 주는 게 댁의 소원이었다. 한국의 부와 명예를 과감하게 다 버린 사위로 인해, 희영의 생활이 판이하게 달라져서 그동안 마음을 끓이지 않았던가. 그러니 댁으로서는 속히 그 현장을 보고 싶었다.

한국에서 한의대로는 첫째가는 K대학교 한의대 전문의 과정과 박사과정을 마친 사위가 펠로우나 종합병원 과장자리도 마다한데는 가족을 고생시키지 않겠다는 책임감 때문이었다. 양가부모들의 도움을 기대할 수 없는 처지라, 옛날과는 다른 의사의 낮은 월급으로 서울에서는 어릴 때부터 만만찮게 들어가는 아이들 사교육비에 집은 또 언제 장만하겠는가. 그래서 과감하게 강남에다 한의원을 개원하자 다행히 명의로 소문이 나는 바람에 생각보다 빨리 자리를 잡았다. 거기다가 일주일에 하루는 T한의대로 강의도 나갔다. 그러자 양가 부모들은 또래들과 어깨를 겨눌 만큼 되었다며 마음을 놓았다.

어느 날, 희영이 전화로 찔끔거렸다. 사위가 미국으로 어학공부를 위해 떠나려 한다는 것이다. 한의사가 영어는 해서 뭐하느냐며 하다못해 영리한 한의사들처럼 미리 살 길을 찾아서 더 유망한 분야로 진출하려 유학을 떠난다면 또 모를까. 어렵게 자리 잡은 한의원을 헌신짝처럼 버리는 게 말이나 되냐며 흥분했다. 결론은 사위가 한의학에 대한 애정이 지나치다는 것이었다. 해마다 우후죽순처럼 쏟아져 나오는 국내 한의사들로 인해 자칫 고귀한 의술을 생존경쟁의 도구로 전락시킬 우려도 외면할 수 없지만, 보다 많은 이들이 후유증을 유발하지 않으면서 질병의 근본을 치료하는 한의술의 혜택을 주려면 한의술의 세계화는 외면할 수 없는 자신의 과제라고까지 한다는 것이었다.

그 말을 들은 맥은 드디어 올 것이 왔다고 생각했다. 차마 한 번 나갔다가 오라며 권하지는 못해도, 어떤 구실을 붙여서라도 젊을 때 넓은 세상으로 나가 보려는 걸 어떻게 막겠는가. 안 그래도 요즘 한국 젊은이들은 외국 바람 한 번 쐬고 와야 사람대접 받는 줄 아는 세상인데, 딸자식 편만 들 수도 없질 않은가. 거기다가 사위가 허튼 짓 하는 것도 아니고, 우리 한의학의 수출에 일조를 하겠다는데 앞길을 막는다는 건 도리가 아닌 것 같았다. 막말로 젊어 고생은 사서도 하라 했거늘, 한의학에 대한 자부심이 그 누구보다도 투철했던 사위에게 잉태된 꿈을 누가 감히 무자비하게 짓밟아 버릴 수 있단 말인가. 한약이 치료제라는 사실과 침요법의 대중화가 아직은 요원한 미 대륙을 겨냥한 한의술의 진출은 한국인이라면 누구라도 가슴 설레는 일이 아니겠는가.

사위가 출국하기까지는 무려 3년의 세월이 걸렸다. 희영의 시부모님은 가문을 이어갈 장손인데 대를 끊는 행위라며 극구 반대했고, 병도는 사위를 믿고 찾아오는 그 많은 환자들을 배신하는 행위인데다가, 가족을 부양할 가장이 무책임하게 스스로의 임무를 포기하는 행위라며 발목을 잡았다. 드디어 사위는 가족들 보다 먼저 출국을 했고, 희영은 아이들의 방학 때까지 기다렸다.

창밖으로 보낸 댁의 시야에 갑자기 비행기 한 대가 들어오더니 점점 하늘을 향해 오른다. 불현듯 사위가 출국하던 날의 일이 떠올랐다. 이미 여러 번 통화는 했지만, 떠나는 날 사위가 공항이라면서 전화를 했을 때 울컥 목부터 메였다. 사위는 댁의 감정을 감지했음인지 어머님과 아버님께는 정말 죄송합니다. 그런데 요즘은 지구촌 아닙니까. 어머님께서도 공항을 이용해 보셔서 아시겠지만, 얼마나 많은 인파들이 북적댑니까. 이것만 해도 옛날 시골서 서울 가는 것 보다 더 쉽게 외국을 왕래한다는 증겁니다. 그러니 너무 서운하게 생각하지 마십시오. 거기다가 요즘은 인터넷은 물론 카톡으로 화상전화까지 되는 세상입니다. 두 분께서 늘 건강하시고 이젠 저희들이 있는 미국 구경 원대로 하셔야지요. 사위의 다정다감함은 그날도 변함이 없었다.

댁이 상경하기 며칠 전에 희영이 보낸 짐을 받았다. 사위가 보던 의학 전문서적과 진료카드 그 외도 다시 귀국하면 사용할 소중한 것들이었다. 그것을 성민과 아영이의 짐이 있는 창고에 챙겨 넣을 때만해도 별다른 생각이 없었다. 그런데 막상 상경하여 희영이의 가족이 살던 집안 구석구석을 채우고 있던 살림살이가 없어진 텅 빈 공간을 보자 댁의 가슴이 철렁 내려앉았다. 이제는 희영이 마저 우리 곁을 떠나는구나! 순간 붙잡고 싶었다. 혹 그동안 떠나지 않을 만약의 경우라도 생기기를 은근히 기대했을지도 모를 일이었다. 좀 더 잘 할 걸…. 댁은 꼭 자기가 희영과 사위에게 잘못해서 멀리 멀리 떠난다는 죄책감까지 들었다.

피아노를 비롯한 침대와 필요한 짐들은 선박 편으로 붙였다고 했고, 그 외 최신형으로 구입한 가전제품이나 가재도구와 책 등, 쓸 만 한 물건들도 이미 가까운 분들이 가져가고 없었다. 안방에는 희영이와 아이들이 출국하면서 가져갈 분량의 짐 그러니까 대부분 옷가지들이 든 트렁크가 차지하고 있었으며, 식탁 위에는 라디오와 전기밥솥, 컵, 나무젓가락이 있을 뿐이었다. 이런 상황을 짐작한 댁이 미리 준비한 밑반찬에 밥을 해서 대충 끼니를 해결했다. 희영과 손자 그리고 두 명의 손녀 총 4명이 각각 가지고 갈 수 있는 트렁크 8개와 기내에 가져갈 작은 가방도 이미 준비가 완료된 상태였다.

하지만 희영은 출국준비를 하는 내내 어두운 표정과 침묵으로 일관했다. 댁은 많은 얘기를 나누리라 각오했건만 내일이면 정든 땅과 부모형제, 그리운 사람들을 다 두고 물설고 낯선 먼 이국땅으로 떠나야 하는 딸의 심기를 읽자 덩달아 입이 닫혔다. 거기다가 사위가 다섯 식구의 생활대책도 없이 떠나니 그 마음이 오죽 심란하겠는가.

그날 밤은 병도를 제외한 모든 가족이 다 같이 거실에서 잤다. 국내서의 마지막 날이라 이것저것 할 일이 좀 많은가. 몸도 마음도 파김치가 된 희영은 곧 잠에 빠졌다. 하지만 어린 손자 손녀들은 밤이 깊어가는 줄도 모르고 조잘거렸다. 깔깔대다가 어느 순간에는 너무 조용해서 잠들었나 하고 보면, 셋은 눈을 천정으로 향해 멀뚱거리고 있는 게 아닌가. 정든 곳과의 이별 그리고 새로운 환경에 대한 기대감과 두려움이 저 어린것들의 신체적 리듬마저 무참히 깨고 있는 것일 터였다.

댁은 돌아누워 흘러내리는 눈물을 훔쳤다. 꼭 영원히 이 조국을 떠나는 아이들처럼 느껴졌다. 하지만 가끔씩은 어린 것들의 대화에 끼어들다가도 이 밤이 새면 영원히 헤어질지도 모를 긴 이별을 해야 한다고 생각하니 잠을 이룰 수가 없어서 뒤척이다가 새벽녘에야 댁도 겨우 눈을 좀 붙였다. 실은 그동안 아영과 성민이 국내 없어도 외로운 줄 모르고 지낼 수 있었던 것도 다 희영 가족 덕분이었다.

그 때 댁은 희영과 사위의 결정에 어떻게 반응해야 할지에 대해 상당히 조심스러웠었다. 외국에 가라면 쫓아내는 것 같아서 서운해 하지나 않을까. 가지 말라면 동생과 언니의 책임까지 지기 위해 너희들의 삶을 희생하라는 말로 들릴 것 같기도 했었다. 그런데 이제는 희영의 가족마저 이 땅을 떠나보내야 하다니, 그때는 그 이별이 죽음으로까지 이어지고 말 것 같다는 생각마저 들었었다. 그런데 이제 곧 그들의 사는 모습을 보게 되다니! 댁의 마음은 벌써부터 설렜다. 내 조국을 떠나 누구에게나 서럽다는 타향살이를 희영 가족은 어떻게 하고 있을까? 특히 선진국 중에서도 최강대국에서 겪어내야 하는 개발도상국 교민으로서의 애환은 두고라도, 일상 속에서 지배적 민족으로부터 알게 모르게 소수민족이 감당할 수밖에 없는 차별의식의 서러움 또한 만만치 않았을 것이라고 생각하자 갑자기 댁의 마음이 연민으로 울컥했다. 드디어 아영이 주차를 시도하면서 말했다.

"엄마, 여기가 희영이가 사는 아파트예요!"

마침 실내 주차장 옆 빨래방에서 희영이 양손으로 커다란 비닐봉지를 버겁게 들고 나오는 중이었다. 빨래방에서 빨래를 하면서 기다렸다고 했다. 성민이 차 트렁크에서 짐을 챙기는 동안 병도는 희영에게 달려가 억지로 비닐봉지를 빼앗았다. 원래 언덕을 이용했음인지 이층 역시 지상이었다. 땅 가장자리를 따라 2층으로 된 아파트가 ㄷ자로 앉았고, 그 바로 앞쪽은 화단, 더 앞쪽 즉 중앙은 수영장이었다. 그 너머는

숲으로 우거졌다.

　아파트 관리실이 있는 것도 아닌데 분위기가 매우 평온했다. 한국의 학생들이 빈번하게 겪는 각종 폭행사건과 미국 곳곳에 존재한다던 우범지역이 생각나면 불안감을 떨어버릴 수가 없었는데, 그런 선입견이 거짓말처럼 지워졌다. 수영장 주변을 따라 걷는 백인 엄마 뒤에 어린 아이가 서툰 걸음으로 뒤뚱거리는 동생의 손을 형이 잡고 걷는 광경을 보자 가족애는 국경을 초월한다는 생각이 들었다.

　아파트 대부분의 창문과 출입문이 열려있었다. 마침 맞은편 집에서 아이를 안은 여자가 내다보다가 희영에게 밝은 표정으로 영어로 말했다. 그녀는 일본인인데 오신다던 부모님인 것 같다며 자기는 친정부모가 없어서, 친정부모가 있는 사람이 제일 부럽다고 한다며 희영이 통역을 했다. 댁과 병도는 그 여자를 보고 미소를 지었다. 댁은 거실 벽을 장식 하고 있는 책꽂이의 즐비한 책에 먼저 시선이 갔다. 출국 전 그 많은 책들을 볼 사람들에게 다 가져가게 하더니, 벌써 이 많은 책을…? 희영은 어떻게 하면 아이들의 자투리 시간까지도 독서에다가 투자하게 할까 늘 고민했었다.

　인간의 인격을 형성하는 데는 독서량에 비례한다며, 독서야 말로 인간의 정체성과 가치관을 확립하는데 필수 요건이며 잠재된 창의력을 개발하는 데는 절대적인 구비조건이라고 입버릇처럼 말했었다. 이 창의력은 바로 하나님의 의지이며 그 분의 뜻이라고, 성경 창세기에 그 분의 형상대로 사람을 창조하시고는, 복을 주시며 그들에게 이르시되 생육하고 번성하여 땅에 충만 하라. 땅을 정복하라. …다스리라! 이것은 곧 그 분의 권한이 자기형상대로 창조된 인간의 두뇌로 위임되어

진행되기를 원한다는 희영의 사고를 증명하는 듯했다.

병도가 거실 소파에서 가족들을 불러 모았다. 아브라함이 가는 곳마다 하나님께 제단을 먼저 쌓음으로 그 분의 시선을 기대했던 사실을 상기시키며 기도를 시작했다. 아영은 가족과 함께 다시 오겠다는 말을 남기고 돌아갔다. 그때부터 목장모임을 위해 병도는 말린 빨래 개키기, 성민은 집안 청소, 댁은 부엌에서 희영을 도왔다. 동생이 미국 와서 식순이가 다 되었다며 마음 아파하던 아영의 목소리가 떠올랐다. 전화로만 듣다가 막상 희영을 직접 보니 안쓰럽기 보다는 신기했다.

댁에게로 성민이가 다가오더니 서울에서 보던 누나와는 전혀 딴 사람 같다며 눈웃음을 띄웠다. 서울서는 부엌일과 집안일은 다 남에게 부탁하고 온갖 봉사활동에 다 참여했었다. 거기다가 유행의 첨단인 강남에서도 둘째가라면 서러울 정도로 어느 것 하나라도 뒤지지 않던 희영이가 아니던가. 그런 희영이 지금은 아침부터 저녁까지 꼭꼭 한국식의 식사에 아이들의 도시락은 물론 생활비를 절약하려고 빵과 과자도 집에서 다 만든단다.

오늘 목장모임의 주 메뉴는 소스를 듬뿍 얹은 오븐에서 구워 낸 연어 살이었다. 갈비찜과 야채 부침개도 했다. 김치와 야채샐러드 그리고 멸치볶음과 한국에서 댁이 챙겨온 유기농으로 재배한 매실로 만든 장아찌와, 초봄에 농장에서 채취하여 살짝 삶아 냉동시켰다가 가져온 쑥으로 국도 끓였다. 멸치 다시국물에다가 쑥과 마늘, 파를 넣고 마지막에 콩가루와 들깨가루도 넣었다. 댁이 직접 담근 살구엑기스와 매실엑기스에 적당량의 물을 타 음료를 만들었다.

희영이 후식으로 손수 빵을 굽는 대신 역시 농장에서 직접 재배한 대봉으로 말린 곶감까지 내놓았다. 희영은 오늘 뷔페는 꼭 한국 우리 농장의 매장 같다며 매우 만족해하면서도, 한편으로는 목장 식구들의 취향에 맞지 않을까 걱정했다.

그런 딸에게 댁은 요즘 한국에는 건강에 좋은 음식이라면 맛에 연연하지 않는다며 유기농으로 재배한 것만으로도 보약이라는 점을 강조했다. 희영은 빵을 만들려던 계란을 도로 냉장고에 넣으면서, 집에 있는 재료로 조금만 수고 하면 경제적이면서도 질과 맛이 더 좋은 빵을 만들어 먹을 수 있다고 했다. 차츰 부엌에 쌓였던 음식재료들이 어우러진 요리로 변신함과 동시에 같은 공간의 서재와 거실도 정돈되어 좁았던 공간이 훨씬 넓어졌다.

저녁 6시가 되자 목장 식구들이 오기 시작했다. 그들은 누가 말하지 않았는데도 여아는 손녀 방으로, 남아는 손자의 방으로 가서 어울렸다. 식사가 시작되었다. 그들은 한국에서 자녀 집을 방문한 어느 가정의 부모와 병도 그리고 댁에게 뷔페 음식을 먼저 담도록 양보했다. 다음은 아이들이 음식을 담아 각각 자기들 방으로 갔다. 미국 현지에서는 다소 생소한 메뉴에 놀라면서도 직접 가지고 온 조국의 음식을 접한다는 게 꼭 이산가족 상봉이라도 한 사람들처럼 흥분했다. 모처럼 조국의 음식을 맛보게 해 줘서 고맙다는 인사가 이어졌다.

식사가 끝나고 성경공부가 시작되기 전에, 그날 처음으로 참석한 두 가정부터 소개했다. 그런 다음 사위 맞은편에 앉은 남자부터 시작하여 오른쪽으로 돌아가면서 자기소개를 했다. 소개를 듣고 보니 한국에서도 일류 엘리트들만 뽑아서 모아놓았다는 생각을 지울 수가 없었다.

서울 Y대학교 의대교수로 스텐포드 대학교에 교환교수로 오면서 가족과 함께 온 신경과 전문의, 그의 아내와 아이는 교회에 다녔으나 본인은 미국 와서 예배에 참석하게 되었다고 했다. 다른 한 가정은 부부 의산데, 사위가 졸업한 K대학교에서 온 부부교수였다. 내과 전문의인 남편과 소아과 전문의인 아내 둘 다 스텐포드 대학 교환교수다. 이들 부부는 기독교에 입문한 지 이미 오래되어 신앙생활이 몸에 베어있었다. 그들은 사위의 2년 후배라고 했다.

이때 응급의학을 공부하러 왔다는 남자가 우리 목장 종합병원에 오늘부로 새 분야의 의료진이 추가되었다며 손뼉을 치면서 환영을 하자, 다른 이들도 환대의 뜻으로 같은 목소리로 환호했다. 그런데 역시 스탠포드대학 로스쿨에 다니는 한국 남학생 한 명과 교환교수 기간이 끝나서 귀국을 하면서 남겨두고 간 어느 교수의 고등학생 딸 한명 외는 다 서울 시내 거주하는 대학에서 온 의대 박사교수 들이었다. 이미 앞서 말한바 대로 종합병원이라고 해도 손색이 없을 정도로 전공의들이 매우 다양했다.

위에서 언급한 분들 외도 한방과 사위와 이비인후과 개인 병원을 하다가 머리도 시킬 겸 견문도 넓히겠다는 취지로 스텐포드에서 강의도 듣고 자녀들과 성악을 전공한 부인을 유학시키는 의사, 또 아내는 의대교수, 남편은 판사인데 둘 다 머리도 식힐 겸 아이들 어학연수도 시킨다며 온 이도 있었다. 국내의 최고 엘리트들이 타국에서 예수를 영접한 후 지성과 영성까지 겸비한 인격으로 본국에 돌아가 젊은 제자들에게 미칠 영향을 생각하면 사위와 희영의 삶 자체가 매우 아름답다는 생각이 들었다.

드디어 본론으로 들어가 찬송 후 통성기도가 시작되었다. 기도 제목 중 첫째가 조국을 위해서였다. 기도시간은 10분으로 제일 많이 할애했다. 매우 열정적이었다. 여자들은 얼마나 간절히 기도를 드리는지 흐느끼는가 하면 어떤 여성들은 울부짖기까지 했다. 조국을 떠나면 다 애국자가 된다고 했던가. 하지만 국내에 거주하는 기독교인들은 조국을 떠난 교민들을 위해 거의 기도하지 않는다는 사실이 생각나자, 댁은 양심의 가책이 들어 조국을 위한 기도 제목 대신 교민들을 위해 기도하기 시작했다. 귀국 후에도 계속하리란 각오까지 하면서, 기도가 끝나자 목자인 사위가 미리 준비된 교재를 중심으로 큐티(quiet time)를 인도하면서 먼저, 본문 마태복음 5장 39절, 누구든지 네 오른편 뺨을 치거든 왼편도 돌려대며, 또 너를 고발하여 속옷을 가지고자하는 자에게 겉옷까지도 가지게 하며, …네게 구하는 자에게 주며 네게 꾸고자 하는 자에게 거절하지 말라는 성경본문을 중심으로 각자가 깨달은 바를 어떻게 생활에 적용할 것인가를 나누었다.

처음으로 참석했다든 비 기독교인인 교수는 성경은 인간을 위해 존재하는 것인데 너무 비현실적이라며 불만을 토로하자, 모두가 그분의 생각이 옳다며 맞장구를 쳤다. 그때부터 매우 불만스럽던 그 분의 표정이 점점 밝아지더니 마침내 정중한 자세를 취하면서 이렇게 말했다.

"유일하게 절대자이신 그 분의 독생자 예수 그리스도가 세계 서력의 기준이잖아요? 기원전 BC(before christ)와 기원후 AD(anno domini)로 나눌 만큼 중심이시니, 호기심은 당연한 거죠. 그래서 그 분에 대해 알고 싶습니다!"

화기애애한 가운데 성경공부를 마치고 자기 자녀들을 부모의 무릎에 앉혔다. 부모들은 자녀들의 머리에 손을 얹고 축복기도를 했다. 하나님의 복이 얼마나 소중했으면 야곱이 장자인 형 에서에게 돌아갈 복을 아버지 이삭을 속이면서까지 가로챘을까. 처음으로 예배에 참석했다는 교수 역시 아들의 머리에 손을 얹고 기도하고 있었다. 어떤 기도를 드릴까? 설사 우리의 기도가 좀 서툴다 해도 그 분은 이미 그 마음의 소원을 아시고 그 기도에 응하실 것이다. 그러고는 믿음의 분량과 수준에 걸맞은 해답을 꼭 경험토록 해 주시리라. 하지만 저 분도 먼 훗날 진정한 기도의 진실, 그러니까 현실적 필요에 즉흥적으로 반응하지 않을 수도 있다는 사실에도 실망하거나 놀라지 않게 될 것이다.

공식적인 순서가 끝나자 자유롭게 차와 다과를 들면서 대화가 시작됐다. 그런데 모두가 다 조국의 불투명한 현실을 걱정했다. 국내 있을 때는 언제나 현 정부에 대한 비난과 불평으로 기도는 고사하고, 하루속히 더 좋은 정부가 들어서기를 기도해왔다고 했다. 그런데 해외 나오니까 조국에 대한 욕심이 생기면서 다음 정부가 문제가 아니고, 현 정부부터 잘해 나가는 게 급선무라는 걸 깨닫게 되면서 기도하게 되더라는 것이다.

한창 대화가 무르익어 갈 때, 희영의 휴대전화 벨이 울었다. 희영은 곧 사위에게 수화기를 건넸다. 사위는 전화로 환자의 상태를 자세히 물었다. 안면마비 환자가 자신의 상태를 일시적인 현상이라며 한의사에게 가 보이자는 가족의 말을 거부한다며, 사위는 무슨 병이든 골든타임과 치료효과는 매우 밀접한 관계를 가지고 있다면서 왕진을 서둘렀다. 그분도 어려운 형편의 한인들과 마찬가지로 비싼 보험료 때문에 의료보험에 가입하지 않아 과중한 치료비 부담으로 병원 응급실에도 못가는 형편이라고 했다. 사위가 집을 나서자 성민이가 진료가방을 대신 들고 따라 나섰다.

남은 분들은 함께 환자의 빠른 쾌유를 위해 기도하는 시간을 가졌다. 눈물까지 흘리면서 흐느껴 우는 여자들도 있었다. 조국을 떠나 사는 것도 서러운데 병까지 겹친다면 얼마나 힘들까. 댁은 같은 민족이라는 사실 때문에 이토록 애정 어린 기도를 할 수 있다니 코끝이 찡했다. 국내서는 결코 느낄 수 없는 머나먼 타국에서의 민족애가 댁의 가슴 깊숙이 파고들면서 숙연해 졌다. 사위는 자정이 가까워 질 때서야 성민과 함께 돌아왔다. 거기에 사위가 도착했을 때 같은 아파트에 사는 한인 환자들까지 기다리고 있던 터라 뿌리치고 올수가 없었다고 했다.

"그래도 그렇지…."

병도는 말을 하다가 삼켰다. 늦은 시각까지 한자들을 돌봐야 하는 사위가 안쓰러웠던 모양이었다.

"의술이란 게 미지수와 같지만, 하루의 일과가 몹시 바쁘고 피곤할지라도 우수한 우리 한의술에 대한 자부심 하나로 버틴답니다. 그리고 병원을 마음대로 못가는 비보험자들이 많은 우리 교민사회에서는, 침술만큼 요긴하게 쓰일 치료의술도 없다는 걸 새삼 깨닫습니다. 날이 갈수록 꼭 한인뿐만 아니고 저가 돌봐야 할 여러 소수민족들도 의외로 많다는데 가끔씩 놀랍니다. 요즘은 일복도 복이라고 생각하면서 삽니다. 그리고 무엇보다 저를 필요로 하는 사람들 때문에 오히려 힘이 생깁니다. 올 때는 저의 의지로 왔다고 생각했는데 막상 와 보니 저를 필요로 하는 곳으로 끌려왔다는 착각이 들 때도 있습니다. 지금에서야 느끼지만 이 모든 과정들이 그 분의 철저한 보안 속에서 음밀히 계획되고 진행되었다고 생각되었습니다. 저가 왜 우리 민족보다 매사에 우월한 미국인의 치료에 대해 그토록 간절했겠습니까. 지금 와서 생각해 보면 그것까지도 저를 여기에 쓰겠다는 그 분의 방법이었던 겁니다. 그런데 지금은 내 민족을 치료한다는 자체에서 더 보람을 느낍니다. 이구동성으로 세계적인 경제공항이라고들 하는데, 그래도 타국에서 달라를 버는 애국자들이 아닙니까! 저의 한의원에 외국인들도 오지만, 대부분의 환자들이 내 동포라는 사실이 더 감사해요. 하지만 의료 행위의 지경을 고의로 넓히지 않겠다는 의도는 아닙니다. 아무튼 저가 가진 달란트로 회복되는 환자들을 보면서 피곤을 잊곤 합니다.”

“그러나 자네 몸도 좀 생각하면 좋겠어!”

사위는 댁의 충고에 미소를 지으면서 자정이 넘었지만 작업할 게 있다며 컴퓨터 앞에 앉았다. 이튿날은 토요일마다 하는 한글학교에서 설 행사가 있었다. 큰사위를 따라 여기저기 단층짜리 긴 학교 건물들과, 숲속 곳곳에 한복차림의 남녀 학생들과 학부형들이 자유롭게 흩어져 있는 데를 지나 사람들이 가장 많이 모인 곳에 도달했다. 희영의 큰딸 손녀가 자원봉사자로 연을 어린이들에게 나눠주고 있었다. 입추의 여지없이 가장자리를 메운 군중들 한 쪽에는 학생들이 줄을 길게 섰다. 그 빈 한가운데서 네 명의 학생들이 줄을 서 있는 곳으로 들어가자, 앞줄에서 차례대로 다른 다섯 명의 한복차림의 남녀 학생들이 중앙으로 나왔다. 그러고는 가로로 나란히 서서 큰 절을 하는 것이었다. 다음은 한복차림의 백인 남자가 딸인 듯, 어머니가 한국인인지 혼혈아로 보이는 여자아이의 손을 잡고 중앙까지 배웅했다. 이번에는 3명이었다. 그런데 꼭 인형같이 생긴 딸이 이마에 양 손을 얹고 절을 하다가 앞으로 넘어졌다. 백인 남자는 부리나케 달려가 딸의 절을 도왔다. 군중들 중에는 웃으면서 기립박수를 하는 이도 있었다. 댁은 갑자기 목이 메었다. 멀고먼 이국땅에서도 후손들에게 우리의 얼을 잇기 위한 노력도 감격스럽지만 국경을 초월한 가족의 행복한 모습을 보았기 때문이다.

댁은 여러 곳을 둘러보았다. 한결같이 한복차림으로 다 같이 참여하는 모습을 보니 누가 선생이고 학부형인지 구별이 안 갔다. 널뛰기와 윷놀이 그리고 연날리기도 하는 중이었다. 아영은 널뛰기를 하는 데서 봉사를 하고 있었다. 각 학년마다 어머니들은 한국토속 음식을 준비해서 아이들에게 제공했다. 희영도 다른 학부모들과 어울려 부침개와 팥죽과 인절미를 만들어 학생들에게 나눠주고 있었다. 누가 봐도 한국민족의 교육열의를 증명하는 현장이기도 했지만, 애국애족의 모습을 한 눈에 보는 것 같아서 감개가 무량했다.

작은 사위도 오전 진료만 하고 참가했다. 사위가 온 지 십 분 정도 지났을까. 그 학교 교장인 한복차림의 중년여자가 사위를 찾아왔다. 그녀는 열 살 정도로 보이는 남학생의 손을 잡고 있었다. 팽이돌리기를 하다가 손이 결렸다고 했다. 사위는 학생의 손목을 잡고는 이리 저리 움직이며 상태를 살피다가, 차에 있는 진료가방을 가지러 갔다. 그 사이 당황한 표정의 희영이 전화가 안 된다며 사위를 찾았다. 무거운 것을 들다가 허리를 삔 학부모가 꼼짝을 못하고 있다면서 안절부절 못했다. 심지어 어떤 남자는 급한 환자보다 먼저 금연침을 맞겠다며 떼를 쓰기도 했다. 아까 그 백인 남자가 다리를 절뚝거리며 딸의 손에 끌려와서 침을 맞았다.

사위는 행사를 마친 후에도 여러 형태의 환자들을 정성껏 돌보았다. 그런데 한복을 입은 한 여자가 다가와 사위를 유심이 보더니, 정말 그분 맞네요! 라며 사위의 손을 덥석 잡았다. 몇 년 전 한국의 KPL방송국의 국내 최고 인기MC 전희영 씨가 진행하는 프로에서, 무려 한 시간을 한의의 우수성과 전망에 대해 방송하던 사위를 보았다면서 이 먼 이국땅에서 이렇게 유명한 분을 만났다며 너무 반가워했다. 이때 병도가 한마디 했다.

"오늘 보니 우리 사위의 존재가치야 말로 감히 돈으로 환산할 수 없겠어요!

"결국은 의술도 민족애를 초월할 수 없나 봅니다."

"그게 인지상정 아닌가. 새삼 느꼈지만 진짜 애국자는 자넨 것 같아! 집단이기주의도 체면이나 돈과 줄서기도 상관없이 순수한 외화 벌이에 고생하는 우리 교민들의 건강을 책임지는 자네 말일세!"

병도는 사위의 등을 도닥거렸다. 어느덧 주위는 썰물이 지나간 듯 그 많던 인파들을 쓸어가 버렸다. 하지만 마지막까지 뒷정리에 바쁜 교사들과 학부형, 거기다가 사위를 돕겠다며 한복을 걷어붙인 여자뿐 아니라 아영가족과 희영 가족, 성민의 손놀림이 점점 빨라졌다.

신토불이

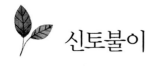

신토불이

생의 마지막이 어디까진지 모르지만 혹 지금이 내게 닥친 그 순간이라 해도, 해 돋는 아침을 맞아 정화된 공기를 흡입하다보니, 식물과 생수와 나무들의 호흡이 멈추지 않는 데 내 어찌 절망을 노래하리오. 마을 어귀에 버티고 서있는 느티나무의 숲은 지금도 지저귀는 새들의 무대로 변함이 없는데, 비록 내 앞길을 막아선 미로가 꿈을 앗아간들 저들의 아름다운 공연에 취하지 않을 수 있을까. 간혹 피를 토하는 절규를 절제하지 못한다 해도 내 어찌 대 자연과 겨눌 수 있으리오. 한데 하나님은 내 생애의 극한 상황, 그러니까 내가 더 이상 삶을 끌고 갈 기력이 없다고 판단이 들 때 비로소 개입하시더군요. 절박한 상황에서 날 건져주시는 분, 정말 멋지다고 느끼는 순간 이미 내 가슴은 삶에 대한 애정으로 가득 차 있더군요.

현규의 삶을 바꾸어 놓았던 그날 일기의 서두다. 누가 밖에서 부르기에 읽기를 중단해야만 했다. 옆집에 사는 친구였다. 외출복으로 갈아입은 그는 현규를 향해 아직 그러고 있느냐며 타박이다. 출발시간이 두 시간이나 남았는데? 라며 시계에서 눈을 뗐을 때, 친구는 그래도 빨리 오라는 말을 남긴 채 이미 싸리문을 나서고 있었다. 현규는 그날의 일기를 마저 읽으려 방금 보았던 뒷줄을 찾았다. H대학교 총장인 희용 친구를 만나기 전에 꼭 그날의 절박감을 되새겨 보고 싶었다. 그런데 방금 전에 다녀간 친구가 무엇 때문에 서두르는지 갑자기 궁금하기 시작했다. 현규는 더 이상 일기에 집중할 수가 없어서 벌떡 일어나 부랴부랴 회관으로 향했다.

마을회관 주변과 에어컨까지 켜놓은 방에서 TV를 보는 노인들을 합치면, 대형버스에 탈 인원의 절반은 이미 나온 듯했다. 친구는 현규를 보자 그 차림으로 갈거냐며 또 타박이다. 이번이라도 일어났나 싶었다고 하자, 그럼 언제까지 머무적거리려 했냐는 것이다. 현규는 입씨름을 피해 준비해서 오겠다며 집으로 발길을 돌렸다.

관광버스는 마을회관 앞에 대기하고 있었다. 노인 한 명이 운전기사에게 다급하게 다가가 아직 회장과 총무도 나오지 않았다며 매우 불만스런 어조로 투덜거렸다. 기사 아저씨는 버스를 일부러 일찍 대기시키려 했다면서, 어르신들께서는 출발시간에 맞춰서 나와야지 너무 일찍 나오시면 기다리기가 지루하다고 했다. 그러자 한 노인이 발칵 하더니 나이가 들면 남는 게 시간인데 늙은 우리가 버스를 기다려야지 버스가 사람을 기다리게 하면 되느냐며 기사를 나무랐다.

버스가 출발하자 이장이 통로로 나와 마이크를 잡았다. 오늘 마을 노인 회원님들을 모시게 되어서 영광이며, 특히 오늘은 관광도 관광이지만 H대학교 농대와 우리 천지 마을이 자매결연 맺는 매우 뜻 깊은 날인데, 부족하지만 저희들이 어르신들을 섬길 수 있게 되어 매우 기쁘다는 말로 운을 뗐다. 그러고는 마이크를 노인회장의 입에 대면서 인사말을 주문했다. 노인회장의 인사말이 끝나자 이장은 오늘 하루 어르신들의 일정과 안전을 책임지실 청년회 총무라며 마이크를 넘겼다. 총무가 인사말을 끝내고 다음 말을 하려는데, 그 옆에 앉았던 노인 회원이 일어나 마이크를 빼앗더니, 오랜만에 얻은 시간을 즐겁게 노는 것 말고 더 바랄 게 또 있느냐며 기사에게 노래를 틀어달라는 말이 떨어지기가 무섭게, 몇몇 노인들이 이때를 기다리기라도 한 듯 노래가 나오기도 전에 벌써 통로로 나와 덩실덩실 춤을 추기 시작했다.

고속도로로 진입한 버스가 한참을 가고 있을 때, 갑자기 노래가 뚝 꺼지면서 통로에서 놀던 회원들까지 부리나케 제 자리로 돌아갔다. 현규는 어릴 때부터 마을 또래들과 어울리지 않았고 어른이 되어서도 마찬가지여서, 함께 관광을 하는 건 처음이라 지금의 이 상황이 이해되지 않았다. 그런데 저만치 앞 도로 가장자리에 세워둔 승용차에 기대선 남자와 경찰 두 명이 마주보고 있는 걸 발견하고서야 불법차량 단속 중이란 걸 짐작할 수 있었다. 시외로 달리는 버스 안에서는 안전벨트를 착용해야 하는데도 불구하고, 통로로 나와 춤까지 춘다는 것은 위험하기 그지없는 일이다. 이런 경우 주위가 산만해서 기사도 운전에 집중이 안 될 것이고, 승객들 역시 달리는 차 안에서 다칠 경우를 우려하지 않을 수 없을 것이다.

현규가 어릴 때 마을에는 또래 남자만 해도 몇 십 명은 족히 되었다. 하지만 그 많은 또래들 중에 유난히 희용과 붙어 다녔다. 현규는 항구도시인 P시에서 초등학교 4학년 때 시골로 이사를 왔다. 자녀들을 공부시키려고 어머니가 우겨 고향을 떠났던 것이다. 어머니는 새벽 3시면 벌써 어시장으로 나가 여러 가지 생선을 받아 웬 종일 장사를 했다. 하지만 십수 년을 그렇게 사시다가 결국은 누적된 과로로 쓰러진 후 회복되지 못한 채 돌아가시자 아버지는 타향에서 버틸 여력이 없었던지 즉시 고향으로 돌아왔다. 그때 현규는 1년 후배인 희용과 쉽게 친해졌다. 현규는 중학교를 중퇴했고, 희용은 중학교를 졸업한 후 진학을 못하자, 둘은 붙어 다녔다. 여름이면 지게를 지고 풀을 베어서 가축을 주거나 거름을 만들고, 겨울에는 주로 뗄 감을 하러 산으로 다녔다. 그때 산이나 들에 자라는 식물이나 꽃과 열매들은 둘의 좋은 먹거리가 되어주었다.

어느 해 가을걷이가 거의 끝난 무렵이었다. 가설극장이 이웃마을 5일 장터에 와서 영화를 상영한다는 소문을 들은 현규와 희용이 저녁밥을 먹는 둥 마는 둥 얼마나 걸음을 재촉하여 달렸으면 영화상영 한시간 전에 도착했다. 둘은 날도 싸늘한데, 우두커니 앉아있을 수도 없고 해서 추위도 털어내고 시간도 죽일 겸 여기저기 기웃거리며 마을을 돌아다녔다. 가설극장 맞은 편 면 출장소를 지나자 교실처럼 생긴 벽돌건물이 있었는데, 창문으로 불빛이 새어나오고 있었다. 뭐하는 곳인지 둘은 호기심이 발동했다. 건물입구를 찾아 미닫이로 된 출입문을 빼꼼히 열고 안의 동정을 살폈다. 열 명 정도의 남녀 어린이들이 웅기종기 앉았고 그 앞에는 남자 청년이 마주보고 서서 노래를 부르자 아이들이 따라 불렀다. 그들은 한 여자 청년이 타는 오르간 소리에 맞춰서 노래를 하는 것이었다. 둘은 처음 보는 광경에 정신이 팔려 있는데 누가 뒤에서 어깨를 탁 치면서 여기서 이러지 말고 들어가지! 했다. 깜짝 놀란 현규와 희용이 돌아보자 야? 너? 희용이 아니니! 라고 하자, 희용도 야, 넌 이민재구나? 라며 반색을 했다.

이민재는 이웃마을에 사는 희용과 같은 학년으로 고등학생이었다. 마침 그 날이 수요일이라 이민재는 수요예배에 참여하기 위해 교회에 왔다고 했다. 현규와 희용이 교회는 생전처음이라 들어가지 않겠다고 우기자, 민재가 하도 강경하게 권하는 바람에 억지로 끌려 안으로 들어갔다. 그들은 얼떨떨하면서도 처음 경험하는 생소한 의식이라 신기하면서도 신선한 충격이었다.

예배를 마치고 돌아와 둘은 희용이 방에서 민재가 준 낡은 찬송가 책을 뒤지며 그날 교회서 불렀던 곡을 찾느라 밤을 하얗게 지새웠다. 첫 페이지부터 시작하여 마지막 장까지 넘기기를 2번이나 해도 찾지 못하자, 3번째는 아예 한 글자도 빠트리지 않고 확인해 가다가 지성이면 감천이라 했던가. 결국 그 찬송가를 찾았을 때는 천하를 다 얻은 거나 진배가 없었다. 엉터리 곡이지만 부르고 또 불렀다. 얼마나 불렀으면 그날 밤 동안에 가사를 전부 외워버렸던 것이다.

둘의 삶이 그 날 이후로 조금씩 바뀌어 갔다. 물론 다른 사람들의 시선에는 교회에 출석하는 것 외는 달라진 게 없었다. 하지만 그들의 내면은 온통 의욕으로 넘쳤다. 허기진 배를 채우려는 본능 말고는 아무것도 없던 그들에게 미래가 보이기 시작했다. 하나님이라는 거대한 존재가 나의 아버지라는 사실이 얼마나 든든했던지, 그 분에게 둘은 소원을 빌기 시작했다.

단속차를 뒤로하자 기사는 다시 노래를 켰고, 노인들은 통로로 나와 춤을 추었다. 청년회 총무는 소주 대신 음료수를 권하면서 양해를 구했다. 행사 전에는 술은 마시지 말자고, 그 뒤로 다른 회원은 안주라며 바나나와 귤을 들고 따라다녔다. 결국 한 노인 회원이 현규를 통로로 끌어냈다. 한 번씩 몸을 풀어줘야 스트레스가 풀리고 건강하다. 농군들이 건강해야 농사일도 더 잘 할 수 있을 게 아닌가. 또 우리 농군들이 씩씩하게 농사를 잘 지어야 높은 데 앉은 사람들도 먹여 살릴 수 있지 않을 것이냐면서, 현규의 양팔을 잡고 억지로 흔들었다. 하지만 뻣뻣하기는 마찬가지라 자신이 없었던지, 재미없는 사람이라고 핀잔을 주더니 즉시 다른 사람들과 어울렸다. 현규는 자리에 앉으면서 변명삼아 말했다.

"원래 노는 사람 있으면 구경꾼도 있어야 흥도 나는 법이거든."

현규의 말이 끝나자 한 회원이 듣고 보니 그것도 말 되네 했다. 이때 청년회 회원들이 아침밥으로 준비한 김밥을 나눠주기 시작했다. 이장이 다시 마이크를 잡았다. 특별히 오늘의 이 나들이에 동행하신 모든 분들은 우리 마을을 대표하는 사절단원이나 진배없다. 그리고 오늘의 이 영광스런 자리는 H대학교 총장이신 본 마을 출신 진희용 선배와 우리 농촌의 앞날을 걱정하면서 고향땅을 지키며 묵묵히 외길을 걸어오신 현규 선배의 우정이 이뤄낸 성과라고 극찬을 하자, 한목소리로 맞는 말이라며 박수를 힘차게 쳤다.

현규는 과거에도 그랬지만 지금도 변함없이 희용 친구를 존경하고 있었다. 교회에 출석한 지 약 1년 후, 희용은 고등학교에 들어갔다. 그러고는 줄기차게 장학생의 자리를 지키면서 어릴 때 가난했던 한 농민의 아들이 대 학자로서의 신화를 만들어냈다. 현규는 가끔은 희용을 생각하면 자책할 때가 있다. 원하는 환경을 바랄 게 아니라 원하는 환경을 내가 만들어 가야 할 운명임을 알면서도, 배움에 대한 욕심은 왜 내지 못했던가. 희용의 운명을 바꿔놓게 된 데는 교회 전도사의 역할이 전적으로 작용을 했었다. 어느 수요일 날 예배를 마치고 전도사가 현규와 희용을 따로 만나 학교에 다닐 것을 종용했다. 그때 희용은 단번에 응하여 전도사가 교목으로 근무하는 기독교제단의 고등학교에 들어갔다.

반대로 현규는 중학생 때 잃어 버렸던 자신감이 좀처럼 회복되지 않았다. 학년 초에는 반장이었지만 학교 급사로 일하면서 공부를 하자니 여간 힘들지가 않았다. 사실 급사도 아무에게나 주는 게 아니었다. 전교 차석이라는 좋은 성적을 냈지만 가정형편이 어려워 입학을 취소해야 할 처지의 현규에게 학업을 이어갈 수 있도록 학교에서 주는 특혜였었다. 아무리 공부를 잘한다 해도 그렇지 아르바이트까지 하면서 시간을 마음대로 활용 못하니 공부에 지장이 없을 리가 있겠는가. 현규는 가끔씩은 급사 일을 하다보면 수업 시간 중간에 들어온다든지 아니면 수업시간 중간에 나가는 경우도 생겼다. 거기다가 방과 후에는 교무실 청소에 교사들의 잔심부름까지 하다 보면 시간을 다 써버려 공부할 기회가 점점 줄어갔다.

1학년 여름 방학이 거의 끝나갈 무렵, 이미 성적도 뚝 떨어진데다가 엎친 데 덮친 격으로 채독에 걸려 거의 죽을 지경까지 이르렀다. 아무리 가족이 많은들 어머니가 없는 현규로서는 제대로 간호를 받지 못하니 병마와 싸울 기력마저 잃었다. 거의 2개월 동안 병마와 싸우다가 학교에 다시 출석을 했다. 그나마 학교에 다닐 수 있게 해 주었던 급사 자리도 물 건너갔고, 교과서 진도도 장기결석 동안 한참을 앞서 나가 있어서 수업시간만 되면 선생님의 설명이 이해가 되지 않으니 앉아있기 조차 어색하고 민망했다. 거기다가 등교를 하는 날이면 언제나 서무실에 불려가 공납금 독촉을 받아야 했다.

현규로서는 지옥이 따로 없었다. 차츰 학교에 대한 흥미를 잃어갔다. 결석하는 날이 잦아졌다. 하지만 학교고 가정이고 누구 하나 현규에게 관심 가지는 사람이 없었다. 학교를 그만 두는 건 자연스런 현상이었다. 그러던 중 1년 후배인 희용이 중학교를 졸업하고 진학을 못하자, 현규와 친구가 되었다. 둘의 집이 다 가난했지만 다른 게 하나 있었다. 현규는 어머니가 없었고, 희용은 어머니가 있었다. 현규는 점점 외톨이가 되는 반면 언제나 가슴 한 구석이 텅 빈 채 열등감으로 자신감마저 잃어갔다. 반대로 희용은 비록 가정형편은 가난해도 자신감은 물론이고 가슴이 꽉 차 있었다.

이장이 갑자기 마이크를 현규 입에 대면서 주문을 했다.

"저가 오늘의 이 감격을 어떤 말로 미화시킨다고 한들 본인보다 나을 수 있겠습니까. 그러니 선배님께서 직접 한 말씀 해 주셔야겠습니다."

현규는 갑작스런 주문에 다소 당황스러웠지만, 희용의 훌륭함을 더 확실히 말해야 될 것 같아서 마이크를 거절하지 않았다.

현규와 희용은 낮에는 들로 산으로, 식전에는 동네 개똥은 다 주어 거름을 만들었다. 밤이면 희용이네 집에서 앞이 보이지 않은 암담한 현실을 한탄과 체념으로 보내던 그들이 아니었다. 하나님을 알고부터 조금씩 미래가 보이기 시작하자, 둘은 꿈도 야무지게 약속을 했다. 현규가 고향에서 농사에 종사하여 앞서가는 농촌, 부유한 농촌을 만들기 위해서는, 희용이 농학박사가 되어야 과학영농으로 농업도 고소득을 올리게 될 게 아니냐는 것이었다.

"여러분들이 저와 희용 친구를 그렇게까지 인정해 주시니 정말 감사합니다. 사실 희용 친구야 말로 우리 마을의 보배이자 우리 나라농업계에서는 없어서 아니 될 독보적 존재란 건 모두가 다 아는 사실이 아닙니까. 그런데 친구를 중앙에 있는 여러 명문대서 모시고 가려 했으나 그럴 때마다 번번히 거절했다는 사실은, 명예도 부도 버리고 오로지 저와 한 약속을 지키려고 지금까지 연구에만 몰두해 왔습니다. 그가 추구한 것은 연구실학문이 아니라 농촌의 현장 즉 흙 학문을 실행하고자 했던 것입니다. 우리 경남의 기후 풍토에 맞는 농작물 육성은 물론이고 유력 작물이면 품종개량을 해서라도 이 지역에 재배가 가능하도록 해 왔습니다. 희용친구는 전공에 대한 애착과 노력이 남다르기도 하지만 정작 더 높게 평가받아야 하는 것은 바로 인간성입니다."

현규가 결핵으로 의병제대를 했을 때만 해도 누구도 그의 옆에 오는 사람이 없었다. 하지만 희용은 달랐다. 현규가 군에 있을 당시, 희용이 지방 국립대학교인 H대학교 신입생 입학시험에서 전교 수석을 했노라며 편지가 왔다. 대부분 인기 과에서 수석을 하기 마련인데, 농대에서 수석이 나왔기 때문에 더 값진 것이었다. 숙식은 입주 가정교사로 해결이 되었다는 것도 썼다. 하지만 성적을 유지하자니 늘 시간에 쫓긴다던 희용, 어쩌면 현규를 보기 위해 아까운 시간을 쪼개가며 일부러 고향 올 구실을 만드는 것 같았다. 그렇지 않고서야 부모님께 인사를 하고 나면 현규한테 시간을 다 쏟아놓고 갔다.

특히 가족들도 전염될까봐서 현규의 거처인 작은 문간방에 오기를 꺼려했다. 겨우 식사를 차려다 주는 것, 하긴 식사래야 겨우 꽁보리밥에 보리쌀 씻은 물에 끓인 된장, 김치나 푸성귀라도 있으면 진수성찬이다. 희용은 결핵은 잘 먹어야 한다면서 안 그래도 없는 돈에 뭐라도 사들고 왔었다. 거기다가 모처럼 온 아들을 먹이려고 집에 키우는 닭을 잡아 삶아주면 무슨 핑계를 대서라도 현규에게 가져왔다. 한번은 희용이 왔을 때, 현규가 각혈을 하고 있었다. 그럼에도 그는 현규 곁에서 손을 잡고 밤을 지새우며 눈물로 기도했다.

만약 희용의 우정이 아니었다면 지금의 현규가 존재할 수 있을까. 집안에 더러운 병을 가진 식구 때문에 더 이상 살 수 없다며 새 엄마는 벌써 여러 번 보따리를 싸겠다며 엄포를 놓곤 했었다. 결국 그날 아침에는 아예 보따리를 쌌다. 장날인 전날에 사와서 먹고 남은 간 고등어가 문제였다. 아버지가 눈치 없이 새 엄마를 두고 현규를 챙겼던 게 화근이 될 줄이야. 당황한 아버지는 새 엄마를 주저앉히느라 한 바탕 전쟁을 치렀다. 현규는 참담한 마음으로 아침밥을 먹는 둥 마는 둥 집을 나섰다. 안 그래도 죽음이 문턱에 이미 당도했다고 느끼고 있던 터다.

이런 상황에서 느닷없이 찾아온 절박감은 죄의 문제였다. 희용과 잘 가던 산으로 발길을 옮기면서 굳이 목적지까지 가겠다고 안간힘을 썼다. 산나물이며 솔잎 그 외도 눈에 들어오는 열매는 다 입으로 가져갔다. 숨이 차면 나무 그늘에 앉아 용기가 나기를 기다리고 계곡을 타고 올라가면서 물에 발을 담그기도 했다. 피를 토할 때는 흐르는 물로 씻었다.

아침 식사 후에 출발하여 목적지에 당도했을 때는 해가 하늘 한복판에 있었다. 계곡의 물이 방처럼 넓은 바위를 포위하듯 양쪽으로 헤어져 바위 아래서 다시 정답게 만났다. 희용과도 다시 정답게 함께 할 날이 있을까. 하지만 부질없는 소망이라며 도리질을 했다. 희용이 올 때까지 살아있을 자신이 없었다. 현규는 소나무가 천정처럼 덮고 있는 바위 위에 나른한 몸을 힘겹게 눕혔다. 눈을 감자 현실이 아득하게 멀어지면서 죽음으로 이어지고 있다는 느낌에 빠져 들었다. 잠시잠깐이면 사라져버리는 하루살이에 불과하기에 곧 잊어지고 말 인생의 무상함에 연연하지 않고 본향으로 돌아가리라 체념해 보나, 역시 죄에 대한 두려움이 현규의 가슴을 옥죄며 쉽게 놓아주지 않았다.

현규는 그날 현실을 초월한 어떤 힘이 울컥 솟아오르는 걸 체험했다. 해가 서쪽으로 기울어질 때 반대편 마을에서 소를 먹이러 온 아이들이 현규를 보고는 해골이 움직인다며 도망을 쳤다. 그때서야 현규는 뼈와 가죽만 앙상하게 남은 자신의 몰골을 의식했다. 군에 입대하기 전까지만 해도 죽음이 자신과 상관있을 거라고는 생각도 못했는데, 희용과 둘이서 이 바위에 누워 푸념이 지겨우면 언제 그랬느냐는 듯 정답게 노래를 불렀다. 그러다가 나중에는 거기서 미래를 설계했고, 그래서 꿈을 이루면 여기서 다시 만나기로 약속했었는데…. 꿈도 펼쳐 보기도 전에 희용과의 비교의식마저 상실해 버렸다는 게 너무 억울했다.

그런데 갑자기 희용의 우정이 떠오르면서 살아야 한다는 의지가 꿈틀거렸다. 현규는 축 처진 몸을 겨우 돌려 무릎을 꿇었다. 마침 하나님의 은혜를 엄청 받았다던 어느 여신도의 말이 뇌리를 스쳤기 때문이다. '하나님은 널 버렸어!' 스스로 양어머니가 되어 주겠다며, 그러나 뼈만 앙상하게 남은 현규를 보고는 기도해 준다던 계획마저 포기하고 돌아 가버렸던 그녀, 그 후로 현규는 이 기억만 나면 언제나 그래왔듯이 망치로 뒤통수를 얻어맞은 듯 전율했다. 순간 어디서 그런 힘이 났을까. 두려움과 서러움에 섞여 항변이 터져 나왔다. 왜? 절 버리십니까! 그래도 전…! 현규는 그때부터 울부짖으며 떼를 썼다. 받아들일 수 없다고! 왜 하필이면 접니까! 나는 길이요 진리요 생명이니 나로 통하면 아버지께로 간다고 하지 않으셨습니까! 그런데 왜!? 데려가시려면 그곳에 갈 확신이 서는 무슨 증표라도 주시든가! 안 그러면 살아갈 건강이라도 주셔야 지요! 현규는 있는 대로 소리를 지르면서 두 손으로는 바위를 얼마나 방망이질 했던지 손이 피투성이로 변해 있었다.

이런 현규에게 비몽사몽간에 나타난 환상은 그야말로 이 세상에서는 보고 느끼지 못했던 아름다운 전우애를 경험했다. 기압을 직업으로 여기던 중대장한테서 포근한 사랑이 온 몸으로 느껴지는가 하면, 또 여러 전우들의 모습이 무척이나 평화롭고 친밀감이 넘치는 게 아직껏 이토록 사랑스럽고 정겨움을 경험해 본 적이 없었다. 엄하고 보기만 해도 무섭고 겁에 질려 늘 긴장한 채 두렵고 떨리는 마음으로 다음 명령을 기다려야 했던 그 기억들이 생생한데, 감히 그 기억들을 일순간에 깨끗이 지워 버리다니! 하지만 그 뿐만도 아니었다.

현규에게 이 놀라운 변화에 확신을 주는 또 하나의 사건이 있었으니, 누가 널 버려? 네가 나를 떠나도 나는 절대로 널 버리지 않는단다.

내가 왜 그 고통스런 십자가를 졌겠니? 그것은 너의 저주를 내가 다 담당하기 위해서라는 걸 아직도 몰라! 현규는 깜짝 놀라 사방을 두리번거렸다. 아무도 없었다. 하지만 고통의 상징인 십자가는 현규 자신의 문제를 해결하기 위함이었다는 생각이 머리를 강타함과 동시에 방금 사랑이신 그 분을 만났다는 확신이 문신처럼 새겨졌다. 이제는 그 여신도뿐 아니라 세상 모든 사람들이 다 하나님이 현규 자신을 버렸다 해도 아니라고 당당하게 말할 자신이 섰다. 현규는 벌떡 일어나 손뼉을 치면서 껑충껑충 뛰었다. 기쁨의 환호를 목이 터져라 질렀다. 예수님 사랑합니다!

그날 이후로 현규는 병에 얽매이지 않았고, 각혈을 하면서도 죄를 용서받았다는 사실이 감사하여 찬양을 입에 달고 있었다. 결국 희용과 승부를 걸어도 되겠다는 자신감이 들기 시작했다.

"보통 사람이라면 그런 자리까지 올라갔는데 아쉬울 게 뭐가 있다고, 우리 같은 촌놈들 잊지 못하는 걸로만 봐도 사람 됨됨이는 충분히 알 것 같네."

노인회장이 매우 진지한 어조로 희용의 인격을 시인했다.

"지금은 H대학교가 국립종합대학교지만, 60여 년 전 설립당시만 해도 H농과대학이었답니다. 그러니 대부분의 사람들은 그냥 H농대로 불렀거든요. 그러니 아무리 지금은 거대 국립종합대학교로 발전했다고는 하나, 학교의 원 뿌리는 역시 농과대학 아닙니까. 그런데서 친구가 농업생명과학대학장을 거쳐 지금은 농대와 같은 단과대학이 12나 되는 종합대학교의 총장이라면 얼마나 대단한지를 어느 정도 짐작이 가실 겁니다. 학사는 물론이고 석, 박사를 포함한 재학생과 교수들까지

합하면 3만 명에 육박한다니, 희용친구의 인물됨을 과히 짐작하시리라 생각합니다. 이런 맥락에서 볼 때 총장이란 위치가 비단 실력만으로 앉아 있을 수 있는 자리도 아니라는 사실입니다. 저가 기적적으로 결핵 3기에서 회복된 것도 다 그 친구 때문이며, 죽어가던 저에게 이웃을 내 몸과 같이 사랑하라!는 그 분의 말씀을 실천한 사람이 바로 희용 친굽니다. 결핵은 전염성이 강한 질병인데도 친구는 무의식중에라도 저를 경계하는 모습을 본 적이 없어요. 그러니 오늘의 희용도 가능했다고 단언할 수 있습니다.”

현규의 말이 끝나기가 무섭게 노인 회원 한 명이 통로로 나오더니, 우리 마을 출신 중에 이렇게 훌륭한 사람이 있다는데 어떻게 춤을 추지 않을 수 있겠느냐며 몸을 우쭐거리자, 회원들 몇 명이 옳소!를 외치며 뒤를 이었다.

대학교 정문 앞까지 두 줄로 학생들이 나눠 서서 천지마을 노인 회원들이 탄 버스를 환영했다. '농대와 천지마을의 자매결연을 축하합니다!'라고 쓴 대형 현수막은 학교 정문 위에 걸렸다. 학생들은 한결같이 손을 흔들면서 활짝 웃고 있다. 분에 넘치는 환영도 다 총장 때문이라는 생각을 떨쳐버릴 수가 없었다.

현규는 가슴이 벅찼다. 다른 회원들도 같은 심정임을 알 것 같았다. 자유분방하던 조금 전의 모습은 온데간데없고, 약간은 긴장한 듯 창문 밖으로 시선을 던진 채 말문을 닫고 있었다. 차는 농대입구까지 들어갔다. 행사장에는 농업생명과학대학의 1개 학부와 10개 학과에서 참석한 교수 및 학생대표들이 강당 입구에도 두 줄로 나눠 서 있다가 일행이 도착하자 환영한다는 뜻으로 박수가 이어졌다.

이때 진희용 총장이 앞서 도착한 이장부터 악수를 하고는 걸어 나오면서 반갑다는 인사말과 동시에 허리까지 약간 굽혀 일일이 악수를 했다. 진짜 우리 마을 출신 희용이 맞나? 이런 눈초리로 모두가 다 굳은 표정을 풀지 않은 채 내미는 손을 부자연스럽게 잡았다. 마지막으로 들어오는 현규에게 다가온 희용이 포옹을 하자 식어가던 박수가 갑자기 되살아났다. 모두가 이미 준비된 좌석에 앉고 희용은 선 채로 '처음에는 당연히 현장에 가서 행사를 진행하려고 했어요. 하지만 앞으로 그런 기회는 얼마든지 있을 것이기 때문에, 오늘은 특별히 저의 제2 고향이기도 하고 또 유명 관광지가 있는 이곳으로 꼭 한 번 고향 선배님들을 모시고 싶었습니다.' 라며 희용이 미소를 피운 얼굴로 노인 회원들을 향해 정중하게 인사를 했다.

자매결연의 행사가 끝나고 점심은 뷔페식으로 숲이 우거진 농대 야외 캠퍼스에서 진행되었다. 식사 후에는 대학 캠퍼스를 둘러본 후 시내관광에 나섰다. 희용이 가이드로 자원했다. 제일 먼저 간 곳이 진주하면 떠오르는 곳이 남강과 그 유명한 촉석루다. 거기서 가장 주의 깊게 본 것은 진주의 관기 논개의 행적으로, 임진왜란 때 진주성이 함락되어 왜장들이 촉석루에서 주연을 베풀 때에 만취된 왜장 케야무라를 열손가락에 가락지를 낀 채 껴안고 남강에 투신하여 죽음을 맞은 바위 의암과 그녀의 영정이 있는 사당 의기사였다. 희용은 관광지뿐 아니고 시내 구석구석을 다니며 거기에 관한 의미를 상세하게 설명했다. 모두 희용의 박식함에 놀랐지만 더 놀라운 건 설명을 들은 대로 진주시가 머리에 고스란히 입력이 되어버린다는 것이다. 역시 총장은 다르다는 우스갯소리까지 나왔다.

희용의 집에 도착했을 때는 이미 어둠이 사방을 둘러싸고 있었다. 정원 잔디밭에 차려진 진기한 요리들의 식탁을 대하자 모두가 감탄사를 자아냈다. 희용 아내는 요리연구가이면서 여자고등학교 교사라는 사실은 익히 들어서 알고 있었지만, 우리 농산물로 만든 각종 요리를 직접 눈으로 보고 먹을수록 희용뿐 아니라 동민 모두의 입에서 극찬이 이어졌다. 맛난 요리들도 그렇지만 아담한 정원을 비춰주는 새하얀 조명 아래 은은하게 울러 퍼지는 학생들의 오케스트라 연주가 분위기를 한층 더 우아하고 고급스럽게 연출해 내고 있었다.

돌아오는 버스 안에서는 모두가 침묵했다. 이장이 입을 열었다. 왜 놀지 않느냐고, 그리고 준비한 술병마개는 하나도 따지 않은 채라는 말도, 하지만 이구동성으로 희용의 환대에 감격하여 먹먹하다거나 아직도 꿈을 꾸고 있는 것 같다는 대답이었다. 그동안 희용의 성공사례를 건성으로 듣고 흘러버렸는데, 직접 와서 그 현장을 보고 나니 우리 마을에서 태어나고 자란 이런 훌륭한 인재를 여태껏 몰라본 게 죄송스러울 따름이라며 너도 나도 자책의 목소리를 높였다.

이장은 그가 할 수 있는 모든 말을 다 동원하여 술병을 좀 비워주기를 간청했지만, 그토록 즐겨마시던 술을 단 한 방울도 마시는 이가 없었다. 그리고 잠들지 않으면서도 죽은 듯이 조용했다. 무슨 생각들에 빠졌는지.

마지막 미소

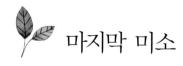

마지막 미소

　어느덧 스산한 바람과 함께 냉기가 온 누리에 퍼지더니 길목장 구석 구석에도 어느덧 겨울로 가득 찼다. 하지만 길목장 가족들은 계절과 는 상관없이 훈훈한 겨울을 보내던 중이었다. 올해는 유난히 가뭄이 심했다. 거기다가 TV에서는 병충해와 늦은 장마에 태풍까지 겹쳐, 농 작물의 수확이 예년에 비해 절반에도 미치지 못할 것이라는 보도가 가을걷이가 끝날 때까지 연일 이어졌었다. 그런데 유일하게 길목장만 은 시절과는 무관하게 심고 가꾸는 것마다 풍작이었다. 그 결과 열매 도 풍성하게 영글어 수확의 계절인 가을에는 웃으며 추수를 했다.

　목장장이 나이가 많아 더 이상 직무를 수행하기에 버거워 사임을 하자, 두 명의 목부만으로는 일손이 매우 딸렸다. 목장장이 공석이 되 고부터 회장은 바쁜 와중에도 일부러 시간을 쪼개서 한창 가물 때는 월동용 엔시레지를 담글 옥수수와 고구마, 각종 채소들이 말라가자 거의 매일 지하수를 퍼 올려 뿌렸다. 그 덕에 길목장의 식물들은 가 뭄을 모르고 자랐다.

어느 오후, 운동장에 누워서 한가한 시간을 보내던 내 주변으로 식구들이 옹기종기 몰려들었다. 우리들은 농후사료와 엔시레지 그리고 건초까지 충분히 먹은 터라 눈을 지그시 감은 채 되새김질을 하고 있었다.

한 달 전에 태어난 암 송아지가 장난기 섞인 몸짓으로 내 꼬리를 발로 찼다. 나도 지지 않겠다고 태연하게 꼬리를 천천히 흔들자 물끄러미 노려보다가 가끔씩 그놈을 잡겠다고 깡충 깡충 뛰어다녔다. 그의 어미소는 되새김질을 하면서 실눈을 하고 새끼와 나를 번갈아 훔쳐봤다. 다른 소들도 마찬가지였다. 그런데 갑자기 젊은 젖소 두 마리가 서로 머리를 맞대어 밀고 밀리기를 계속하자 이것을 보던 식구들이 입을 벌리고 웃었다.

오늘은 새로 부임할 목자가 현지답사를 오는 날이다. 그는 영문학을 전공한 후 고액과외까지 하던 유능한 학원 강사였다고 했다. 지금은 야간 농대 축산학과 대학원에 다니며, 다음 해 2월까지 수습목자로 있다가 졸업을 하면 정식목장장이 될 것이라 했다. 주인은 여러 계열회사를 거느린 대그룹 회장이라 몹시 바빴다. 하지만 올 한해만도 논에 피를 무려 3번이나 뽑았다. 화학농약과 제초제를 살포하지 않은 논이라도 벼가 무성하게 자라면 잡초는 힘을 못 쓰지만, 벼와 흡사하면서도 성장률이 더 좋은 피는 벼 위로 쑥쑥 자란다. 처음에는 놉을 대었고, 두 번째는 여름 방학 때 봉사활동을 온 대학생들의 도움을 받았다. 세 번째는 일손구하기가 하늘의 별따기만 하자 온 가족이 동원되었다. 이렇게 재배한 벼를 탈곡하고 남은 볏짚을 월동용으로 비닐로 진공 포장했다. 밭에서 재배한 옥수수 대는 잘라서 엔시레지도 담았다.

　회장과 비서와 운전기사는 어제 밤도 역시 목장에서 잤다. 그들은 목부들을 도와 착유를 끝내자 우리들을 운동장으로 몰아내고는 대청소를 시작했다. 늘 그랬지만 밤사이 축사바닥은 우리들의 배설물로 지저분했다. 액체는 하수구로 통해 내려 보내고 건더기만 삽으로 긁어내면 청소가 끝나는데 오늘은 좀 다르다. 축사바닥의 오물을 치우고도 비로 싹싹 쓴 후 쇠 솔로 바닥을 문지른 후 물로 깨끗하게 씻어냈다. 그런데도 회장은 목장장의 눈에 들도록 깨끗하게 청소를 해야 한다고 거듭 당부했다. 비서에게 축사 벽과 천정에 있는 거미줄과 먼지를 제거하면 좋겠다고 부탁하고는, 사료통과 물통, 하수구 그리고 착유할 때 사용하는 기구들과 수건, 우유 저장고 등 자질구레한 물건들을 씻는 일을 회장도 도왔다.

　청소가 끝나자 양수기로 지하수를 퍼 올려 젖소들을 목욕 시켰다. 내 차례가 되자 회장은 좀 많이 먹으라고 하더니, 네가 우리 목장의 살림 밑천이었어! 네가 건강하게 잘 버티고 있어서 지금껏 이리들의 위험도 무사히 이겨냈었어. 그리고 젖소로서의 매우 성능이 우수한 네가 해마다 암송아지를 분만해 주는 바람에 우리 목장이 이토록 번성하게 되었단다. 넌 이제 아무 걱정 말고 남은 여생을 편히 쉬도록 해. 회장은 추억을 회상하듯 나의 까칠한 등뼈위의 털을 만지작거렸다.

　나는 툭 튀어 나온 눈을 껌뻑거리며 회장의 허리를 주둥이로 쿡쿡 찔렀다. 회장은 나더러 길목장의 산 증인이라며 끝까지 지켜 주겠노라고 말한 후, 갑자기 내 앞에 앉더니 오른쪽 앞발 엄지에다가 회장의 엄지를 찍어 약속했노라고 했다.

그동안 회장은 좋은 목장장을 구하려 노심초사해 왔었다. 그런데 후보 목장장이 현지답사를 온다니 얼마나 다행인가. 한데 말이다. 카이! 오늘 와 봐야 알겠지만 새로 목장장이 부임하게 되면 원래 다른 가족들이 널 잘 따르잖니? 그러니 목장장에게도 말을 잘 듣도록 네가 역할을 해야 해. 그러니 많이 먹고 힘내! 알았니? 회장은 늙은 나도 할 일이 있다며 용기를 주려는 모습이 고마웠다. 사료만 축내는 나를 비육우로 판다면 하다못해 뼈 값이라도 받을 테고 사료 값도 허비하지 않아도 된다. 나는 회장의 마음 씀씀이가 고마워 얼굴을 돌려 혓바닥으로 그의 볼을 핥았다. 회장은 그러는 나의 턱과 머리를 양 손으로 토닥거리며 활짝 웃었다. 그래 알았어. 네 마음 알았으니까, 됐어. 나는 갑자기 새 목장장에게 잘 보이려면 깨끗하게 씻어야 한다고 생각되자 잰걸음으로 세면장으로 향했다.

3일 후, 수습 목장장으로 장혁이 부임했다. 다음 날 아침 목장장이 축사로 들어오자 우리들은 요란스럽게 일어났다. 이때 가장 입구에 있던 젖소가 벌떡 일어나 허리를 쭉 펴더니 갑자기 밤새껏 배설한 오물에 담겨있던 꼬리를 힘차게 좌우로 흔들었다. 마침 목자가 우리 뒤쪽 통로로 가다가 꼬리에 묻은 오물을 뒤집어썼다. 엇, 이놈들 봐라! 순간적으로 나는 날벼락이 떨어지겠구나! 몇 년 전에도 오늘과 같은 상황이 벌어졌었다. 총각 목부였는데, 부리나케 삽을 들고는 꼬리 친 젖소의 다리를 때리기 시작했다. 하필이면 그녀는 나의 첫째 딸이었는데 너무 아프니까 매를 피한다고 다리를 요리조리 옮겼지만 소용없었다. 나의 딸은 목부의 폭력이 계속되자 큰 소리로 울부짖으면서 도망을 치려고 얼마나 목을 휘둘렀던지, 나중에는 목사리가 가죽을 벗기고 살까지 파고 들어가 피가 뚝뚝 떨어지고 있었던 것이다. 그런데도 목부들한테 하는 소리가 오냐오냐하면 말을 듣지 않기 때문에 처음부터 단단히 혼 줄을 내놔야 다루기가 쉽다는 것이었다.

그때가 생각나서 우리들은 잔뜩 긴장해 있는데 첫날부터 장난이 심하군! 그는 얼굴에 묻은 오물을 손등으로 닦으면서 매우 부드러운 어조로 우스갯말을 했다. 천사다! 여기저기서 소곤거렸다. 그는 우리 모두의 머리와 등을 손으로 쓰다듬기도 했다. 나는 속으로 이번 목장장을 왜 회장님이 그토록 욕심을 냈던가를 좀은 알 것 같았다. 정말 잘된 일이다. 이제 내가 늙어 생산능력도 없어진 판에 노후를 눈치 보며 살아 갈 일이 걱정이었는데, 이렇게 좋은 목장장을 만났으니 내 여생이나 길목장의 앞날이 화창한 봄날처럼 느껴지면서 긴장이 확 풀렸다.

목장장이 졸업을 한 그 다음날 오후 식곤증으로 운동장에서 졸고 있는데 회장이 비서까지 대동해서 왔다. 그 때 마침 한 놈이 졸음을 이기지 못하고 머리를 바닥으로 쿡 처박았다. 그 광경을 보던 회장은 저, 저, 좀 봐! 아이쿠! 귀엽네! 라며 너털웃음을 터뜨렸다. 그날 회장은 목장장을 정식으로 임명했다. 그러고는 카이와 잘 해보라며 우유대금이 입금되는 회장명의의 통장은 목장장에게 굵은 철사에 매단 도장은 내 귀에 달아주었다.

목장장이 다음날은 평일보다 더 일찍 축사로 왔다. 그는 오자마자 나를 끌고 산으로 올라갔다. 나는 영문도 모른 채 묵묵히 따랐다. 그날따라 날씨가 추워서 코 안으로 들어오는 공기가 몹시 찼다. 넌 오늘부터 건초를 직접 뜯어 먹는 거다. 원래 소는 초식동물이라서 주식인

풀만 먹으면 병도 안 걸려. 거기다가 나이가 들면 운동은 필수야. 계속 주는 거 받아먹고 움직이지 않으면 병들어. 운동을 열심히 해야 해. 넌 할 일이 없으니까 여기서 좋은 공기마시면서 얼마든지 놀아도 돼. 나는 목장장의 말에 가슴이 철렁 내려앉았다. 결국 나한테도 올 것은 오고야 마는 구나. 그런데 생각해 보니 목장장의 말은 다 맞는 말이기도 했다. 그런데 왜 서글픈지 모를 일이었다. 당장이라도 우리 회장님이 주인인데 왜 목장장님 마음대로 날 함부로 대하느냐고 항의하고 싶으나, 생각과는 달리 입은 더 굳게 달혔다.

목자는 쓸모없는 쓰레기를 버린 듯 나를 방목장에 내버려 둔 채 가벼운 걸음으로 휘파람까지 불어가면서 산을 내려갔다. 식물들이 말라 가는 늦가을까지도 우리들이 여기 와서 웬 종일 풀을 먹으면서 놀았기 때문에 초장이 아니라 운동장이나 진배없는 빈 들이었다. 휑하니 빈 들을 바라보자, 나는 시간이 갈수록 추위와 으스스함으로 외로움에 몸서리를 쳤다. 그런데 수습목장일 때는 매우 인자하던 장혁이 정식 목장장으로 임명을 받고난 후부터 너무나 악하게 변해 버린 이유가 무엇인지 궁금했다.

억지로 지난날 행복했던 일들을 떠올렸다. 하지만 현실은 부인할 수 없었다. 당장 내 몸 하나도 거처할 곳 없는 형편에 그것도 빈들에 버린받은 신세가 아닌가. 하릴없이 멍하니 서있자니 허망함이 몰려왔다. 어떤 행동을 시도해야 함에도 불구하고 꼼짝 할 수가 없었다. 몇 시간을 우두커니 서있자 다리도 아프고 허기까지 몰려와 결국은 자리에 폭삭 주저앉고 말았다. 하지만 이것마저 지탱하기가 힘들어 전신을 바닥에 눕혔다. 눈이 침침하고 온 몸은 운신할 수 없었다. 눈을 감고 가만히 누워있으니 맛난 먹이들이 뇌리에 차례로 스쳐지나갔다. 농후사료를 비롯해서 각종 청초에 일부러 재배한 당근까지, 영양도 많으면서도 유난히 맛이 좋은 두과식물인 클로버와 자운영, 그 중에서도 모든 청초가 끝난 무렵에 먹는 파란 아카시아 잎은 거야말로 별미 중 별미다. 그리고 겨울에 먹는 건초와 옥수수로 담은 엔시레지가 생각나자 군침이 돌았다. 순간 벌떡 일어났다.

나는 나무가 우거진 숲속으로 뚜벅뚜벅 걸어갔다. 소나무가 울창한 곳으로 들어섰다. 바람소리가 꼭 멀리서 들려오는 짐승 떼의 울음소리마냥 소름이 끼쳤다. 당장이라도 사나운 짐승이 나타나서 나를 집어삼킬 것 같았지만, 회장도 만나보지 못한 채 죽을 수 없다는 생각이 들자 젖 먹은 힘까지 불끈 솟았다. 정신없이 숲속을 뒤졌다. 풀이 뿌리에 붙은 채로 말라있었다. 나는 더운밥 찬밥 가리지 않고 닥치는 대로 이빨로 뜯어 삼켰다. 나무와 마른 풀잎 사이에 무엇이 섞여있는지를 가리지 않고 그냥 먹어치웠다. 어떤 것은 너무 세기도 하고 개중에는 가시가 솟은 식물이 입안 어디든 찌르기도 했지만 개의치 않았다. 정신없이 건초를 먹다가 땅거미를 의식하고서야 나는 겨우 고개를 들었다. 순간 섬뜩했다. 막상 서걱거리던 건초 뜯는 소리가 사라지자 주변은 머리끝이 쭈뼛 설 정도로 조용했다.

집으로 향하는 길음이 무거웠다. 이런 느낌은 처음이다. 축사로 들어가려는데 갑자기 엄습한 이질감이 나의 발목을 잡았다. 나는 축사 앞에서 서성거린다. 그런데 변한 건 아무것도 없다라는 생각이 드는 순간, 용기를 내어 축사 안으로 들어섰다. 일시에 식구들의 눈이 동그래 가지고 어디 갔다 왔느냐? 얼마나 걱정을 했는지 아느냐! 모두 진심으로 걱정했다. 목장장은 착유를 하다가 천연덕스럽게 카이, 이제 왔니? 했다. 이때 식구 중 누가 큰 소리로 소스라쳤다. 카이님! 피, 피가! 했다. 그러자 모두가 정말이네! 나를 주목하고는 축사 안은 술렁이기 시작했다. 카이님, 하루 종일 굶어서 배고프겠다. 라고 하자 목장장이 카이가 애기니? 착유시간에 야단법석이게! 라며 질책을 했다.

나는 어리둥절하면서도 벽 거울에 얼굴을 비춰 봤다. 입 언저리가 부었고 피투성이다. 그때서야 입안이 욱신거린다는 걸 의식했다. 목부들이 달려와 안절부절못하자 목장장의 불호령이 또 떨어졌다. 하던 착유에나 집중해! 불현 듯 회장의 인자한 모습이 떠오른다. 목장장의 의중을 짐작했음인지 식구들의 입이 닫혔다. 하지만 개중에는 목장장의 눈치를 훔쳐보면서 위로하듯 나에게 눈을 끔뻑이기도 했다. 고마운 마음에 눈시울이 뜨겁다.

해가 바뀌어도 회장은 오지 않았다. 그런데 풍문에는 회장님이 많이 아프다고 하는가 하면, 또 다른 소문에는 실력과 인성을 두루 갖춘 믿을 수 있는 새로운 목장장에게, 의욕적으로 일할 기회를 주려고 오고 싶어도 일부러 오지 않는다는 말을 들었을 때는 엄청 실망했다. 하지만 그동안 목장 때문에 밀린 일 처리하느라, 해외 출장이 길어지는데 그런 와중에도 입국하면 길목장 가족들 보러 제일 먼저 갈 거라고 했다는 말을 들은 나는 꿈이 생겼다.

회장을 만난다는 꿈, 꿈은 어떤 어려움도 참아내는 힘이 생기는 법이다. 나는 회장을 만난다는 생각만 해도 의욕이 생겼다. 안 그래도 농후사료도 절약을 해야 하지만 조사료도 되도록 우유가 생산되는 젖소들에게 먹여야 한다. 그렇지만 생명이 붙어있는 한 내 건강은 스스로 해결하지 않으면 안 되는 현실임을 모를 리 있겠는가. 그러자니 건강에 필수인 운동도 되면서 먹이도 구할 수 있는 산을 왠 종일 헤매고 다녔다.

보다 못한 식구들이 어느 날은 청초가 올라올 동안만이라도 사료를 나눠 먹자고 간청해서 그날은 산에 가지 않았다. 그런데 목부들이 농후사료로 내놓는 걸 보니 톱밥과 왕겨였다. 거기다가 엔시레지 대신에는 저장에 실패한 썩은 고구마와 무를 내놓았다. 얼마나 힘들게 재배한 것들인데 썩히다니, 아무리 말 못하는 동물이라지만 썩은 식물을 먹을 수는 없는 노릇이 아닌가. 목장장은 왜 먹지 않느냐! 편식하면 몸에도 안 좋지만 우유에 필요한 성분도 균형을 잃게 된다면서, 음식은 맛으로 먹는 게 아니고 주는 대로 아무거나 잘 먹어야 한다며 야단을 쳤다. 나는 다른 식구들까지 나로 인해 이런 고초를 겪게 할 수 없다며 즉시 산으로 올라갔다.

어느덧 봄이 돌아왔다. 어느 날 아침, 착유를 마치고 A목부가 목장장에게 파종을 할 시기가 되었으니 밭이랑을 만들자고 했다. 그때 B목부가 지난 가을부터 두서없이 보내느라 경운기와 트랙터에 부동액 넣는 것을 깜빡하여 엔진이 둘 다 터져, 올 농사를 제대로 지으려면 엔진을 고치던지 새것으로 갈던지 해야 하지 않겠느냐며 목장장의 대답을 기다렸다. 하지만 목장장의 대답이 너무 예외였다. 그러면 무슨 걱정이래, 카이가 있잖아! 목부들과 젖소 가족들은 그 말에 놀라 눈이 동그래졌다.

"할 일 없이 시간을 보낸다는 것은 본인도 보는 이도 정말 힘들

어…. 하지만 일을 하면 잡념도 없어지고 건강도 오히려 좋아지니 일거
양덕 아닌가?"

목장장이 밖으로 나가자 목부들도 따라 나갔다. 식구들은 목장장의
말을 두고 각기 의견들이 분분했다. 목장장이 아무래도 우리 카이님
을 미워하는 것 같다. 하는가 하면 또는 카이를 위하는 말이 맞다 고
도 했다. 나는 마음이 착잡하여 밖으로 나왔다. 그런데 축사 저쪽 모
퉁이에서 목장장의 말이 바람결을 타고 와 내 귀가에서 맴돌았다.

"실은 내가 부임하던 날 당장 도축장에 넘겼으면 했는데, 회장님의
간곡함도 있지만 살이라도 있으면 또 모를까. 뼈 값 몇 푼 받겠다고…
하지만 공밥만 계속 먹일 수는 없잖아?"

나는 섬뜩했다. 도축장에 간 적은 없지만 가끔씩 이웃 소들에게 들
을 기회가 있었는데, 그곳은 사람들이 고기를 먹기 위해 키운 비육우
나 비육돈이 대부분인데 특히 젖소는 수놈이 아니면 나처럼 젖소로서
의 수한이 다되어 건유시킨 놈들을 잡는 곳이라던 말이 기억이 났다.
순간 나는 지금까지와는 달리 일거리를 만들어 주는 목장장이 고마웠
다. 마침 창고 앞에서 B목부가 나를 오라고 손짓했다. 둘은 내 목과
머리에 고삐가 달린 멍에와 굴레를 씌우더니 배 양쪽으로 줄을 이어
내 뒤에 있는 쟁기에다 연결했다. 그러면서도 염려가 되는지 나에게
물었다. 쟁기질해 본 적 있느냐고, 내가 없다고 하자 둘의 표정이 어두
워졌다. 그래도 시도는 해 봐야지라며, A목부가 내 뒤에서 쟁기를 끌
면서 밭으로 가자고 했다. 나는 B목부가 코에 매인 고삐를 끄는 대로
따라갔다. 뒤에서 바닥에 쟁기 긁는 소기가 요란스럽게 났다.

중국에서 온다던 황사 때문인지 허공이 뿌옇게 변해있어서 기분이

썩 좋지 않았다. 축사에서 가장 가까운 밭부터 갈기 시작했다. 나는 B 목부가 고삐를 끄는 대로 묵묵히 따라갔다. A목부가 뒤에서 워, 워를 연발하는 걸로 봐서 아마 따라오기가 힘든지, 숨 쉬는 소리마저 쌕쌕 했다. 나 역시 다리가 무겁고 목이 아프지만 회장과의 즐거운 추억을 떠올리자 힘이 불끈 솟았다. 우리 카이 한군데도 빠짐없이 잘도 생겼어. 최고! 최고! 내가 한창 젊을 때 군 대항 유우 품평회에서 대상을 받았던 적이 있었다. 그때 회장은 많은 군중들 속에서 감격의 순간을 억제하느라, 눈꺼풀을 끔뻑거리며 두 엄지손가락을 내 보였었지. 그런데 목장장이 큰 소리를 치며 달려오고 있었다.

"여긴 내게 맡기고, 가서 축사청소 끝나면 모든 씨앗과 감자 모종도 미리 손보고…."

목부들은 목장장의 마음이 변할까봐 눈 깜짝 할 사이에 사라졌다.

"이랴!"

목장장의 우렁찬 소리와 동시에 회초리가 내 배를 후려쳤다. 깜짝 놀란 나는 껑충 점프와 동시에 앞으로 빠르게 나아갔다. 하지만 목장장의 손에 들린 회초리는 정신없이 앞으로 달려가는 나를 따라오면서 더 세게 엉덩이는 물론이고 내 몸 여기저기를 때리면서 더 빨리 가라고 고래고래 소리를 질러댔다. 목장장은 그래도 내가 못마땅한지 아직도 정신을 못 차리나 보네! 라더니 워! 라며 내 걸음을 멈추는 것이었다. 목장장의 말하는 투로 보아서는 나를 더 혼낼 것 같았는데 왜지? 라는 생각이 채 끝나기도 전에 저만치 나가 돌멩이 하나를 집더니 내 발을 향해 힘껏 던졌다. 그것이 얼마나 뾰족했던지 당장 발이 끊어질 듯 아팠다.

나는 본능적으로 발버둥을 치지만 굴레와 쟁기가 나를 묶고 있는 한 자유로울 수가 없었다. 그럴 때마다 목장장의 손에 들린 회초리는 더 세게 나를 향해 가해졌다. 나는 목장장의 명령을 거부할 수가 없다는 현실임을 깨닫고 쟁기를 끌고 앞으로 나갔다. 돌멩이에 맞은 다리가 심하게 아팠지만 더 맞지 않으려고 육상선수마냥 달렸다. 밭이랑 끝에 당도하자 다른 이랑을 갈기 위해 돌아섰다. 하지만 오른쪽 다리가 폭삭 꼬꾸라지면서 몸도 함께 바닥으로 가라앉았다. 아니나 다를까. 방금 내가 지나왔던 흙 위에 피가 뿌려져있는 게 선명하게 보였다. 얼른 봐도 내 발목에서 흘러나온 피가 틀림없었다.

　목장장은 꾀병이라며 다시 회초리를 들었다. 그동안 꾹꾹 참았던 소리가 음, 메에! 하고 튀어나왔다. 나는 미친 듯이 목을 휘젓다가 머리로 목장장을 향해 힘껏 밀었다. 아마 그가 방심하고 있었던지 즉시 고삐를 놓고 넘어졌다. 나는 뛰기 시작했다. 이 절호의 기회를 놓쳐서는 안 된다! 젖 먹은 힘까지 동원하여 뛰었다. 얼마나 도망을 쳤을까. 앞에 제방이 가로막고 있었다. 목장장이 거기 안 서!를 연발하며 따라오자 붙잡히지 말아야 한다는 일념으로, 제방을 기어올랐다.

　그런데 이게 웬 일인가. 뒤에서 당기는 느낌과 동시에 내 몸이 공중으로 오른다고 생각하는데 카이 너, 죽으려고 환장 했니! 라는 목장장의 화난소리가 바로 밑에서 들렸다. 이어서 앗! 하는 그의 비명소리와 동시에 내 몸이 쿵! 하고 바닥에 떨어졌다. 비로소 내가 쟁기와 굴레까지 달고 뛰었다는 사실을 깨달았다. 순간 목장장이 잡아당기는 쟁기의 무게에 끌려 내 몸이 넘어지다가 그의 옆에 가서 멈췄다.

　이때 목장장이 비호처럼 그 비대한 몸을 일으키더니 꼭 복싱선수마냥 두 주먹을 번갈아가며 내 얼굴을 내리치기 시작했다. 어찌된 영문인지 그의 이마에서는 피가 내 몸으로 떨어졌다. 나는 목장장의 주먹을 피하려고 일어섰다. 몸이 가벼웠다. 비로소 쟁기와 굴레가 벗겨나갔다는 사실을 깨달았다. 나는 제방을 단숨에 올라갔다. 목장장이 없는 곳으로 가야한다는 생각으로, 땀범벅이 된 채 제방 반대편으로 내려가는데, 목장장이 사생결단으로 따라오더니 내 목에 걸려있던 회장의 도장이 달린 목걸이를 낫으로 끊어 쥐고는 쏜살같이 제방을 기어올라갔다.

밤이 깊어 갈수록 아무도 없는 빈들이라는 사실이 무서움을 보탰다. 나는 하는 수 없이 집으로 발걸음을 옮겼지만 목장장의 모습이 떠오르자 재빨리 발길을 돌렸다. 나는 이웃 목장을 향해 절뚝거리며 걸어가고 있었다. 아직 축사가 저만치 먼데 벌써 왁자지껄 개들이 짖어댔다. 나는 더 이상 접근하지 못하고 걸음을 멈췄지만 개들은 짖기를 계속했다. 결국 목주가 나오더니 손전등으로 이러 저리 비추다가 절뚝거리는 내 모습을 보더니 아무 말 없이, 축사 안에 지푸라기를 푹신하게 깔아 주면서 오늘은 여기서 푹 쉬고 내일 일찍 가라고 했다. 그리고 농후사료와 건초까지 푸짐하게 주면서 배가 등에 붙었다며 더 줄 테니 많이 먹으라며 인정을 베풀었다.

니는 그때서야 목이 마르다는 것을 의식하고 물을 머으려 했다. 순간 기겁을 하고 입을 뗐다. 하지만 허기까지 심해서 이번에는 사료를 한입 물었다. 목주 아내는 얼마나 배가 고퍼겠니, 라더니 사료를 내 입가로 밀어주었다. 하지만 나는 먹지 못하고 사료도 뱉고 말았다.

목주부부는 이상한지 당장 손전등으로 물과 사료뿐 아니고 내 입도 살폈다. 도대체 왜 이래! 목주가 내 입을 보다가 소스라치더니 당황한 어조로 이건 뭐야! 피? 입술이 부은 건 고사하고 터졌어. 말해봐! 무슨 일이 있었던 거야! 그럼 회장님은 네 이런 꼴을 아시니? 라며 다그쳤다. 그리고는 여기저기 묻어있던 피자국과 돌에 찢긴 발목을 보고는 수의사를 부르자고 그의 아내가 제안하기에, 내가 그러지 말라고 손사래를 치자 늙고 쓸모가 없으니까 이런 대접을 받는구나. 사람이나 짐승이나 다 마찬가지군, 라며 안쓰럽다는 듯 혀까지 치면서 터진 입술에 약을 바르고 그 위에 밴드를 붙였다.

이제는 뭘 입에 넣어도 일단은 상처에 직접 닿지 않을 것이라면서 살기위해서는 먹어야 한다며 사료를 또 권했다. 그녀는 그 외의 상처에도 상비약으로 치료를 정성껏 해주면서 내게 용기를 주려고 애썼다. 그리고는 친절하게 작두로 건초를 잘게 쓸어주면서 농후사료만 먹으면 소화가 안 되니까 섬유질도 같이 섭취해야 한다고 했다. 나는 허기도 꺼야했지만 그들의 성의가 너무 고마워 먹어 보려고 했으나 통증이 너무 심해 끝내 포기하고야 말았다.

목주는 이런 나를 보더니 흥분을 감추지 못했다. 유기견도 학대하면 법에 걸리는 세상인데, 하물며 생명을 가진 가축을 맡아서 돌본다는 사람이 이럴 수가, 라더니, 휴대폰으로 길목장으로 전화를 걸었다. 하지만 통화는 금방 끝났다. 자는 사람 왜 깨우느냐며 전화를 끊었다고 했다. 목주부부는 나를 위로하다가 결국은 잠자리에 들었다. 나도 잠을 청했지만 눈만 감으면 오늘의 일이 떠올라 잠은 고사하고 그럴 때마다 눈이 번쩍 떠지곤 했다.

몇 시간을 그렇게 뒤척이다가 결국은 날이 새기 전에 집으로 가는 게 낫겠다고 생각되어 살금살금 축사를 나왔다. 오후부터 흐리던 날씨가 어느덧 눈이 펑펑 내리고 있었다. 이미 대지는 뽀얀 눈으로 덮였다. 꼭 세상의 죄악을 흰 눈이 다 하얗게 지워버리기라도 한 듯, 하지만 갑자기 오싹 한기가 들면서 몸이 부르르 떨렸다. TV에서는 오늘 밤에는 전국적으로 눈이 내린다고 예고하면서, 이미 나무마다 꽃망울을 터뜨릴 시기에 추위가 오지 말아야 농민들의 시름도 줄어 질 거라는 말까지 했다. 그러면서 이런 늦추위는 과수농사에는 치명적이라던 아나운서가 하던 말을 떠올리며 카이는 눈 위에 발을 내디뎠다. 벌써 개들은 내가 구면이라 그런지 내 주변의 하얀 눈 위를 자기들의 놀이터라도 되는 듯 뛰어다녔다. 기온이 어제 낮은 물론이고 저녁보다도 판이하게 내려갔다.

젊을 때는 전혀 추위를 몰랐는데 늙어지면서부터 윤기가 흐르던 털이 부스스 영양분이 없어지면서 추위도 쉽게 몸으로 전달되었다. 오늘은 한술 더 떠 깊은 상처로 스며드는 추위는 장난이 아니다. 체감온도로는 영하 10도도 충분할 것 같았다. 나는 절뚝거리며 한발 한발 집 방향으로 걸어갔다. 어느덧 개들도 보이지 않았다. 갑자기 혼자라는 생각이 들기도 했지만 뼈 속까지 스며든 한기로 턱까지 덜덜덜 떨면서도 사력을 다해 걸었다. 집이 저 멀리 어렴풋이 느껴졌다. 겨우 긴장이 풀리자 다리가 끊어질 듯 아팠다. 갑자기 두려움과 통증이 몰려오면서 걷기도 힘들었다. 어디 쉬어갈 데가 없나하고 살폈다. 다행히 전답과 전답 사이의 언덕이 높아서 바람을 막아 주는 곳이 있었다.

한쪽 언덕에 붙은 눈 무덤이 궁금해서 발로 밀자 이게 웬 횡잰가!

짚 더미였다. 나는 눈이 덮인 윗부분을 밀어낸 다음, 짚단을 앞발로 차면서 직사각형으로 깔았다. 그러고는 짚단이 펴진 그 위에 몸을 뉘었다. 지금까지 한 번도 느껴보지 못한 평안이 온 몸과 마음으로 스며들기 시작했다. 피곤이 몰려왔다. 나는 회장님이 어서 왔으면 좋겠다고 생각하면서 그의 모습을 떠올리는데 어느덧 입가에는 행복한 미소가 피어올랐다.

하얀 눈을 덮고 있던 카이의 시체는 학교에서 돌아오던 마을 어린이들에 의해 발견됐다. 길목장 식구들이 몰려와 통곡을 했다. 목장장이 부인과 함께 영화관람을 하고 30분 후에 도착했다. 그들은 얼른 눈물을 훔치고는 그 다음 눈물은 곧 바로 목으로 삼켰다.

"카이가 내 얼굴에 상처를 내더니, 어느 순간부터는 스스로 자기 몸에 상처를 내기 시작하는 거야…, 이미 그때부터 마음이 변했던 거였네!"

식구들은 목장장의 넋두리가 거짓인줄 알면서도 고개를 끄덕거렸다. 카이처럼 될까봐.

저녁노을

저녁노을

　천주목장의 정오, 제이와 브이 그리고 큐와 에스는 여느 때와 마찬가지로 운동장 맨 끝 소나무 아래 몸을 옴츠리고 누워있었다. 제이가 동료들 틈에서 살그머니 일어났다. 피골이 상접한 그는 휘청거리며 운동장을 가로질러 걸어 나왔다. 주변 들녘은 겨울동안 유채랑 보리로 파랗던 예년과는 달리 휑하니 비어있었다. 제이의 시선이 거기에 닿는 순간 주먹을 불끈 쥐면서 속으로 부르짖었다. 이대로는 절대로 안 된다니까! 제이의 걸음이 갑자기 빨라졌다.

　축사 뒤에 도착하자 지저분하게 널려있던 헌 천막을 걷어냈다. 그리고 거기서 플라스틱 통 세 개 중 먼저 한 개의 뚜껑을 열었다. 그 속에 든 휘발유를 확인한 제이의 표정에는, 그동안 갈등해 오던 문제에 대한 해답을 얻은 듯 비장함이 역력히 묻어있었다. 곧 제이는 축사가장자리를 돌면서 휘발유를 뿌리기 시작했다.

　제이는 남은 두 개의 휘발유통까지 다 비우자 잰 걸음으로 축사를 뒤로 했다. 입가엔 모처럼 미소가 피어올랐고 발걸음도 매우 가벼웠다. 제이가 라이터를 켠 시각은 그로부터 약 1분 후였다. 휘발유가 묻은 긴 줄을 타고 빠르게 기어가던 불꽃이 축사에 닿는 순간이었다.

"펑!"

순식간에 피어오른 불은 삽시간에 축사를 화염으로 뒤덮었다. 이 계획이 제이의 머리에 떠오른 지는 2년 전, 더 정확하게 말하자면 제이가 천주목장 총무로서의 은퇴 나이가 되던 바로 그해였다. 하지만 소스라치며 곧 지워버렸다. 그러나 시간이 지나면서 새롭게 부딪히는 환경에서도 불쑥불쑥 되살아나곤 하다가, 결국 인내를 온전히 이루자고 결심했던 제이가 그것만이 능사가 아니다! 라는 생각에 침몰되었을 때도, 그리고 휘발유를 준비하던 1년여 기간에도 역시 충동과 포기를 저울질하는 반복된 삶에서 벗어나지 못했었다. 그런 그가 결국 과거의 제이가 아닌 지금의 제이로 점점 더 확고하게 변화되고 있었던 것이다.

2년 전 11월 말, 천주목장 운영위원회 총회가 늦은 오후 창고 내 강당에서 열렸다. 사회를 하던 제1목부는 그동안 천주목장의 운영위원회 총무로 있던 제이가 은퇴나이인 칠순을 넘겼으니, 회칙대로 새 총무를 선출해야 한다고 했다. 목부는 의장으로써 제일 먼저 제이를 앞으로 나오게 한 후 목장 가족들에게 총무로서 마지막 인사를 시켰다. 총무는 우리 목장의 살림살이를 총 책임지는 매우 중요한 직책이기 때문에 시간을 두고 세심하게 검토한 후에 세울 것이라고 했다. 제이는 목부의 말을 듣는 순간 이의가 있다고 했지만, 말할 기회를 주지 않았다. 그러고는 의장 집권으로 선포했다.

"오늘 부로 제이는 천주목장 총무로서의 임기가 끝났으며, 새 총무는 우리 목장을 위해 일할 적임자를 물색한 다음 임시총회를 열어 선출 하겠다. 그렇게 알고 우리 목장의 발전을 위해 모두 최선을 다해 주기 바란다."

제이는 목부가 회칙을 무시한 총회는 무효라고 말할 참이었다. 물론 그동안의 처신으로 보아 총무까지 없애버린다는 것은 천주목장을 완전히 목부 마음대로 끌고 가겠다는 뜻으로 밖에 이해되지 않았다. 목주가 얼마나 어렵게 키워온 목장인데…, 지금까지는 제이가 총문데도 불구하고 재정을 목부 마음대로 사용해 오지 않았던가. 아무리 제이가 통장을 가지고 있어봐야 소용이 없었던 것은, 목부가 공동체의 재정관리 통장을 자기이름으로 텔레뱅킹 신청을 해 놓았기 때문에, 운영위원회는 물론이고 총무부의 승인을 받지 않아도 필요한 지출을 얼마든지 자유자재로 해왔다.

특히 그 중에서도 목부 자신의 월급은 물론이고 각종 개인 공과금과 심지어 퇴직금까지 마음대로 환산하여 텔레뱅킹으로 본인통장에 바로 입금시켰다. 목장에 필요한 물건의 구입비도 의논 없이 해 오던 걸, 몇 번 지적한 제이를 눈에 가시처럼 여겼다. 그런 그가 이제는 총무를 아예 없애버리다니, 제이는 순간 자리에서 벌떡 일어나 말할 기회를 다시 요청했다. 하지만 목부는 이미 각오한 듯 제이의 말을 들은 척도 하지 않고 서둘러 폐회를 선언했다.

제이는 폐회를 선언했지만 개의치 않고 일어난 상태로 입을 열었다. 이번 총회는 새 총무를 세우기 위한 자리인 만큼 폐회가 아니라 정회로 알겠다. 곧 다시 총회를 속회시켜 신년 초부터 공석이 되지 않도록 새 총무만은 기필코 세워야 한다. 라고. 그런데 목부의 입에서 상상도 못한 말이 나왔다. 제이는 이 시간부로 총무도 아니지만 은퇴라 정회원도 아니다. 그 말을 듣던 제이는 회칙에도 총회를 했다고 곧 바로 인수인계를 하는 게 아니고, 임기가 끝나는 연말에 하지 않는가. 그때까지 총무를 선출해 주십시오. 했다.

목부는 곧 바로 제이 앞으로 와 다짜고짜 장부는 물론이고 통장을 내 놓으라고 손을 내밀면서 독촉했다. 제이는 원칙대로 새 총무가 선출되면 인수인계를 하겠다고 하자, 새 총무가 언제 선출될지도 모르니 그동안은 자기가 보관하겠다는 것이었다. 제이가 명령에 따르지 않자 젊은 티가 달려오더니 장부를 강제로 빼앗아 목부에게 두 손으로 정중하게 건네주었다. 티는 그것도 모자라 어느 한 회원과 함께 제이의 양쪽 팔을 각각 잡고는, 밖으로 끌고나가 땅바닥으로 밀어 버리는 것이었다. 이 광경을 보던 회중은 서로 남에게 뒤질 새라 미친 듯이 손뼉을 쳤다.

어느 사이 해가 서산에 걸려있었다. 한동안 축사 안은 유우들의 발굽 소리로 시끌벅적했다. 어느덧 가까스로 자기 자리로 들어간 놈들은 누가 빼앗기라도 하는 냥 이미 알바목부가 배분해 둔 사료를 먹어댔다. 하지만 제이를 비롯한 몇몇 늙은 유우들은 먹는 속도가 더뎠다. 그 중에서도 나이가 가장 많은 유우는 통 입맛이 없다면서 물만 들이켰다.

제이가 조용히 그에게 말했다. 안 그래도 우리 사료는 턱없이 적은데 이것마저 먹지 않으면 큰일 난다. 사는 날 동안이라도 건강하게 살아야 하지 않겠느냐며 사료 먹기를 권하고 있는데, 그 옆의 젊은 유우가 몸을 그에게로 바싹 가까이 대고는 목을 쑥 밀어 혀로 사료를 싹싹 핥아갔다. 이렇게 사료까지 굶어 배가 등가죽에 붙었는데도 목부는 젊은 유우들의 착유가 끝나자 제이를 비롯한 늙은 유우들의 착유를 시작했다. 하지만 이미 건유되었거나 유방부터가 후줄근하여 우유가 들어있을 리 만무한데도 자기 밥값이라도 해야 한다며 착유를 했다. 하지만 젖이 나오지 않거나 조금밖에 나오지 않자 자기 밥값은 고사하고 수고비도 나오지 않는다며 투덜댔다.

다음날 아침, 착유를 끝낸 목부가 사무실로 가고 있었다. 안 그래도 기회를 보고 있던 제이가 멀찌감치 뒤따라갔다. 기온이 차서인지 사무실 문은 닫혀있었다. 제이가 문을 노크했지만 안에서 반응이 없어, 들어오라는 목부의 대답을 듣지 못했나 싶어서 문을 열었다. 마침 티가 언제 왔던지 목부의 어깨를 안마하고 있었다. 둘은 제이를 보자 야릇한 웃음까지 나누며 시시덕거렸다. 원래 티와 목부의 사이가 남다르다는 걸 알긴 했지만 이정도 친밀할 줄은 몰랐었다.

제이를 보고 당황한 목부가 노크를 하지 않았다고 근엄한 어조로 나무랐다. 제이는 목부의 말에는 개의치 않고 목부님과 대화를 좀 하려고 왔다.고 하자, 눈치 빠른 티가 밖으로 나가려는데 목부가 말렸다. 티는 목부의 말이 떨어지사 빙그네 웃너니 갑자기 고성을 높였다. 우리들은 목부가 시키는 대로 순종만 하면 될 일인데 제이는 왜 사사건건 목부님의 발목을 잡느냐며 질책을 했다.

"순종! 티, 그 말을 아무데나 사용하면 정말 위험하다는 생각 안 들어? 목주님이 바라는 운영위원회의 원칙은 무시되고 리드자의 생각이 바로 우리 목장의 법인데도…? 목장은 어디까지나 우리 공동체의 복지가 먼저란 걸 몰라? 이 원칙을 뒷받침하는 운영위원회는 각 지방별로 지회는 물론이고 전국 연합회까지 있잖아?"

"원래 사공이 여럿이면 배가 산으로 간다는 옛말도 몰라! 목부는 푸른 초장 잔잔한 물가가 어디인지 잘 아는 전문가라는 걸 제이도 인정해!"

티는 지지 않겠다고 반론과 동시에 제이를 질책하기를 계속했다.

"옳고 틀린 것을 바로 말하지 못하게 하는 단체는 민주가 아니고 독재지."

그때까지도 조용히 듣기만 하던 목부가 갑자기 발끈하며 일어나더니 보자보자 하니 교만이 하늘을 찌르는군! 그러는 넌 그럼 네만 옳다는 거 아니얏! 했다. 이어서 나는 자그마치 목주를 대신해서 파송된 사자라는 걸 잊은 모양인데, 그렇게 나오면 네 한테 어떤 영향이 미칠지 각오해야 할 거야!라며 협박했다. 그리고 이어서 말을 바꾸더니, 당장 사임을 하던지 해야 지! 내 원, 더러워서, 라는데 티의 얼굴이 대번에 벌겋게 달아오르더니 제이에게 삿대질을 하면서 당장 목부님께 사과하라며 다그쳤다.

그런데 제이가 어디서 그런 용기가 났는지 엄중한 어조로, 자기 몸처럼 아끼며 보살펴야 할 유우들 앞에서 얼마나 못났으면 스스로 군림을 해! 라며 의분에 찬 나머지 앞에 있던 책상을 발로 차버렸다. 그러자 티가 야유를 하듯 꼴에 자존심은 있어가지고! 라더니 밖으로 홱 나가버렸다. 마침 책상이 옆으로 넘어지면서 목부의 몸에 부딪히자, 곧바로 그가 반사적으로 미니까 책상의 힘은 처음보다 훨씬 더 셌다. 이 바람에 제이는 책상과 함께 바닥으로 넘어졌다.

목부가 이때를 놓치지 않으려고 번개처럼 달려와 제이를 걸터앉았다. 제이는 넘어지면서 뒤통수가 심하게 바닥에 부딪혀 정신이 혼미하여 저항할 여력마저 잃었다. 정신을 차렸을 때는 언제 잡았던지 목부의 손에 들린 야구방망이가 제이의 얼굴을 겨냥하여 내려오고 있던 중이었다. 제이는 본능적으로 네 발을 천정을 향해 버둥거리면서 머리를 옆으로 힘껏 돌렸다. 목부는 예측하지 못한 제이의 반응에 그 육중한 몸과 야구방망이가 동시에 바닥으로 나뒹굴어졌다. 화가 난 목부는 이놈이! 라더니 부리나케 일어나 다시 제이의 배를 깔고 앉았다. 그러더니 바지에서 허리띠를 쑥 뽑아 제이의 면상을 향해 내리치기 시작했다.

이미 제이의 몸을 힘과 무력으로 장악한 목부는 죽어! 죽어를 외치면서 때리기를 계속했다. 제이의 눈에서는 연방 번개처럼 번쩍 번쩍 불꽃이 튀었다. 제이의 눈두덩과 입 그 외도 전 면상 이곳저곳을 때리던 목부가 갑자기 앗! 소리와 동시에 옆에 있던 책상모서리에 이마를 들이박았다. 그는 두 손을 자기 이마로 가져갔다. 제이는 누워서 천정을 향해 다리만 버둥거리다가 이 기회를 놓칠세라 부리나케 벌떡 몸을 일으켰다. 그의 입에서는 연이어 비명이 다시 터져 나왔다.

"아악! 피! 피!"

제이는 목부의 얼굴로 시선을 옮겼다. 왼쪽 눈 바로 위에서 피가 흘러내리고 있었다. 목부는 손가락으로 제이를 가리키며 야! 라고 고함을 치더니 때릴 물건을 찾느라 이리저리 헤맸다. 이때 제이는 사무실을 나오기 위해 뒤로 돌아섰다. 거기에는 언제 들어왔는지 티가 버티

88

고 서있는 게 아닌가. 제이, 목부님의 얼굴을 이래놓고 도망을 쳐? 아니야! 내가 아니라니까! 제이는 당황한 나머지 손사래까지 치면서 부인했다. 하지만 티는 거짓말이라고 질타를 하면서 입술을 깨문 채 의자를 들어 제이의 다리를 향해 던졌다. 그 바람에 제이는 그 자리에 곧 바로 쓰러졌다. 이젠 내가 널 가만 안 둘 거야! 하지만 일단 급한 불부터 꺼야하니까. 운이 좋은 줄 알아! 라더니 목부를 부축하여 서둘러 병원으로 갔다.

사무실을 나와 운동장으로 걸어가는 제이에게 동갑인 브이가 다가오더니 도대체 어떻게 된 일이니! 이 나이에 꼴이 이게 뭐니! 맞지! 목부 짓이?! 라며 목이 멘 소리로 눈시울을 붉혔다. 결국 눈물을 훔치면서 약과 거울을 들고 와서는 제이 앞에 놓았다. 허리띠가 지나간 곳에는 길게 멍과 상처가 이어져 있었고, 특히 입술은 꼭 고무풍선처럼 불룩불룩 부풀었으며 양쪽 눈두덩도 똥똥 부어올라 그 큰 눈이 실눈이 되어있었다. 이마는 물론이고 얼굴 전면과 목에 있는 털 속살까지 터져서는 똥똥 부은 건 고사하고 피가 번져 얼룩얼룩했다. 제이는 심한 통증을 느꼈다.

"천주목장을 위해 몸이 으스러지도록 희생한 대가가 고작 이거니?"

브이는 끝내 눈물을 보이면서 탄식했다. 하지만 둘러섰던 여러 유우들은 아직 내용도 잘 모르면서 함부로 단언할 수 없다며 각자 흩어져 갔다.

제이와 엇비슷하거나 더 나이가 많은 큐와 에스 그리고 엠이 다가오더니 한 동안 할 말을 잃고 입을 딱 벌리고만 있다가, 결국 눈물을 뚝뚝 흘렸다. 늙는 것도 서러운데 말년에 이런 대접을 받다니, 이건 누구한테 물어봐도 패륜적 행위가 틀림없어! 아무리 이 세상의 윤리와 도덕이 무너졌다고는 하나, 목주의 전적인 위임을 받고 우리를 돌보는 목부가 아닌가. 목주도 함부로 대하지 않고 정중하게 대하는 제이를, 하물며…? 아마 자기는 늙지 않은 걸로 아나봐. 엠이 눈물을 훔치면서 뇌까렸다.

"제이, 사실대로 말해 봐!"

큐가 침착하게 주문했다.

"아마 지금쯤 목부도 후회할 거야."

제이는 진심으로 그럴 거라고 믿었다. 티는 목장차를 몰고 저녁나절에야 목부를 태우고 돌아왔다. 제이는 그때 운동장 제일 끝 언덕배기 아래서 자고 있었다. 알바목부가 점심을 가져다주었지만 입술이 붓고 터져서 먹기도 어려웠지만 입맛이 통 나지 않아서 물만 마시고 종일 누워있었다. 어느덧 제이 주변으로 위로하느라 모여 들었던 동료들은 슬금슬금 눈치를 보더니, 목부가 돌아오자 쏜살같이 달려가 병원에서 치료한 결과에 대해 소상히 묻는 반면 그만하기 다행이라며 위로하기에 바빴다. 이어 착유시간이 되자 모두 축사로 들어갔다.

그때부터 제이는 혼자란 걸 의식하기 시작했다. 어둠이 점점 짙어지자 찬 공기도 비례했다. 얼굴이 시려왔다. 몸도 쑤셨다. 잠을 청했지만 허사였다. 제이는 하는 수 없이 병원에 가려고 나섰다. 목장에서 조금 나가면 도로가 나온다. 거기를 따라 가면 낙원목장이 있고 거기를 지나 한참을 가면 반대편으로 낙농부락 진입로가 있었다. 거기서 직진하면 가축병원이 있는 읍내가 나온다.

얼마나 걸었을까. 낙원목장이 보였다. 축사와 도로에 닿는 거리까지

외등이 켜져 있었다. 제이는 너무 반가웠다. 하지만 그곳을 지나 다시 걸어갔다. 차들이 무수히 제이를 지나쳐 오갔다. 그런데 차 한 대가 제이를 지나치다가 저만치 섰다. 마침 제이는 가로등 가까이에 있었다.

"어머, 제이 아니니…?"

수의사였다. 제이는 대답 대신 고개를 끄덕거렸다. 그는 제이의 얼굴을 보더니 깜짝 놀랐다. 무슨 일이냐고 물어, 병원으로 가던 중이라고만 대답했다. 수의사는 집으로 가자고 했다. 제이는 여기서 응급치료만 해 주면 운동 삼아서 바람도 쐴 겸 혼자 천천히 가겠다며 간청했다. 수의사는 도로 옆 빈 논으로 가 치료를 했다. 누구한테 구타를 당한 건지 물었다. 제이는 끝내 말하지 않았다. 하마터면 즉사할 뻔 했는데…? 뇌진탕이네! 그래도 때린 상대방이 운이 좋았군! 네가 살았으니. 요즘은 노인을 폭행하는 죄가 엄청 큰데, 하도 노인을 경시하는 풍조가 만연하여 가족까지 학대를 하다 보니, 국회에서도 매우 강력한 노인 복지법을 만든 것 같아. 상태를 보니 아무래도 젊은이에게 당한 것 같은데…? 아직 그 나이 되도록 천주목장에서 제이가 이런 대접은 받을 그런 존재는 아니라고 보는데 말이다. 한번 알아봐! 노인의 신체에 폭행을 가하거나 상해를 입히면, 7년 이하의 징역 또는 2천만 원 이하의 벌금에 처한 다로 되어있어. 수의사는 진지하게 권면했다.

수의사와 헤어진 제이는 집과는 반대방향인 낙농부락으로 발걸음을 옮겼다. 해마다 한 번씩 친선 체육대회를 하면서 사귀었던 친구며 목주들 그리고 목부들과 그 외도 여러 유우들이 생각났던 것이다. 제이가 연합회 회장을 할 때 총무였던 동료 씨이를 찾아갔다. 그는 반갑게 맞이했지만, 제이의 모습을 보는 순간 한숨을 폭폭 내쉬었다. 그는 제이의 말을 듣기도 전에 천주목장의 목부가 초심을 잃어간다는 소문은 익히 들어서 알고 있었지만, 널 이 지경으로 만든 장본인이 바로…? 했다. 요즘은 목부와 목주 그리고 각 목장의 총무들이 모이는 운영위원회 전국연합회에서도 정치적으로 노는 부류와 진심으로 유우들의 복지를 위해 노심초사하는 부류들로 분리된다고 했다. 그러면서 어떤 목장들은 목부가 유우들을 위해 존재하는 게 아니고 목주의 뜻과는 반대로 유우들이 목부의 사리사욕을 채우는데 필요한 수단으로 이용당하는 사례가 비일비재하다며 한탄했다.

제이가 낙농부락에서 이 목장 저 목장을 전전하면서 지나던 어느 날이었다. 브이와 큐 그리고 에서와 엠이 찾아왔다. 그들은 제이가 집을 나온 석 달 전에 비해 몰라 볼 정도로 바싹 말라있었다. 그야말로 뼈하고 가죽만 남았다. 그들은 반가움과 서러움에 서로 부둥켜안은 채 한 동안 꺼이꺼이 울음을 터뜨렸다. 한참 후 그들은 제이의 얼굴이 몰라보게 좋아졌다며 감탄했다. 실은 제이 네가 있을 때는 약과였어. 네가 없는 천주목장은 그야말로 목부 천국이라니까. 유우들은 하나같이 그에게 아부하느라 혈안이 되어있어! 모두가 다 자기가 총무를 해야 한다면서, 그리고 우유도 못내는 늙은 우리가 받는 따가운 시선은…, 그야말로 죽지 못해 연명한다는 말 있지? 바로 그거야. 서러움이 밀려오는지 밀을 중단한 엠이 다시 흑흑거렸다.

제이 일행이 낙농부락에서 지나는 동안 천주목장에서는 집 나간 늙은이들을 걱정하기는커녕 오히려 제이가 목부를 때려 상처를 내놓고 도망을 치더니, 다른 동료들까지 꼬드겨 가서는 힘을 모아 천주목장으로 쳐들어오겠다며 협박을 한다고 소문을 냈다.

제이 일행은 모처럼 입맛도 돌아오고 배를 넉넉히 채우면서 평화롭게 지냈다. 넓은 공동 윤환식 방목장에는 언제나 무성한 풀들로 이어졌고, 물은 가뭄에도 여전히 솟아났다. 언제나 깡마른 풀이 땅에 붙어 있는 천주목장의 방목장과 농토와는 달리, 공동으로 운영하는 넓은 농토와 방목장에는 늘 여러 가지 식물들이 철을 따라 자라고 있었다. 그들이 먹고도 남아도는 잉여 식량만도 제이 일행의 배는 늘 찼다. 1년이 넘어가자 몰라보게 몸에 살이 오르고 튼실해 지자 그들은 천주목장의 목부를 원망하기보다는 오히려 자신들이 살아나는 전화위복의 계기가 되었다면서 고마워했다.

제이는 어느 날 동료들에게 집으로 돌아가자! 했다. 우리만 편안하게 사는 것만 다가 아니지 않은가. 우물 안 개구리마냥 듣도 보도 못하면서 목부에게 맹종하는 가족들이 얼마나 불쌍한가. 좋으나 싫으나 먹어도 함께 먹고 굶어도 함께 굶어야 하는 게 가족 아닌가. 그리고 여기서 본 바를 경험삼아 천주목장에 가서 방목장과 농토를 가꾸어 식량이 풍부한 목장을 만들자고 다짐을 했다. 제이는 그 사실을 씨와 몇몇 목부에게 말했다. 그들은 기특한 생각이라며 성공을 빌었다.

제이가 동료들과 함께 집으로 돌아오던 날이 마침 목부의 생일날이었다. 거창하게 차린 생일상 앞에서 막 건배를 하는 중이었다. 우리 목부님의 건강과 천주목장의 화목을 위하여! 제이 일행도 부리나케 빈 잔을 나눠들고 제창을 했다. 그때 제이를 보던 목부가 안절부절못하더니, 하필이면 기쁜 날 불청객으로 인해 기분 망쳤다면서 상을 엎어버렸다. 그러고는 땅에 쏟아진 음식을 주워 제이의 입에 쑤셔 넣었다. 제이가 삼키지 않고 그대로 게우자 다시 밀어 넣기를 연거푸 했다. 다른 유우들은 구경거리를 즐기듯 웃어가면서 음식을 먹고 있었다.

이런 상황에서도 제이 일행은 돌아올 때 약속한 것을 지키려고, 제이의 수모 현장을 보고 나오는 눈물을 속으로 삼키면서 태연하게 앉아있었다. 이때 타가 오더니 그들 가까이 있던 선풍기를 들고 가버렸다. 그들은 곧 땀을 줄줄 흘리면서도 행사가 끝나도록 그대로 참았다. 착유시간이 되자 건강이 회복되면서 유방에도 살이 오른 제이 일행에게도 착유를 했다. 하지만 이미 건유된 유방에서 우유가 나올 리가 없자 목부는 우유를 내지 못하면 아무 쓸모가 없으니, 양질의 사료를 주지 못하도록 알바목부에게 지시했다. 목부는 이러고도 만족하지 못한지 어느 날 제이를 축사로 부르더니 운영위원회 월례회 결과라며 회의록을 읽었다.

"제이는 천주목장을 오랜 기간 무단이탈했을 뿐만 아니라 순진한 가족들까지 꼬드겨, 여러 목장을 돌아다니면서 유언비어를 퍼뜨려 우리 목장의 이미지를 실추시켰기로, 참다못한 가족 전원은 제이 이름을 호적에서 빼는데 만장일치로 가결 함."

제이는 전혀 두렵지 않았다. 가족이란 원래 피를 나눈 공동체라서 누가 아니라 한다고 아닐 수 있는 그런 관계가 아니기 때문이다. 특히 목주도 아닌 목부가 자기의 권리를 더 확고히 다지기 위해 전 유우들을 불법에 끌어들인 것이라, 엄연히 법이 살아있는 이상 때가 되면 진실은 꼭 밝혀지고 말리란 생각이 들자 제이는 그런 목부가 연민스럽기 그지없었다.

그날 이후로 제이 일행에게 제공되는 농후 사료로는 옥수수 껍질과 벼 껍질이었다. 방목장의 풀은 우유가 생산되는 젖소들 먹기도 부족했으며, 들과 산으로 다니다가 혹시 농토에 들어가면 우리 목장에서 변상을 해 줘야 한다면서 가지 못하게 감시를 하는 바람에 들에 남은 마른 풀마저도 먹을 수 없었다. 오늘도 먹으라고 주는 건초는 비에 젖어 시커멓게 썩은 것과 짐승들이 먹으면 안 되는 독초까지 주는 바람에 제이와 동료들은 아예 굶었다. 겨울에도 여름과 마찬가지로 운동장에서 잤다.

엠은 낙농부락으로 되돌아가자고 했지만, 제이는 죽을 곳으로 온 이상 고생스러워도 두 마음을 먹지 말자고 종용했다. 그러면서도 속으로는 해결할 방안을 구상하고 있었던 것이다. 그런데 엠이 어느 날 밤 다시 가출하여 낙농부락으로 가고 말았다.

어느덧 제이와 동료들은 다시 원래의 볼품없는 모습으로 돌아갔다. 이날 착유를 서둘러 마친 목부 부부는 밤새껏 준비한 맛난 음식을 챙겨 친목회를 한다며 유우들과 함께 뒷산으로 갔다. 제이는 하늘이 내린 기회라며 즉시 실행에 옮겼던 것이다.

제이는 화염에 휩싸인 축사를 바라보면서 만족한 듯 큰 소리로 웃었다. 그러다가 자수하러 파출소에 간다며 트럭에 올랐다. 눈알이 휑하니 튀어나온 피골이 상접한 브이와 큐 그리고 에스가 제이를 한사코 말렸지만 소용없었다. 그것은 천주목장의 전 가족들을 인질로 목부가 마음껏 활개를 칠 시간만 더 연장시켜 주는 꼴이며, 만약 이대로 머뭇거린다면 목부에게 포장의 기회만 더 주는 결과라고 했다. 드디어 산에서 헐레벌떡 내려온 목부와 가족들은 물을 뿌리며 진화에 나섰다. 하지만 화력이 점점 더 거세지자 쉽게 진화되지 않았다.

"내가 방화범인 이상, 천주목장을 책임지고 있는 목부가 더는 나의 대화를 따돌릴 명분은 없을 것이다. 대화의 거부는 곧 바로 진실을 왜곡하거나 은폐 하려는 의도이니까. 만약 그렇다면 또 다시 범행만 추가될 뿐이다. 그것은 외부로 드러나지는 않을 지라도 자기 양심에게 심판을 받게 될 것이니까. 내가 이 기회를 만든 건 오로지 진실을 추적하기 위해서다. 진실을 인정하는 그 순간 화해라는 보상은 필연적이라는 것을 알기에, 나로서는 이런 구차하기 그지없는 방법을 사용해서라도 우리 천주목장의 회복을 추구하지 않을 수 없기 때문이다."

제이는 속으로 뇌이며, 가속페달을 지그시 밟았다.

향수

 향수

　아직 갑산댁의 자녀들 중 누구 한 명이라도 본 적이 없다. 갑산댁이 이곳에 온 지 벌써 3년째다. 갑산댁은 효도요양원에 들어와서 2년이 넘도록 침대가 없는 온돌방에서 같은 자리를 지켜왔다. 출입문에 들어서면 언제나처럼 두 번째 자리에 핑크색 요와 이불을 덮고 머리와 얼굴만 내놓고 눈을 감은 채 죽은 사람처럼 누워있는 갑산댁의 모습을 볼 수 있었다.

　약 3개월 전에 그녀가 갔을 때, 갑산댁이 보이지 않았다. 그 외 환자들은 변함이 없었다. 그녀는 갑산댁을 찾아갈 때면 작은 초콜릿을 그들의 입안에 넣어주곤 했다. 그래서 환자들의 얼굴을 기억한다. 그 잠깐의 순간에 여러 가지 생각들이 그녀의 뇌리를 빠르게 스쳐지나갔다. 내 정신 좀 봐! 병실을 잘못 찾았나? 그녀는 호실을 확인하려고 다시 복도로 나오는데 간병인이 왔다. 아, 그 할머니? 건강이 나빠져서라며 갑산댁이 병실을 옮긴 이유를 설명했다. 몸이 상해 병실을 옮겼다고 하자 갑자기 불길한 예감이 들었다. 그녀의 추측은 기우에 불과했다. 갑산댁의 상태는 방바닥 위가 아니고 침대 위라는 점 외는 달라진 게 하나도 없었다. 똑같이 누어서 이불을 덮은 채 눈을 감고 미동도 않은 갑산댁의 모습이 시야에 들어오는 순간 다행이다라고 안도할 정도로 이미 그녀도 이런 모습에 익숙해 버렸던 것이다. 하지만 서서히 몸속의 수분이 빠져나간다는 것만은 갑산댁을 볼 때마다 감지되곤 했다. 거기에 맞추어 의지력마저 사위어 가는 듯 함구한 채 초점 잃은 시선만 상대방을 따라 다녔다. 원래 얼굴이 곱상해서 비록 늙어 검버섯이 얼굴 몇 군데 있긴 해도, 그늘 하나 없는 인상에서 풍기는 온유함은 여일했다. 다행이다! 그녀는 한숨을 조용히 불어냈다.

"형님! 저 왔어요!"

그녀는 좀 전까지도 얼굴 가득 깔아놓았던 그늘을 부랴부랴 지웠다. 갑산댁은 살포시 눈을 떴다. 그녀를 실눈으로 보더니 알아차렸다는 듯 조용히 입가에 미소를 살짝 피웠다. 갑산댁은 이불 밑에서 손을 천천히 끄어내 그녀의 손을 잡으면서 온다고 고생했다! 올 시간 없을 낀데? 바빠서…, 라며 반가움에 겨운지 또 다시 미소를 머금었다. 그녀는 들릴락 말락 힘겹게 내뱉는 갑산댁의 공치사에 금방 눈앞이 희미하게 가려졌다. 곧 서둘러 팔소매로 눈을 쓱 문질러 시야를 가렸던 액체를 쓸어내렸다.

갑산댁이 효도요양원에 들어오기 전이었다. 역시 주일날 그녀는 여느 때와 마찬가지로 갑산댁 집으로 갔다. 이미 10년 가깝게 매주 하던 일이라 아주 특별한 날 말고는 습관처럼 진행되었다. 그날도 평소와 마찬가지로 갑산댁의 현관문을 두드렸다. 곧 삽사리가 달려와 거실 문 위로 기어오르면서 자지러지게 짖어댔다. 이어서 갑산댁이 누군가 하고 삽사리가 나오지 못하게 한쪽 눈만 보일만큼 문을 열었다. 아, 오늘이 주일이구나…! 벌써 그렇게 됐나? 라며 문을 닫았다. 그녀는 항상 그랬듯이 갑산댁이 옷을 갈아입을 만큼의 필요한 시간을 기다려야 했다.

그때 갑산댁 며느리가 평소와는 달리 허둥대며 그녀가 서있던 현관 밖까지 나왔다. 왜 그냥 가지 않으세요! 꼭 조용한 우리 가정에 아저매 때문에 분란이 일어나면 속이 후련하시겠습니까! 제발 순진한 우리 어머니를 꼬드기지 말아 달란 말입니다!라며 안면몰수하고 화난 감정을 그대로 쏟아냈다. 그녀는 갑산댁 며느리가 계속해서 윽박질러도 함구한 채 표정하나 변하지 않았다. 그때부터 갑산댁 며느리는 자존심이 상했던지 대놓고 고래고래 악까지 썼다. 그래도 태연자약한 그녀의 태도가 변하지 않자 그때부터는 아예 미친 여자처럼 점점 얼굴에 핏대까지 세우며 닦달했다. 그런 와중에도 외출복으로 갈아입은 갑산댁이 유유히 밖으로 나오는 것이었다. 이것을 보던 갑산댁 며느리는 그녀를 향해 울 어머님 이제부터 아저매가 책임지세요! 라며 분을 참지 못하고 입에 거품까지 물고는 온갖 험한 악담을 다 뱉어냈다.

그녀의 남편과 갑산댁의 남편은 6촌간이다. 그녀는 아무리 법적으로 신앙의 자유가 주어졌다지만 예의상 갑산댁의 큰아들 내외에게 어머니가 교회보 가고 싶어 하시니, 모시고 다녀도 되겠느냐며 사전에 양해를 구했다. 뿐만 아니고 함께 사는 작은아들 내외 역시 주일날만 되면 목욕까지 시켜서 그녀를 기다리곤 했다. 그런데 갑자기 질부의 태도가 돌변했으니, 그녀로서도 이해가 안 갔다. 그녀를 향해 나오는 대로 감정을 쏟아내는 며느리의 언행에도 갑산댁은 추호의 흐트러짐

없이 평소와 다름없이 행동했다. 그녀는 내심 겁을 먹고 태연을 가장한 채 가슴만 조이고 있다가 갑산댁의 행동에서 적이 위안이 되었다.

그 덕분에 그녀는 그 지긋지긋한 공포의 분위기에서 벗어날 수 있었다. 갑산댁이 갑자기 고마웠다. 우리 형님 대단하셔! 그녀의 입에서 예고도 없이 튀어나온 말이었다. 칭찬을 겸한 질문이기도 했다. 이 정도 상황이라면 대부분 당연히 분위기에 휘말려 평정을 잃은 채 어떤 언행이 돌출되었을지 모르는 판국이었다. 갑산댁이 분위기를 좌우할 만한 리드로 훈련이 된 자도 아니고 그렇다고 지식수준이 높은 것도 아니지 않은가. 그런데도 불구하고 퍽이나 이성적이고 의외로 표정하나 변하지 않은 평온함으로 자신의 의지대로 행동한다는데 그녀는 감탄이 절로 나왔다. 거기다가 그녀를 더 놀라게 한 것은 기도하는 수밖에 딴 도리가 더 있어? 라더니 날 아직 안 데려가시는 것도 자녀들을 위한 기도의 분량을 채워야할 내 책임이 남았기 때문일 거야!라고 한 갑산댁의 말이었다.

이 말은 두말할 여지도 없이 지금으로서는 더 이상 걸맞을 언어가 없을 정도로 적중했던 것이다. 아! 참, 하나님은 지혜의 근본이라고 했지! 그녀는 만면에 미소를 피웠다. 그리고 찬송가를 흥얼거리기 시작했다. 마침 갑산댁도 늘 하는 식대로 즉석에서 작사 작곡까지 하면서 그녀에게 뒤지지 않겠다는 각오로 열심히 불렀다. 하늘가는 밝은 길이 내 앞에 있으니…, 하늘영광 밝음이 어둠그늘 헤치니…, 그녀가 찬양을 부르자 가슴이 뜨거워지면서 두려움도 깨끗이 물러갔다. 찬송소리도 점점 더 힘차게 변해갔다.

이런 일이 3주 계속되고 4주째 되던 주일날, 변함없이 그녀는 갑산댁의 집 현관에 도착했다. 삽사리는 여전히 짖었다. 한참이 지나도 인기척이 없는 걸 보면 집안에는 아무도 없는 게 분명했다. 지금쯤이면 삽사리의 뒤를 이어 갑산댁이 나올 시간이 지났다. 동시가! 벌써 주일이구나!라며 반갑게 근 10년을 한결같이 듣던 그 목소리를 그날 이후로 더 이상 들을 수가 없었다. 마을 회관에도 또 혼자 사는 갑산댁 친구네도 없었다. 미친 듯이 마을 이곳저곳을 뒤지고 다녔다. 하지만 아무리 갑산댁의 부재가 궁금해도 갑산댁 며느리에게 전화할 용기가 안 났다. 퍽 정겹게 굴던 질부가 아니던가. 그런데 집안 어른도 무시한 채 미친 듯이 현관까지 한걸음에 달려와 물이 뚝뚝 흐르는 고무장갑 낀 손으로 삿대질까지 해대면서 온갖 욕악담을 퍼부을 수 있단 말인가. 그녀는 그날 오후 직장 따라 시내에 사는 갑산댁 큰 아들네로 전화를 걸었다.

"어머님요? 예배당에 다녀오신 후 다리를 다쳐 걷지 못하신다며 요양원에 모셔야 하겠다기에 그러라고 했습니다. 이제 저희 어머님 신경 안 쓰셔도 됩니다."

그녀는 그 말을 듣는 순간 억장이 무너졌다. 사실 무근이기 때문이다. 갑산댁은 예배 후 점심식사도 언제나처럼 같은 양을 다 비웠다. 그녀는 이 사실을 어떻게 증명해야 할지 답답했다. 요양원은 일단 한 번 들어갔다 하면 죽지 않고서는 나오지 못하는 현대판 고려장으로 사람들의 머릿속에 깊이 뿌리를 내리고 있는 곳이 아닌가. 죽음 직전의 환자라 가정에서 더 이상 간호가 불가능할 때는 어쩔 수 없다. 하지만 나이가 많아서 요양원에 보내는 것은 이유가 성립되지 않는다. 사육하는 짐승도 아니고 건강한 부모를 나이가 많다는 이유만으로 요양원으로 내몰아야 하다니, 어디까지나 가족의 구성원이 함께 살아가는 가정은 하나님 창조의 원리가 아닌가. 원래 인간은 가족들과 정을 나눠 먹으면서 살아가도록 창조되었으니까.

그녀는 역시 오후 예배를 반납하고 효도요양원으로 향했다. 바로 계단을 선택하여 2층으로 올라갔다. 갑산댁의 병실 앞에 서면 같은 생각이 오늘도 어김없이 떠올랐다. 오늘은…? 혹…? 누가 와 있으려나? 그녀는 불시에 일어난 생각으로 인한 감정의 폭이 갑자기 증폭되면서 흥분되었다. 여기에 따른 조급함을 절제하지 못하고 잰걸음으로 병실로 들어섰다. 늘 그랬듯 자녀들에게 둘러싸여 행복해 하는 갑산댁의 모습을 상상하면서, 하지만 금방 기대감의 추락을 또 다시 경험해야만 했다. 역시…! 곧 아쉬움이 내면으로 스며들었다.

갑산댁은 여느 때와 마찬가지로 이불을 덮은 채로 침대에 누웠고, 그 병실의 다른 환자 다섯 명도 마찬가지로 조용히 누운 게 그녀가 처음으로 이 병실에 들어왔을 때와 흡사한 분위기라 그 느낌까지 너무나 비슷했다. 갑산댁의 표정에 변화를 느낄 수 없는 것도 여전했고, 형님, 저 왔습니다. 라며 또 다른 반응을 기대했지만 전혀 기대에 부응하지 않았던 것 역시 마찬가지였다. 그녀를 보자마자 미소를 짓더니 뭐할라고 또 왔노? 온다고 욕 봤다. 여기 올라 앉자라! 갑산댁은 연거푸 그녀를 향해 침대위에 앉기를 권했다. 하지만 그녀가 형님! 심심 하시지요? 하자 말없이 그녀에게서 시선을 거두며 우수에 젖었다. 아예 칭찬 말고는 비난이나 원망, 반목, 질시 같은 감정은 거세당한 듯 느껴지던 갑산댁의 천성까지 여전히 동일했다.

갑산댁이 3년이 넘게 이곳에 있는 동안 그녀가 눕지 않고 앉아있던 때는 딱 2번이 전부였다. 어느 겨울, 그날도 주일날이었다. 그녀가 병실로 들어서니 점심을 먹었다며 누울 준비를 하고 있었다. 두 번째는 어느 해 초여름, 그녀의 윗동서가 갑산댁이 보고 싶다기에 짬을 내어 어느 평일 날 병문안을 갔다. 병원에 당도하자 오전 11시 5분 전이었다. 그녀는 병실로 들어서자마자 놀란 토끼눈을 했다.

언제나 다섯 명 다 누워만 있었는데… 그날은 제일 안쪽 호흡기에 의존하던 중환자 말고는 모두가 다 앉아있었기 때문이다. 왜냐고 물었다. 그 때 마침 점심식사 준비로 식탁을 닦고 있던 간병인이 어르신들은 언제든지 이래요. 식사시간만 되면 일찍부터 일어나 기다린답니다.했다. 그녀의 눈에서 전혀 예상치 못했던 눈물이 울컥 쏟아졌다.

"왜 안 그러겠어. 하루 24시간을 이 공간에서만 버텨내야 하니 얼마나 지루하시겠어. 그나마 여기서 가장 기다려지는 게 식사시간 아니겠어? 먹는 재미 말고는 달리 있을 게 없겠는데…? TV가 있지만 이 방 어르신네들은 관심도 없으시네…?"

윗동서의 목소리도 젖는가 싶더니 손가방 안에서 손수건을 꺼내 눈물을 훔쳤다.

"하긴, 여기서는 먹는 시간만이 유일한 낙일 겁니다. TV 볼 의욕도 없는 분들이니…, 저가 본 건 오로지 이불을 덮고 누워있는 모습 말고는 본 적이 없거든요."

윗동서는 손수건을 쥔 채 갑산댁의 두 손을 한꺼번에 잡고 쓰다듬었다. 갑산댁은 아는지 모르는지 초점 잃은 실눈으로 윗동서를 빠히 쳐다보고 있었다.

"형님? 저 아시겠어요?"

갑산댁은 미소를 짓더니 고개를 약간 끄덕였다. 이 모습을 보던 윗동서는 우리 형님은 예나 지금이나 꼭 시집온 새색시 같기는 마찬가집니다라며 웃었다. 그러면서 시선이 갑산댁의 신체 각각 다른 부분에 닿을 때마다 표정이 달라졌다. 푹 들어간 눈을 바라볼 때는 다시 눈물을 훔치고는 우리 형님 남다르게 눈이 정말 예뻤는데…, 남달리 쌍꺼풀도 지고.했다. 이번에는 얼굴에 핀 검버섯을 본 모양이었다.

"내가 시집올 때만해도 피부가 얼마나 곱고 흰지…, 저런 분이 이런 시골구석에 사시나 싶었거든. 곱게 자라 처녀 때는 농사일이라고는 몰랐다던 우리 형님, 그 곱던 손도 이렇게 손가락 마디마다 관절이 와서는 결국 구불구불하게 굽어졌네…? 그런데 우리 형님 정은 또 둘째가라면 서러울 정도였는데…? 집안에 시집온 색시가 있으면 같이 어울리도록 자리도 내 주시고 음식도 챙겨주시곤 하셨다고. 나도 시집와서 아직 낯가림이 가시지 않아 서먹서먹할 때 그런 우리 형님이 얼마나 고마웠던지 몰라."

윗동서는 갑산댁의 굽어진 손가락을 만지작거리면서 형님! 이 손이 자녀들을 위해 얼마나 열심히 사셨는지 증명을 하네요? 라더니 또 눈물바람이다.

"나도 어서 우리 집에 가야하는데…, 그런데 자네는 어디 아푸나…? 울구로?"

갑산댁이 윗동서의 손을 다독거리며 웅얼거렸다.

"아닙니다. 형님 뵈니 너무 기뻐서요. 그런데 여기가 좋지 않아요? 형님."

"그래도 우리 집에 가야지. 삽사리는 내가 업시모 심심해서 기가 죽

어서는 이자 밑에 들어가 잘 먹지도 않아. 우리 집에 가모 할 일이 많
타. 여기서는 주는 밥에, 할 일이 있어야지. 나는 일이 낙인데 너무 편
해서 탈이다."

갑산댁은 집 생각을 하는 지 윗동서의 시선을 피해 허공을 응시하
다가, 한참 만에 다시 입을 열었다. 어디 두었는지? 입고 갈 옷도 없
다? 그러다가 갑자기 입을 윗동서의 귀에 바싹 대더니 여기 오니까 날
치매래! 그러고는 사방을 휘둘러보는 냥이 누구의 눈치를 보는 듯 했
다. 윗동서는 갑산댁을 끌어안고 마침내 흐느끼기 시작했다. 안 그래
도 윗동서가 요양원에 당도하고부터 우울한 표정이어서 감정을 참는다
는 느낌을 받았지만 드디어 폭발을 한 것 같았다. 소리를 죽이기 위해
애꿎은 눈물만 줄줄 흘리면서 어깨를 들썩 거렸다. 이 손으로 집안일
이며 농사일에 자녀들 남부럽잖게 키우겠다고 또 얼마나 애쓰셨는데
요. 그런데…? 윗동서는 넋두리를 하다 말고 여운을 남긴 채 화장실에
가겠다며 일어났다. 그녀도 따라 나섰다.

그녀는 갑산댁을 찾아 올 때마다 서서히 죽음으로 가는 걸음마를
미리 훈련한다는 생각을 지울 수가 없었다. 마을 사람들은 갑산댁을
바보 천사라고들 했다. 그 중에서도 특히 노친 네들이 그렇게 별명을
지어 부르던 것을 그녀는 경로당에 갈 때마다 듣곤 했었다. 이 말은 어
쩔 수 없이 붙여진 별명이었다. 천사들 중에서도 천사라는 뜻이 내포
되어 있었다. 내 집과 전답이 있지만 내 것이라 주장도 못할뿐더러 너
희들 아버지하고 살든 집에서 살란다! 라는 말 한마디 못하고, 내 몸
을 그들이 하는 대로 맡겨 버리는 태도야말로 바보가 틀림없다는 것이
었다. 자녀들의 선택에 본인의 의사한 번 내 뱉지 못하는, 지지리도 용

맹 없기는 여전하다며 안타까워하던 노친 네들의 쓴 소리가 그녀의 귓전을 쳤다.

"자녀들로서는 편하게 모시는 게 효도한다고 생각할 수도 있을 겁니다."

그녀는 자신의 입에서 전혀 예상치도 못한 말이 튀어나오자 깜짝 놀랐다.

"나는 동서하고 생각이 달라. 자녀들이 부모에게 진짜 효도하겠다면 어떤 상황에서도 살아갈 이유를 부여해야 한다고 생각해. 무용지물이 아닌! 아직도 충분히 필요한 존재라는 긍지와 자부심을…, 안 그러면 자신이 살아있다는 자체마저 죄라고 생각돼."

"글쎄 말입니다. 하지만 다 생각 차이에서…"

"그건 아니지! 생각 차이도 생각 나름이지, 상식이란 자연스럽게 공감이 가능하지."

윗동서는 화장실에 도착하자 눈물에 젖은 손수건부터 빨더니 눈언저리를 닦았다.

"형님, 사실 말이 나왔으니 말이지만요. 요즘은 옛날하고 달라서 우리나라도 노인복지가 짧은 기간 내 발전되는 바람에 마을 경로당만 해도 노인네들 세월 보내기가 훨씬 좋아졌어요. 마을에 각종 길사나 흉사 그 외도 무슨 행사가 있으면 제일 먼저 경로당으로 음식을 보내고요, 심지어는 마을에 이사를 와도 떡을 맞춰서 경로당으로 보내더라고요. 어디 그 뿐인 줄 아세요? 부모가 있는 자녀들이 돈 봉투를 심심찮게 주니까 원하는 식당가서 회식도 해요. 그렇다고 그냥 먹고 즐기는 데서만 그치는 것만도 아니고 갖가지 구비되어있는 운동 기구로 체력도 단련하고 마늘이나 콩, 그 외도 여러 가지 재배한 농산물도 다듬고, 집에서 혼자 하느니 여럿이 있는데 와서 남의 얘기도 들으면 지루하지도 않고, 어떤 노인네들은 거들기도 해요. 그러면 집에 있는 간식이라도 가지고 와서 나눠먹어요. 하긴 어떤 마을에서는 경로당에 모여서 온 마을 아낙네들이 공동으로 작업하여 돈을 벌기까지 한답니다. 이렇게 경로당이 마을 사람들의 친교로 통해 건강한 삶은 물론이고 실생활을 돕는 장소로 이용되고 있어요. 그러다가 저녁에는 가정으로 돌아가 가족들과 낮에 생긴 얘깃거리도 나누고요."

"동서 말대로라면, 굳이 이런데서 죽음을 기다리는 지겨운 삶을 왜 살아?"

"맞아요, 형님! 갑산댁 형님께서는 생각보다 고스톱도 얼마나 잘 치는데요?"

그녀가 지난 5월 8일 마을 어버이날 행사에 참석했었다. 100호가 넘는 농가가 모인 마을이라 경로당이 좁아서 체력단련 장소로 장소를 옮겨 모였다. 동민들이 가득 차게 앉아서 음식을 먹고 있던 중이었다. 다행히 아직은 옛날 시골인심이 바닥나지 않은 덕에, 너도 나도 늦게 도착한 그녀를 반기며 자리를 내 주었다. 그들은 곧 갑산댁 안부부터 물었다. 우리하고 고스톱까지 치는 사람을 그런데 가둬놓고는 환자를 만들어 버렸다며 야단들이었다.

이때 갑자기 큰 소리로 건강해서 오래 사는 것도 죄냐! 라며 그녀 바로 앞에서 음식을 먹던 집안 동서가 의분에 겨운 목소리로 외쳤다. 그 소리가 얼마나 컸던지 체력장 안의 모든 남녀동민들이 한꺼번에 주목했다. 그러자 그 바로 옆에 있던 나이가 그녀보다 많은 질부가 조용하라는 뜻으로 그 동서의 옆구리를 쿡 찔렀다. 하지만 그 동서는 더 큰 소리로 왜 내가 틀린 말 했나!라고 하자, 질부 바로 앞에 앉은 여자가 조용하게 이렇게 속닥거렸다. 멀쩡한 사람 거기 넣어놓고 줄 돈 있으면 자기 엄마한테 주어서 친구들한테 인심이라도 쓰게 하면 얼마나 기가 나겠어? 그게 훨씬 효도하는 길이라고 생각해. 하지만 가족들이 감당 못할 정도로 폭력적인 치매 환자면 또 몰라. 하지만 그 나이에 갑산댁만큼 건강하고 올곧은 사람 있으면 나와 보라고 그래요! 라며 흥분을 감추지 못했다.

이때 저 안쪽에 앉았던 몸집이 좀 푸짐한 노친이 체격에 걸맞게 근엄한 어조로 죽음은 나이하고는 상관없는 거야. 요양원에는 한 번 들어가면 죽지 않으면 나오지 못하는 곳이라고들 하니까 문제지! 그러니까 창살 없는 감옥이니, 현대판 고려장이니 라고들 하는가 봐. 갑산댁은 건강한데도 나이가 많다는 이유만으로 그런데 가 있어야 하니…, 나이 많은 게 죄냐? 사실 우리까지 하는 소리지만 갑산댁 거기 안 갔으면 그 누구보다 잘 걸어 다닐 거야. 거기서는 허구한 날 누워있기만 하고 다리를 안 쓰니 힘이 빠질 수밖에, 거기다가 환자들 위한답시고 휠체어에 태우고 다니다 보니 아예 다리는 필요 없게 되는 거라고. 그런데다가 보호자들은 자기들 호주머니 돈 아끼려고 정부에서 나오는 돈 타기위해 치매환자를 일부러 만들어버린다는 거야. 그 착한 갑산댁 신세가 너무 불쌍해! 라고 하자, 그녀와 비스듬히 마주앉은 칠순에 가까운 여자가 양쪽 손바닥으로 입 주변을 가리더니 이왕지사 엄마를 그런데 넣었으면 요즘 젊은 것들은 일부러 계도 하는데, 부모한테 가서 모이든지 아니면 순번을 정해놓고 번갈아가면서 말벗이라도 해 주면 또 모를까. 라며 사람들의 눈치를 보느라 목소리를 낮췄다.

이때 마침 원피스 차림의 갑산댁 며느리가 쌩글쌩글 웃으면서 딸기가 담긴 접시들이 올려 있는 쟁반을 들고 오더니 상 군데군데 놓으면서 어르신들 많이 드십시오. 저희 어머님처럼 아프면 먹고 싶어도 못 먹습니다. 했다. 그러자 그녀 앞에 앉았던 집안 동서의 얼굴이 금방 일그러지더니 젓가락을 탁 소리가 나게 상 위에 던졌다. 이 모습을 옆에서 지켜보던 질부가 아무래도 무슨 사달이 나겠다고 지레 겁을 먹은 모양이었다. 어, 어! 하더니 상 위에 놓였던 음료수 컵을 동서를 향해 얼른 밀었다. 그 바람에 상위에 쏟아진 음료수가 동서 앞으로 줄줄 흐르기 시작했다. 동서는 이게 무슨 짓이야! 라는 질책에 이어 걸레! 걸레! 했다. 벌써 걸레를 가지고 오는 이가 있는가 하면 또 두루마리 화장지를 던지든가, 친절하게 직접 와서 액체를 닦았다. 하지만 갑산댁 며느리가 부엌으로 돌아가자 그때서야 누가 말문을 열었다. 갑산댁 생각하면 어떻게 이 딸기가 목구멍으로 넘어가겠어? 갑산댁이 그렇게도 좋아하던 딸기를 그 며느리가 들고 올 게 뭐란 말인가! 라더니 한숨을 토해냈다.

이때 집안 동서가 휴지를 풀어 상과 바닥의 음료수를 닦으면서 그래도 이놈의 음료수 때문에 잘 넘어가긴 했지만, 사실은 고놈의 주둥아리 놀리는 게 어찌나 밉던지! 라며, 동서도 환경적 요인이 그 순간을 잘 참아내도록 도와준데 대해 다행이라고 생각했던지 긴 한숨까지 휴우우! 불어냈다. 아저매 정말 다행입니다. 하늘이 돌보셨습니다. 하지만 이런 좋은 자리에서 정말, 잘 참으셨습니다. 하지만 젊은 질부한테 할 소리도 못하고 얼마나 복장이 터졌겠어요? 라며 옆의 질부가 잔을 들어 소주를 권하면서 위로했다.

　인간의 본능마저 자녀들에게 일방적으로 저당 잡힌 채 오로지 죽음만을 기다리는 신세가 되어 버린 갑산댁, 자신의 의지와 감정 그 외도 자신의 몸을 구성하고 있는 그 많은 원소들까지도 하나 둘 서서히 그 기능이 마비되어가고 있다는 엄연한 사실도 체념한 채라니, 사람의 기능은 적당히 활용할 때 더 유연하게 단련되어간다는 사실을 외면한 처사랄까. 이것은 곧 바로 세상과의 이별훈련일 터인데도 자녀들은 부모를 편히 모시는 효도의 길이라며 안심시키고 있을 것이다. 그녀는 가슴이 미어지는 경험을 벌써 여러 번 해 오던 중이어서 그런지, 윗동서의 언행도 충분히 이해가 갔다.

　화장실에서 돌아오니 마침 점심식사가 도착했다. 갑산댁을 비롯한 환자들은 재빠르게 수저를 들고는 식사를 시작했다. 윗동서는 생선뼈를 골라내서는 갑산댁이 숟가락으로 밥을 뜨자 그 위에 올렸다. 앞이 안 보이는 환자는 간병인이 오른손을 붙잡고 밥그릇과 국, 갈치구이, 간장, 파래무침과 양파장아찌 그릇을 차례로 짚어가면서 설명을 했다. 얼마나 훈련을 했으면 그 환자는 간병인의 설명이 끝나자 왼손으로 더듬더듬 밥과 반찬그릇을 찾아가면서 오른손으로 먹기 시작했다. 구운 야윈 갈치를 먹겠다고 눈이 보이지 않은 환자가 왼손으로 집어가자 그녀가 놀라 가시를 골라냈다. 그리고 반찬을 골고루 젓가락으로 집어서 밥에 올려주었다. 하지만 지금까지도 그랬지만 앞을 못 보는 환자는 말까지 못하는지 말 한마디 없었다. 입에 밥을 넣자마자 누가 빼앗기라도 하는 냥 빠른 손동작으로 곧 다시 부지런히 밥을 떴다. 그러고는 반찬 올리기가 무섭게 입으로 가져가는 걸 보면서 그녀는 참고 삼아 한마디 했다.

"생선뼈가 노인네들한테는 매우 위험하답니다. 목에 걸렸다하면 병원가도 쉽게 못 빼내는 경우가 많답니다. 의사아들을 둔 친구한테 들었어요."

"할머님들이 하도 밥 드시는 속도가 빠르다 보니 생선이 나오는 날이면 한꺼번에 다 생선가시를 골라내려면 혼자는 정신없어요."

간병인이 하소연했다. 갑산댁이 밥 한 그릇을 다 비우자 윗동서는 누가 눈치라도 챌까봐 소리 없이 흐르는 눈물만 몰래 훔치다가 결국 한마디 했다.

"우리 형님, 어떡하지? 이렇게 멀쩡한 분을…?"

윗동서는 갑산댁의 상황을 받아들이기가 불가능한지 눈물을 훔치다가도 손으로 가슴을 가만히 방망이질했다. 식사를 마치자 간병인은 윗동서가 산 간식을 하나씩 골고루 분배했다. 갑산댁은 간식의 맛을 오래 즐기려는 듯 안 그래도 작은 부피의 카스테라를 아주 조금씩 입에 넣고는 천천히 씹었다. 바로 옆 환자는 나이도 갑산댁 보다 훨씬 적어보이고 몸도 건강해서 그런지 간식을 한입에 넣더니 두어 번 우물거린 후 목으로 삼켰다. 그녀의 생각에는 하나 더 드리라고 말하고 싶었지만 규정상 하나 이상은 절대로 금물이라고 못 박던 간병인의 말이 떠올라 목으로 삼키고 말았다.

그녀가 처음 이 효자요양원에 왔을 때, 두유를 갑산댁과 그 방 환자들에게 권하고 있었다. 이때 옆 병실에서 여러 명이 어울려 노닥거리던 간병인이 부리나케 달려오더니 환자에게 함부로 아무거나 권하면 안 됩니다!라고 질타를 하자, 갑산댁의 얼굴이 갑자기 사색이 되어 입에 물었던 빨대를 재빠르게 뽑아 두유를 등 뒤로 감췄다. 왜요…? 그녀가 간병인에게 묻자 간병인이 식사시간에 나오는 밥 외는 아무거나 못 드려요. 했다. 그녀는 간병인이 곤란할 것 같아서 더 이상 질문하지 않았지만 씁쓰름한 기분은 어쩔 수가 없었다.

헌법에도 모든 국민은 누구나 인간으로서의 존엄과 가치를 가지며 행복을 추구할 권리를 가진다고 했다. 먹는 행위는 사람을 살게 할 뿐 아니라 즐거움을 준다. 한데 인간이 누리는 즐거움은 그 사람의 권리가 아닌가. 그런데…? 설사 정신이 온전치 못하던가 아니면 몸이 제대로 움직일 수 없을 만큼 불편하다면 또 모를까. 갑산댁은 정신도 몸도 다 정상인데 본인의 의지와는 상관없이 환자로 둔갑된 게 아무래도 이해하기가 어려워서 그녀가 간병인에게 또 물었다. 우리 형님이 왜 여기에 와 계시는지 저는 그 이유를 모르겠어요? 하자 간병인의 대답이 총알처럼 튀어나왔다. 할머니 치맵니다. 했다.

그녀는 치매라는 말에 너무 놀라서 그게 무슨 말씀이세요? 멀쩡한 사람을 치매라니요! 설사 치매라고 해도 그렇지요. 이렇게 얌전한 치매환자를 왜 집을 두고 여기 와 계신가요? 라고 반문하자 아니에요. 심해요! 할머니 올해 연세가 96세라는 건 아세요? 라기에 그녀가 연세는 왜요? 라며 되묻자 이 연세에 치매가 아니라니까 하는 말이지요! 라며 단정적으로 말했다. 그녀는 감정이 울컥했지만 꾹꾹 누른 후 나이가 높다고 무조건 치매 환잔가요! 라는데 눈치 빠른 간병인이 나는 단지 보호자의 말만… 라더니 뒷말을 흐렸다.

안 그래도 노인 복지정책이 활성화되면서 치매판정을 억지로 받으려는 사람들이 의외로 많다는 말은 들었지만, 실제로 이런 일을 목도하리라고는 상상도 못했다. 아무리 살펴봐도 갑산댁의 언행이 달라진 게 없었다. 내 힘으로 살던 젊을 때는 치매라는 말을 아예 꺼내지도 않다가, 나이가 들어 자녀들이 부모의 보호자가 되고부터 걸핏하면 치매환자로 몬다. 원래 기계도 오래 사용하면 낡아서 고장이 잘 나듯 사람도 나이가 많아지면 면역력이 떨어지고 병에도 약하다. 그렇다고 젊은이들은 절대로 치매에 걸리지 않으란 법도 없다. 하지만 갑산댁이 시설에 들어 온 지도 얼마 안 되니 미리부터 단정 짓기는 아직은 이를 것이다. 어머니가 중환자도 아니고 그렇다고 집이 없는 것도 아닌데, 여러 자녀들 중 누구라도 어머니와 함께 사는 자녀말만 듣고 왜 시설에 마냥 두겠는가.

그녀는 갑산댁을 찾을 때마다 이렇게 자위해 왔다. 하지만 이런 그녀의 기대와는 달리 갑산댁은 벌써 3년 째 같은 요양원에 머물고 있을 뿐만 아니고, 여전히 바보천사처럼 자기의 자유의지마저 포기한 채 환경에 묵묵히 순응하고 있는 것이다. 감정이 순간적으로 끓어오르다가도 잠재우기를 수없이, 그녀는 갑산댁이 서서히 죽음을 향해 더 가까이 다가가고 있다는 사실을 알면서도 어느덧 자신도 환경의 사람으로 길들여지고 있었던 걸 깨닫고는 순간순간 놀라움을 금치 못하곤 했다. 물론 지금 이 순간도 마찬가질 수밖에 없다.

윗동서는 한기가 든다며 그녀의 도움으로 이불속으로 들어간 갑산댁 옆에 앉아 양 손을 잡았다. 침묵이 흘렀다. 갑산댁은 윗동서와 그녀를 번갈아 봤다. 둘의 시선이 다 갑산댁의 시선에 맞추려고 했지만, 온다고 고생했다. 나도 너희들 따라 집에 가야 하는데…? 라며 말꼬리를 흐리더니 힘없이 눈을 감았다. 자신의 입으로 자녀들에게 누가 되는 말을 내뱉지 못하는 건 고사하고 아예 마음에 품지도 못하던 갑산댁, 그때 양쪽 눈꼬리를 타고 눈물이 주룩 흘러내렸다. 윗동서는 이 모습을 본 모양이었다. 대번에 얼굴을 돌려 눈물을 훔쳤다.

"형님! 우리도 이제 가 봐야 하지 않겠습니까?"

"…그래야지…?"

윗동서는 대답과는 달리 미동도 않았다. 갑산댁을 보고 있자니 엉덩이가 떨어지지 않은 모양이다. 어느 사이 다른 환자들도 제 자리로 돌아가 이불을 덮고 누웠다. 그녀는 이들을 보고 있자니 몇 년 전 집안 아저씨뻘 되는 중소기업 사장의 모습이 선연히 떠올랐다. 상당한 재력가로 그의 부인이 먼저 저세상으로 가자, 자녀들의 반대에도 불구하고 밥해주는 사람이 필요하다는 이유를 내세워 기어이 젊은 후처를 들여앉혔다. 나이가 무려 30살이나 적은 젊은 여자라 그를 맞이하는 대가로 혼인신고는 물론이고 시내 요지에다가 레스토랑을 차려주었다. 하지만 노인네의 건강이 점점 나빠지자 레스토랑 때문에 집에서 간병한다는 게 불가능하자, 요양원에 맡길 수밖에 없었는데, 그녀가 남편과 함께 병문안을 간 적이 있었다. 그때 그는 그녀의 남편을 보자마자 붙잡고 애원을 했다. 집에 가도록 자녀들에게 말 좀 해 달라는 것이었다. 하지만 아들, 며느리, 딸까지 새어머니보다 나이가 많으니 아무도 아버지를 찾으려 하지 않았다.

자녀들의 생각은 동일했다. 당신 혼자서 선택한 길인데 새삼스럽게 우리가 끼어들겠느냐는 것이었다. 그는 고래고래 고함을 지르며 내가 왜 이런데 와있어야 하나! 덩그런 내 집 두고! 하지만 그렇게도 위세

당당하던 그도 어쩔 수 없이 그 화려했던 기억을 지우기를 반복하다가 결국 거기서 이 세상을 떠났다. 갑산댁이 잠들자 그녀는 비로소 윗동서와 병실을 나섰다.

"사람이고 짐승이고 다 길들이기로 간다고는 하지만…, 건강이 나빠서 남의 도움 없이는 생활이 불가능하면, 자녀들은 벌어야 하니 십시일반으로 병원비를 모아 부모를 전문시설에다가 모실 수는 있지만 형님은 다르니 하는 말이야."

"멀쩡한데 나이가 많다는 이유로 그 공기 좋은 시골집 두고 도시 한가운데라 답답하기 이를 데 없는 이런 시설에 맡겨놓고 가족들의 허락 없이는 마음대로 나가지도 못하게 하는 것은 감금이나 같네. 형님은 혼자 사는 노인네도 아니고 자녀들과 함께 사는데, 뭐가 문젠지…? 요즘은 시골에도 마을마다 경로당 때문에 노인네들 시간 보내기도 좋다면서, 왜 이러는지 도무지 이해가 안가? 원래 사람은 가족과 함께 슬픔도 기쁨도 나누는 거지. 부모를 이런 시설에다가 맡겨놓고 생체실험도 아니고 시름시름 수분이 메말라가는 모습을 확인하는 게 효도고 호강시키는 건가? 그래놓고 돌아가시면 울기는 왜 울어! 산사람은 움직여야지 목적에 따라 사육하는 짐승도 아니고…!"

"형님! 형님 생각도 그렇죠?"

"…?"

"사실 저도 처음에는 너무 황당했어요. 여기로 모셨다기에 나이가 많다는 것과 육신이 병들어 누구의 도움이 필요한 것과는 다르다고 보거든요. 격리시키는 경우는 전염성이 강한 몹쓸 병에 걸렸다면 외롭고 서러워도 할 수 없지요. 그런데…? 특히 내 가족들한테 버림받았다는 비참한 느낌은 나이를 초월한다고 생각해요."

"그건 자네 말이 맞아."

"짐승도 아닌 만물의 영장인 사람을 좁은 침대에 눕혀놓고 죽음을
지켜보다니!"

둘은 요양원 가까운 분식집에서 허기부터 끄기로 했다. 하지만 윗동
서는 갑산댁의 일로 심기가 불편하자 좋아하는 국수지만 한 숟갈 뜨다
가 말았다.

"법에도 누구나 행복할 권리가 있다는데…?"

윗동서는 혼잣말로 웅얼거리다가 여운을 남겼다.

"의식이 없을 정도라면 어쩔 수 없지만 내 인생은 나만의 것이 아닌
데요?"

그녀가 효도요양원을 3년째 들락거렸지만 그 기간에 갑산댁의 자녀
들을 한 번도 만나지 못했다. 갑산댁은 아들이 셋이고, 딸은 무려 다
섯 명이다. 그 전에 같은 마을 한 노부인은 의식도 없이 인공호흡기에
만 의존한 채 이 요양원 중환자실에서 1년을 버텼다. 그 외도 이 요양
원을 거쳐 간 그녀의 지인들이 여럿 명 있었다. 어떤 이는 몇 개월 또
어떤 이는 몇 년, 이렇게 있다가 떠날 동안 그녀는 이 효도요양원을
들락거렸다. 그러면서 그들의 자녀들과 심지어 손자 손녀들까지 만났
다. 그들은 환자를 휠체어에 태워 병원 밖으로 나가 거닐면서 담소도
나눴다. 갑산댁은 벌써 3년째다. 하지만 그 많은 자녀들과 손자 손녀
들 중 누구 한 사람도 만나지 못했다.

갑산댁은 그녀를 보자 일어나겠다고 상체를 들었다. 그녀가 팔을 갑

산댁의 등에 대고 일어나도록 도우려는데, 간병인이 언제 왔던지 상체를 일으켰다. 갑산댁은 만면에 미소를 담은 채 환자복의 매무새를 가다듬더니 양말까지 손봤다. 그때서야 간병인은 슬그머니 그녀의 눈치를 보더니 내키지 않은 듯 어슬렁어슬렁 나가 휠체어를 끌고 왔다. 병원 내 예배담당 여자 복지사와 봉사 온 여 전도사가 거동이 불편한 환자들을 휠체어에 태워서 옮기는 중이었다. 그녀는 신속하게 갑산댁이 탄 휠체어를 밀어 예배장소에 옮겨놓고는 또 다른 환자를 한 명이라도 더 예배에 참석시키기 위해 병실을 옮겨가며 발 빠르게 다녔다.

그녀는 예배시작 직전에 복지사로부터 부탁받은 3층 환자를 데리러 가다가 복도에서 환담을 나누던 환자들을 지나치려는데, 갑자기 십자가에 달린 예수님의 모습이 머리에 맴돌아 그냥 지나칠 수가 없었다. 그녀는 잰걸음을 멈추고 예수님은 하나님의 독자로 죄로 영원히 형벌받을 우리들의 영혼을 구하려 대신 십자가를 지셨습니다. 이 예수님을 만나시려면 일단 예배에 참석하셔야 합니다. 라고 권면을 하는데, 한 늙은 여자가 자기 부모도 버리는 세상인데 누가 누굴 구해 준다고? 천만의 말씀! 이라고 비아냥거렸다. 그녀는 그 말을 듣는 순간 실언을 했다는 생각에 말을 바꾸어, 하나님은 사랑이시라 우주만물을 창조하신 후 인간을 창조하여 다스리고 번성하라고 했으니, 하나님은 당연히 경배를 받을 만하지 않느냐고 말하려는데 예배 실에서 찬송소리가 났다. 그제야 환자를 데리러 가던 참이었음이 생각났다.

다른 병실에서처럼 간병인에게 환자의 성함을 대자 이미 예배실로 갔다고 했다. 간병인의 표정으로 보아 혹 휠체어에 태우기가 너무 힘들어 거짓말을 하는 게 아닐까? 싶었지만 환자의 얼굴을 모르니 되돌아 올 수밖에 없었다. 몸이 불편한 환자들을 한 번 휠체어에 태우려면 여간 힘든 작업이 아니었다. 가벼우면 그나마 낫지만 몸집이 좀 있는 환자들은 그 무게를 고스란히 간병인의 몸으로 실어서 휠체어로 옮겨야 하니 여간 힘든 게 아닐 것이다. 그녀가 막 병실을 나서는데 환자들의 침대마다 이름이 쓰여 있던 사실이 기억나서 다시 병실로 들어갔다. 간병인이 의구심에 찬 시선으로 다가왔다. 그녀는 간병인을 무시한 채 침대에 적힌 이름을 확인했다. 그녀가 찾던 환자는 제일 구석 침대에 누어있었다. 그는 건장한 남자였다.

"형제님! 예배 드려야지요?"

"감사합니다!"

남자는 즉시 상체를 일으키려고 몸을 이리저리 뒤뚱거리기 시작했다. 그녀가 도와주려고 다가갔지만 어떻게 해야 할지 몰라 안절부절못하자, 거짓말한 게 미안한지 심드렁한 표정으로 마른 체구의 간병인이 휠체어를 끌고 왔다. 간병인은 그녀를 밀치고 눈 깜짝할 사이에 자기보다 덩치가 큰 환자를 휠체어에 앉혔다.

갑산댁은 찬송가를 따라하느라 입술을 달싹거리면서 손뼉을 치고 있었다. 하지만 힘없이 부딪히는 여린 손가락에서는 아무런 소리도 나지 않았다. 비록 눈은 움푹 들어갔고 볼을 채우고 있던 살은 메마르고 콧날은 오똑했지만 어느 구석이고 그늘하나 찾아볼 수 없었다. 거기다가 모두가 환자복차림인데 갑산댁만은 한기가 든다기에 간병인한테 부탁하여 담요로 상체를 휘감았다.

눈만 감으면 꼭 해골 같은 몰골인데 환하게 펴진 표정에는 그야말로 천상이 보이는 길목에서 그 황홀함에 감격해하는 모습이 틀림없었다.

거기다가 조금 전 그녀가 데리고 왔던 그 남자환자는 저만치 앞에서 휠체어에 앉은 채 찬송가의 악보와 가사가 적힌 유인물을 보고 열심히 곡을 따라하고 있었다. 그런데 이 보다 더 감격했던 것은 그 바로 옆에 역시 휠체어에 앉은 뇌성마비환자는 그야말로 온 몸으로 주를 찬양하는 것이었다. 왜소하지만 젊은 청년인 그는 상체를 훌쩍훌쩍 뛰었다가 의자에 앉기를 반복하면서 찬송가를 열창했다. 꼭 주님이 자신의 바로 앞에서 기쁨으로 찬양을 받기라도 하는 냥 열정적인 춤사위까지 연출하는 것이었다.

하늘나라는 어린아이와 같지 않으면 결단코 거기 들어가지 못한다고 했지? 다윗 왕도 자기를 택하신 여호와 앞에서 온 백성이 보는데도 체면불구하고 춤추며 찬양하지 않았던가? 그녀는 갑산댁의 양손을 잡고 박수치는 것을 도왔다. 가느다란 손가락이 흐느적흐느적 힘없이 흔들거렸다. 하지만 차츰 힘이 생기는지 수동적이던 손가락 마디마다 힘이 뻣뻣하게 실리면서 능동적인 움직임이 시작되었다.

그녀는 순간, 깜짝 놀라 멍하니 손을 놓고 갑산댁을 바라봤다. 갑산댁 역시 만면에 웃음꽃을 피운 채 박수를 쳤다. 여전히 입술도 달싹거렸다. 그 때 출입구 쪽에서 한 무리의 환자들이 쭈빗거리며 한 걸음 한 걸음 더 가까이 다가오고 있었다. 자신들의 의지가 아닌 그 무엇에 홀린 사람들처럼 서서히 그러면서 여럿이지만 꼭 한 사람처럼 동일한 동작과 동일한 리듬을 타면서 예배 자들을 향해 가까이 더 가까이 다가오고 있었다.

"할렐루야!"

사회자가 이 광경에 얼마나 감격했으면 찬양중인데도 불구하고 할렐

루야가 튀어나왔겠는가. 하지만 더 황홀한 순간은 그 다음이었다.

"오늘 주님이 우리와 함께 계십니다! 바로 여기에! 위로자로 그리고 치료자만도 아닌 영원한 구세주로 오신 우리 주님을 환영하며 찬양합시다! 우리 모두!"

제일 앞좌석에 앉았던 이날 설교를 맡은 목사가 자리에서 벌떡 일어나더니 큰 소리로 대중을 향해 선포했다. 그는 두 손을 번쩍 들어 감격에 겨운 목소리로 지휘를 하면서 찬송가를 불렀다. 모든 환우들도 더 힘차게 박수를 치면서 우렁찬 목소리로 합창을 했다. 거기에는 오로지 천상을 향한 환희와 감격만이 존재할 뿐이었다.

꿈꾸는 사람들

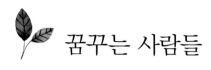

꿈꾸는 사람들

농밀한 어둠의 무게에 깔린 채 누워서 한 동안 미동도 않던 왕환희가 별안간 상체를 일으켰다. 그때까지 바위로 된 천정에다 멍하니 어둠을 꿰뚫고 시선을 박고 있는데, 요 며칠 전서부터 스스로에게 선택을 강요받고 있었던 사실이 번개처럼 뇌리를 스쳤던 것이다. 그것은 행동을 촉구하는 어떤 사항이 틀림없음에도 불구하고, 현실적 정황들로 인해 매 순간마다 다른 형태로 꿈틀거리는 감정의 소용돌이 속에서 결국은 아무런 행동도 실행하지 못하던 참이었다.

환희는 낮에 심한 중노동을 했다는 핑계로 일찍 잠자리에 들었던 것인데, 잠이 오지 않자 전등불을 밝히고 곧 바로 서재로 향했다. 서재라고는 하지만 부엌과 같은 공간으로 책이 꽂힌 책장이 있고, 책상 위에는 노트북이 얹혔으며, 의자에 앉으면 창문이 바로 옆에 있었다. 환희는 묶어서 거실로 부르지 않고 시대의 감각에 맞게 굳이 서재라 명명했다. 집이래야 그 옛날 남편과 임시로 거처하던 집채만큼 큰 바위를 지붕 삼아 그 아래에다가 주변에 늘려있던 크고 작은 돌들을 벽으로 막아 세웠지만, 반세기에 가까운 세월을 지나오면서 해마다 늘어나는 나이테처럼 겹겹이 포개진 칡덩굴 덕분에 세상에서 이보다 더 훌륭한 벽 자재는 없을 것이다. 거기다가 바로 집 아래로 전선이 지나가다 보니 전기가 들어와 사는 데 아무런 불편이 없다.

그런데 문을 열면 저만치에 아직도 그 옛날에 공무원들이 들이닥쳐 철거하다가 남은 반 토막의 돌담이 칡과 담쟁이덩굴로 두텁게 포장된 채 서있는 모습은 굳이 육안으로 확인하지 않아도 이미 혼신으로 각인된 상태다. 그리고 보면 반 토막의 돌담이 그날 희생된 남편의 분신이나 다름없다고나 할까. 그날부터 그것을 바라보는 게 유일한 낙이었고, 이곳을 떠나지 않아도 되는 조건이 되어주었다. 환희는 창문을 열었다. 바깥도 어둠은 마찬가지였다. 어둠속에서도 충분히 감지되는 변함없는 형체들, 반세기에 가까운 세월만큼이나 친숙할 대로 친숙하여 식상할 만도 한데 변화를 바라던 염원과는 달리 긴 세월과 무간하게 여일함에 적이 안심이 되었다.

창문을 열면 저만치 담 가까이에 경호원처럼 제 자리를 이탈하지 않고 묵묵히 서있을, 이제는 아름드리가 된 소나무 밑에는 남편이 누워 있을 것이고, 그 조금 옆 담쟁이덩굴로 뒤덮인 미완성의 담장 옆 낙엽수 역시 경쟁하듯 그대로 우뚝 버티고 있을 것이다. 그런데 지금까지 의식되지 않았던 신설된 6차선 도로를 달리는 차량들의 요란한 소리가 갑자기 귀청을 때렸다. 환희는 반사적으로 창문을 닫고 노트북을 켰다. 원고수정본이 밝아지는 화면과 함께 떴다.

'유신독재 강점기 제 1포고령인, 그린벨트 해제하라!' 라고 쓴 제목만도 벌써 수십 번도 더 수정했다. 처음에는 '비민주적 한국의 그린벨트를 해제하는 이유'였었다. 그런데 조금씩 더 적극적인 표현으로 수정되어 왔다. 환희는 또 다시 제목에서 시선이 멈췄다. 가장 최근에 수정된 것도 며칠 전이었다. '잔여물'을 제 1포고령으로 수정했다. 그리고 해제냐 철폐냐를 두고도 늘 갈등해 오던 부분이었지만, 아무래도 해제가 마음에 걸려 진도가 나갈 수가 없다. 이제는 선택의 여지가 없을 것 같았다. 과감하게 철폐로 고쳤다. 환희의 가슴이 빠르게 뛰기 시작했다. 어딘 지는 모르지만 역시 투고를 해야 한다는 의욕이 용솟음쳤다. 거의 반세기 동안이나 꾹꾹 눌러왔던 감정이 한꺼번에 머리끝까지 끓어올랐기 때문이다. 하지만 곧 다시 그동안 수없이 그린벨트제도의 부당함을 여러 신문고로 통해 탄원이 아니면 이의제기를 했지만, 속 시원한 답변은커녕 정부라는 거대한 벽에 부딪힌 느낌을 지울 수가 없었다. 곧 막막함이 엄습했다. 이럴 때마다 일상처럼 찾아오던 상실감은 오늘도 역시, 환희는 결국 체념하듯 두 팔을 머리 뒤로 올려 깍지를 끼고 상체를 의자등받이에 기댄 채 허리를 쭉 폈다. 뒷골이 뻐근하고 어깨의 근육통까지 의식됐다. 냉수를 마신 후 운동을 하려고 방으로 갔다.

환희는 방에 들어오자마자 방바닥에 놓인 리모컨부터 집었다. 운동은 텔레비전을 시청하면서 할 참이었다. 텔레비전화면이 밝아오자 화면 상단에 뉴스속보라는 자막이 떴다. 환희는 속보라는 자막을 보면서도 전혀 감정의 폭이 좁아지지 않았다. 벌써 속보가 뜨기 시작한 지도 두 달을 넘어섰기 때문이다. 대통령 주변인물 중 민간인으로써 청와대를 제집 드나들 듯하면서, 저지른 국정농단으로 인한 국민들의 분노는 결국 주말마다 시청광장으로 나와 대통령 즉각 하야!를 외치게 했다.

그녀는 전 국민에게 스스로 약속을 했었다. 할아버지 대통령께서는 국가건설을 위한다는 급한 마음에 묶는데 급급했습니다. 그것도 일방적으로, 하지만 저는 대통령이 되면 규제개혁부터 시행할 것입니다. 각자가 가진 능력으로 국가발전을 위해 활발하게 노력할 기회를 주기 위해섭니다. 이것은 국민개개인이 가진 여건과 재능으로 자기 발전은 물론이고 아울러 국가발전에 기여하게 될 것이기 때문입니다. 존경하는 국민여러분! 저에게 할아버지 대통령의 독재를 만회할 기회를 주십시오! 애절하게 부르짖던 손녀 대통령에게 거는 국민들의 기대가 컸던 만큼, 실망 또한 비례하고 있는 중인 것이다.

그녀는 할아버지로 인해 남아있던 독재의 잔여물 청산과 가문의 명예를 회복하기 위해 여러 선진국의 민주주의를 두루 섭렵하려는 취지에서 무려 십 수 년의 세월을 결혼도 반납한 채 선진국의 여러 대학교에서 보냈다. 그러다가 본국으로 돌아와 진정한 민주주의 실현을 위해 최고 명문대에서 강의를 하다가, 결국 후학들에게만 이 거국적인 과제를 맡기고만 있을 여유가 없었다며, 대한민국을 선진대국의 민주주의를 정착시키는데 미력하나마 도움이 된다면 이 한 몸 바쳐도 아깝지 않다고 판단되어 정계에 입문하게 이르렀습니다! 라고, 그녀는 국회의원 선거에 나온 목적을 자신만만하게 피력했다. 그때 그녀는 전 국민들의 우레 같은 박수갈채를 받으면서 지지율 전국 제 1위를 거뜬히 기록하면서 화려하게 여의도로 입성했다. 그녀는 그린벨트 완화를 공약으로 내놓던 다른 후보들과는 달리 과감하게 그린벨트 해제를 첫 번째 공약으로 내놓았다.

환희에겐 이제 속보라는 단어도 진부하게 느껴졌다. 하지만 이어지던 뉴스속보라 기대감까지는 아니더라도 약간의 궁금증은 유발했다. 그렇다면 모든 진실이 밝혀지고 국정이 안정될 기미라도 찾았나? 라며 완전히 잘라버리지 못 한 궁금증을 슬그머니 앞세우자, 환희의 시야에는 분노한 국민들이 어이없이 추락한 민주주의를 수호하라!는 피켓과 촛불을 든 채 시청광장을 입추의 여지없이 꽉 메우고 있었다.

그때서야 환희는 오늘이 토요일이라는 사실을 깨달았다. 주말마다 이어지던 집회이지만 갈수록 참석자의 인원이 늘어나고 있다고 아나운서가 말했다. 그런데도 분노로 가득 찬 국민 개개인은 감정을 그대로 표출시키는 대신 평화집회로 승화시켜 민심을 전달하려는 노력이 오늘도 여전하다며 아나운서가 현장의 분위기를 전달했다.

첫 집회 때 20만 명으로 시작된 참가자들이 2차 3차 4차 집회의 횟수가 쌓일수록 그 숫자도 쑥쑥 올라갔다. 오늘은 추산 250만 명의 인파가 모였음에도 불구하고, 진압경찰과 병력의 긴장과는 달리 폭력 집회가 아닌 평화적 집회로 성숙한 시민의식을 계속 보여주고 있다는 평가도 이어졌다. 극히 분노한 시민들이 거리로 나섰다면 폭력은 불 보듯 번한데도 반대로 문화행사로 승화시켰다는 찬사까지 받으면서, 당당하게 대한민국의 집회문화가 이미 세계적 이슈로 부각되고 있다고 극찬했다. 여자 아나운서는 이어서 오늘 밤 8시에는 집회에 참석한 참가자들의 촛불은 물론이고 각 가정과 모든 건물에서 이 집회를 보는 국민들도 동참하는 뜻에서 1분 동안 불을 다 꺼 달라는 당부를 하고 있었다.

이때 화면은 퍼포먼스를 펼치는 무대로 옮겨갔다. 마침 무대 위에서는 기타를 든 유명 가수가 노래를 부른다. 지식은 물론이고 그녀의 진심을 믿었기에 나라를 맡겼는데, 뒤통수를 맞은 듯 황망함에 빠진 대한민국 국민에게도 새해는 희망을 달라는 메시지를 담은 가사에다가 애절한 곡을 붙였다고 했다. 잠시 후, 화면은 광장을 메운 군중들에게로 초점을 맞췄다. 그 많은 촛불이 파도를 타듯 밀려가더니 이번에는 반대로 촛불이 파도를 타고 밀려오고 있었다. 환희가 어느덧 아름다운 파도타기 불꽃 삼매경에 폭 빠져있을 때였다. 휴대전화기가 울었다.

"엄마!"

"그래! 우리 교수님!"

환희는 딸이 언제나처럼 자랑스러워 오늘도 우리 교수님이라는 말이 자연스럽게 나왔다. 그런데 전화기 속에서 갑자기 군중들의 소리가 한꺼번에 터졌다. 마침 별이가 무슨 말을 하는데 군중들의 소리에 묻혀버렸다. 환희의 가슴이 쿵쾅거리며 뛰기 시작했다. 그것은 별이의 설명을 듣지 않았음에도 꼭 화면 속 그 어딘가에 딸이 끼여 있을 것만 같은 예감에 시달렸다. 아직 시야에는 조금도 다름없이 촛불을 든 군중들이 운집해 있었다. 지금 당장이라도 폭력이 난무할 것만 같은 불안감이, 그래서 별이가 그 첫 희생자라도 될 것 같은 느낌에 가슴이 두근거린다.

"별아! 너, 지금 어디니!"

환희의 목소리가 얼마나 다급하고 거칠었던지 별이는 즉각적으로 반응했다.

"엄만! 제 나이가 얼만데요!"

"나이 많은 게 자랑이야! 시집이라도 갔으면 내 이러지는 않는다!"

환희는 잔뜩 고조된 목소리의 톤을 낮추지 않은 채 별이를 계속 다

그쳤다.

"그건 제가 할 소린걸요! 엄마야 말로 사람 사는 데, 저 있는 곳으로 제발 좀 나오세요!"

"빨리 말해! 지금 그 현장에 있다면 속히 집으로 가!"

"엄마, 저 걱정 마세요! 여기는 안전해요. 텔레비전에서 보는 거와 직접 현장에 나와 보니 이게 훨씬 안전하네요."

"지금은 평화적일지 몰라도 사람들이 그 정도로 많이 모였는데, 한 치 앞일은 아무도 모른다. 사고는 뭐 신고하고 나나?"

"걱정 마세요! 지금은 오히려 엄마가 이해되는 순간이니까요."

"그건 또 무슨 뚱딴지같은 소리야?"

"엄만, 집회, 하면 엄마가 저보다 선배 아닌가요? 전국 개발제한구역 국민협회에서 하는 집회에 나가실 것 같은 태세라, 저가 얼마나 걱정되었던지 모르시죠? 사실 그래서 전국협회 홈페이지를 익히 알고 있었지만 알려드리지 않았는데, 결국 엄마가 용케 찾아내셨더라고요? 그런데 지금은 그 때 엄마가 이해 돼요. 전 공부밖에 몰랐거든요. 아무튼 엄마가 저보다 의식이 앞섰어요. 엄마, 존경해요!"

"넌 나하고는 달라! 우리나라 최고 명문대 교수면, 최고의 지성인이 아니니! 그런데 그런 곳에!"

"엄만? 지성인이면 가슴이 꽁꽁 얼어붙어 버린 줄 아시나 봐요? 하지만 저도 똑같이 뜨거운 가슴이라 뛴다고요! 어쩌면 더 뜨거울지 몰라요."

"그래도 그렇지, 그 방법은 아니지!"

"하지만 그때의 엄마를 저가 이해할 수 없었듯이 지금 엄마 역시 절

이해할 수 없을 뿐이랍니다. 그때 엄만, 오로지 한국의 그린벨트 국민들에게만 해당되던 비민주적 제도에 대한 분노였지만, 오늘 우리는 이 나라 국민이라면 남녀노소, 직위고하를 막론하고 다 일어날 수밖에 없는 분노란 점이 다르지요."

"그럼, 넌 대단하고 엄만, 보잘 것 없는데 목숨을 걸었다 이 말이니!"

"저 말이 그런 게 아니라는 걸 엄마도 아시면서, 민주주의 국가에서 당연한 국민의 기본권인 재산권을 박탈당했는데 가만있을 순 없죠. 하지만 달리 접근할 방법이 없으니까, 극단적인 방법을 쓸 수밖에 없기 때문이죠. 그러나 엄만, 저에게 매우 소중한 분이시니까, 자칫 그런 데 참여하셨다가 사고라도 당하는 날엔! 그래서…."

"아무리 범이 무서워도 산에 가야 하는 사람은 가게 되어 있어!"

"젊은이들이 해야지요! 엄마 한 사람 빠진다고 뭐가 달라지겠어요?"

"그린벨트제도가 생긴 지 벌써 반세기가 다 돼 가! 그때 젊은이가 지금은 늙었어. 이런 늙은이들이 네 생각과 다 같다면 그럼, 책임질 사람 누구야?"

"엄마, 엄마, 어서 전화 끊어야겠습니다. 다시 연락드릴게요."

별이가 다급하게 전화기를 끊자 당황한 환희는 망연자실한 채 수많은 상상으로 뇌에 쥐가 날 지경이었다. 곧 다시 텔레비전 화면에 박혀 있던 초점 잃은 시야가 서서히 밝아왔다. 거기에는 민주주의를 수호하려고 추위도 마다하고 거리로 나와 촛불을 든 국민들이 넓은 광장 마다 빈틈없이 메우고 있었다.

그런데 갑자기 엄마, 제발 연세를 좀 생각하셔야지요! 라는 별이의 애끊는 목소리가 환희의 귀청을 때렸다. 그러고 보니 지난봄이었지? 그날 환희는 처음으로 전국개발제한구역 모임에 참석했었다. 전국개발제한구역 국민협회 홈페이지를 어렵게 찾은 지 꼭 한 달만이었다. 홈페이지에 개발제한구역 전국대표들 모임의 날짜와 장소가 공지되어 있어서 별이도 볼 겸 서울로 향했다. 서울 용사의 집을 물어물어 도착하여 접수부터 하고 안으로 들어서는데, 앞면과 옆벽에 걸려있던 대형현수막에 먼저 시선이 갔다.

대한민국 정부는 악법 그린벨트제도를 즉각 철폐하라!

개인의 재산권은 국민의 기본권임을 명심하라!

환희는 현수막에 쓰인 글귀를 읽는 순간 가슴이 격렬하게 뛰었다. 나, 혼자가 아니구나! 라는 생각이 들자 감동이 엄습했다. 환희는 순간적으로 엄습한 감동과 감격으로 입을 닫을 수가 없었다. 다른 사람들을 의식할 여가도 없이 벙글벙글 입가에 가득 미소를 피웠다. 그동안 혼자만이라는 생각 속에 감금된 채 계란으로 바위를 깨뜨려보겠다는 야무진 심정으로 외롭게 오랜 동안 투고해 왔던 지난날들이 주마등처럼 지나갔던 것이다. 그린벨트로 인해 남편까지 잃은 환희로서는 이 제도야말로 우환덩어리에, 반세기가 코앞에 이르도록 고집해오는 정부가 철천지원수였다. 환희에게 남편은 우주요, 생명이었다. 남편도 보육원 출신이라 딱히 의지할 데도 없는 환희로서는 남편만이 유일한 가족이었다. 남편은 원을 나와 건재상에서 일하면서 주인 집 아들의 학습지도에다가 야간 대학 박사과정을 밟던 중이었다. 환희도 은행에 취직을 하면서 원을 나와 야간대학에 다니고 있었다.

어느 추운 토요일 날, 남편이 예고도 없이 퇴근준비를 하던 환희를

132

만나러 은행으로 찾아왔다. 남편은 양과점에 자리를 잡자마자 호주머니에서 잘라낸 신문지를 꺼내 테이블에 올려놓고 설명을 시작했다.

"기회라는 게 말이다…. 어느 특정인들의 전유물이 아닌가 봐?"

"왜요…?"

환희가 의아해 하자 남편은 신문지 위를 손가락으로 짚었다.

"여기 좀 봐! 내가 농촌을 위해 얼마나 많은 준비를 해 왔던지 너는 알잖아? 이런 나 같은 사람도 꿈을 가지고 준비했더니 드디어 기회가 왔어."

환희는 무슨 내용인가 하고 남편의 손가락이 지적하고 있던 기사를 보았다.

거기에는 굵은 글씨체로 드디어 대한민국 정부가 1차 산업의 필요성을 절감하다! 라는 글귀가 눈에 들어왔다. 그리고 내용은 대충 이랬다. 우리나라가 잘 살 수 있는 첫째 조건은 뭐니 뭐니 해도 1차 산업인 농업의 육성이다. 사람은 음식을 섭취해야 산다. 그러려면 농민들이 주식위주만이 아닌 다양한 성분의 농산물도 골고루 재배하는 게 급선무다. 하지만 우리나라는 국토면적의 삼분의 이가 산이라 농토가 적어, 지금껏 재래식 농법에 의존한 주식위주의 농사만으로도 국민 전체가 먹을 수 있는 충분한 량의 곡식도 생산되지 못하는 실정이다. 이것은 정부가 1차 산업발전의 연구비를 투자하지 않은 기술적 후진에도 영향이 있지만, 일단 농사에 필요한 농토가 부족하다. 그래서 우리정부는 이제라도 이런 문제점을 해결하려고 유휴지로 내버려둔 산을 개간하는데 양곡까지 보조하기로 했다니, 이것은 대한민국 국민이라면 누구나 환영할 일일 것이다.

"꿈은 꼭 이뤄진다더니, 축하해요! 오빠!"

언제나 이성적이요 침착함을 잃지 않던 남편이 얼마나 좋으면 저렇게 들떠나 싶으니 환희로서도 그 기분을 망치고 싶지 않아서 적극적으로 반응했다.

"땅을 형편이 안 되면 정부에서 융자금은 물론이고 개간하면 양곡까지 보조해 준다니까. 이런 기회가 또 있으려고? 꼭 나를 위한 정책 같잖아?"

남편과 환희는 오랜 시간 미래를 설계했다. 결국 남편은 이런 기회는 쉽게 오는 것이 아니니, 정책이 바뀌기 전에 간단하게 목사님 앞에서 결혼서약만 하고 시작하자는 것이었다. 우리 땅에 우리 집도 짓고 꿈을 펼치기 위한 시설도 형편 따라 천천히 해 나가면 될 거라고 했다. 둘은 주말만 되면 장소를 물색하느라 시내 변두리를 돌아다녔다. 거의 두 달을 다녔다. 그날도 역시 토요일이었다. 시내와 그리 멀지 않은, 지금의 환희가 살고 있는 천왕봉 끝자락에다 둥지를 틀기로 했다. 천왕봉은 흥부면에서 해발이 가장 높은 산이었다. 개간 전에는 잡다한 나무와 각종 잡초들로 뒤덮여 있었다. 남편은 이곳을 보자마자 바로 여기야! 라고 했던 곳이다.

"대한민국의 심장부인 청와대가 먼저 민주주의를 수호하라!"

텔레비전 화면을 꽉 채운 촛불을 든 군중들의 손에는 이런 글귀의 피켓도 들려있었다. 화면은 어느 한 곳만 집중적으로 비췄다. 여자 아나운서는 시청자들의 이해를 돕기 위해 바로 이곳은 헌법재판소가 허용한 거리 100m 이상은 청와대로 접근하지 못하는 장소라며 설명했다. 거기에는 무장경찰들이 물샐틈없이 군중들 주변을 막아섰다.

잠시 후, 카메라가 몸싸움이 벌어진 현장으로 옮겨갔다. 한 젊은 청년이 무슨 잘못을 했던지 경찰들이 우르르 달려들어 순식간에 그를 들어 가장자리로 옮기고 있었다. 환희는 애간장이 탔다. 경찰들의 진압에 저 많은 군중들이 함께 맞서리라! 하지만 이런 환희의 예상은 곧 빗나갔다. 그토록 많은 군중 중 어느 한 사람이라도 그 광경에 발칵하여 자신의 위치를 이탈하지 않았던 것이다. 불쌍한! 연민의 정이 울컥했다. 도대체가! 환희는 순간적으로 외치다가 흥분한 나머지 텔레비전 화면을 리모컨으로 지워버렸다. 한숨을 푸우! 불어냈다. 하지만 경찰에게 강제로 연행되던 청년의 모습이 환희의 뇌리에서 지워지지 않았다. 처음부터 이번 집회는 평화를 추구했었다. 만약 그 광경을 보고 환희처럼 자칫 감정을 추스르지 못했다면 틀림없이 물리적 충돌은 불가피했을 것이었다. 다행이다! 환희는 겨우 가슴의 분노가 스르르 사위어감을 의식했다. 갑자기 그 청년이 궁금했다. 어느덧 환희의 손에 있던 리모컨이 TV화면을 다시 살려 놓았다. 청와대 본관이 화면에 나타났다.

그날 환희 일행이 청와대 정문까지 다가 갈 수 있었던 것은 행운이었다. 전국그린벨트 국민협회 모임이 무르익어 갈 즈음이었다. 각 지역 대표들의 보고가 끝나자 60대로 보이는 임시 사무국장을 맡은 용이 앞으로 나가 마이크를 잡았다. 그동안 그린벨트 국민들이 활동해 오던 것 중에서 앞으로 계속 진행해야 할 일에 대해 말했다. 먼저 청와대는 물론 국토부와 각 지방 관공서 홈페이지의 신문고나 그 외도 투고가 가능한 곳을 찾아 더 많은 그린벨트 국민들의 목소리를 드러낼 것을 강력히 주문했다. 그동안 그린벨트 국민들 중에 뜻있는 분들이 청와대 홈페이지 '손톱 및 가시'로 통해 이 제도의 부당함과 규제개혁을 촉구하는 비수역할을 충실히 해왔다는 사실과, 지금 바로 실행해야하는 일 중에는 청와대 일인 시위를 서울 근교 그린벨트 국민들이 번갈아가며 해 오던 중이었다고 했다.

용이 이 말을 끝내기가 무섭게 환희가 오른 팔을 번쩍 들면서 자리에서 일어섰다. 오늘은 전국 각처에서 모두가 어렵게 모였으니 그냥 헤어지는 것 보다는 청와대로 가서 오늘 하루만이라도 함께 시위를 하는 게 어떻겠느냐. 원래 우는 아이에게 젖을 먼저 주는 법이다. 가만있는 아이에게는 배가 고프지 않다고 생각하여 젖을 주지 않는다. 우리의 재산권을 침해당하고도 가만있으면 그린벨트는 언제까지고 정부의 비자금으로 이용될 수밖에 없다. 우리 밥그릇은 우리가 찾아야 한다! 어느 누구도 우리를 대신해 주지 않는다! 라며 환희는 어디서 그런 용기가 생겼던지, 저가 앞장서겠습니다! 저는 그린벨트로 남편까지 잃은 사람입니다. 무서울 게 없습니다. 저가 앞장서게 해 주십시오! 라는데 목이 매여 더 이상 말을 잇지 못하자 회원들이 술렁이기 시작했다.

환희의 말이 일리가 있다는 것이었다. 환희는 이때를 놓치고 싶지 않았다. 그래서 부랴부랴 용기를 내어 사람들 앞에까지 나가 마이크를 빼앗듯 잡고는 또 외쳤다. 저가 만약 그린벨트 때문에 잡혀간다면 이보다 더 큰 영광은 없습니다. 제발 잡아가기만 하면 좋겠습니다. 그래야 대한민국 그린벨트제도가 얼마나 악법이라는 걸 만 천하에 알릴 기회를 얻을 게 아닙니까! 라고 외치자 이번에는 칠순을 넘어선 듯 보이는 남자회원이 자리에서 벌떡 일어나더니 한 술 더 떴다.

나는 북한에 김정은이가 우리나라 그린벨트를 풀어준다고 하면 대통령 찍어 줄 겁니다!라고 우렁찬 어조로 외쳤다. 그러자 모든 회원들이 기립 박수와 동시에 옳소! 라며 환호했다. 이어 이번에는 훨씬 더 연세가 들어 보이는 남자회원이 일어선 채 우리 그린벨트 국민이라면 방금 말한 회원님의 그 발언에 동의하지 않을 사람이 없을 것입니다. 수십 년을 정부로부터 국민의 생명과도 같은 기본권인 재산권을 그것도 민주주의 국가에서 침해당한 채, 살아온 한을 가장 함축성 있게 잘 표현해 주었어요. 내 속이 다 후련합니다! 내친김에 우리 모두 청와대로 갑시다! 했다. 그러자 찬성하는 뜻으로 박수갈채를 보냈다. 이때 체구가 왜소하고 역시 나이가 팔순을 훌쩍 넘어 보이는 임시 회장이 손에 커다란 종이 가방을 들은 채 뚜벅뚜벅 앞으로 걸어갔다. 그러고는 마이크가 있는 데서 멈추더니 회원들을 향해 천천히 입을 열었다.

"안 그래도 혹시나 해서 미리 준비해 왔습니다."

회장이 가방을 거꾸로 쏟자 노란 천들이 쏟아졌다. 그는 그 중에 하나를 들어 회중을 향해 펴보였다. 비민주적인 그린벨트 악법. 하루속히 철폐하라! 자연보호를 빙자한 그린벨트, 쓰레기불법투기장이 웬 말인가! 라고 쓴 어깨띠였다. 여러분! 오늘 저와 함께 청와대로 가실 분들을 위해 준비했습니다. 라더니 다시 말을 이었다.

"우리 회원님들께서 이러실 줄 알고 저가 미리 대형 버스도 준비했습니다!"

회장은 말을 마치자 곧 바로 버스회사로 전화를 걸었다. 이때 환희와 연배로 보이는 여성 A가 이렇게 속닥거렸다. 과연 회장님이시지요? 저 분은 그린벨트에 땅이 굉장히 많답니다. 물론 그린벨트가 아닌 땅도 많기 때문에 그린벨트 도입 초기부터 계속 투쟁해 오신답니다. 자녀들도 잘 키웠지만 아무도 투쟁해 주지 않자 본인이 직접 뛰어 다닌답니다.하자 그 옆의 여성 B가 귀속 말로 나 같으면 언제 풀릴지 모르는 그린벨트 때문에 돈 써가면서까지 고생하지 말고 저 연세에 있는 재산가지고 편하게 살다가 가겠다. 라는데 A가 속삭였다.

"저런 분이 없으면 안 되죠! 사실 그린벨트 국민들치고 경제적으로 어렵지 않은 가정이 어디 있습니까! 그렇다고 계란으로 바위를 깨트릴 수 있나요? 만약 저런 분들이 나서주지 않으면 아무리 억울해도, 종내는 그린벨트 문제도 수면 아래로 영영 가라앉아버리고 말겁니다. 그나마 저런 분들이 나서주니까 여기까지라도 왔다고 봅니다. 이건 비단 우리들만의 문제가 아니지요. 유신독재의 잔여물로 반민주적이면서도 가장 악랄한 개발제한구역 관리특별법이 아닙니까! 무려 반세기가 다 되도록 국민의 기본권을 정부가 묶어 쥐고 있다는 건 어느 나라에도 없는 비민주적이요 야만적인 제돕니다. 그리고 이미 헌법재판소에서 위헌으로 판결했음에도 불구하고, 법을 존중하고 지키는 법질서 확립을 해야 할 정부가 반세기가 가깝도록 국민개인의 권리는 무시한 채 이 법을 유지해 온다는 것은 직무유기도 모자라 공권력 남용이라고요!"

이때 우주의 힘이 한데 모인 듯 웅장한 함성이 환희의 귀청을 때렸다. 비록 함성의 내용은 전달되지 못했지만, 그 바람에 잃었던 초점 안으로 청와대가 들어와 있었다. 차츰 청와대가 멀어지면서 분노한 군중들에게 헌법재판소가 허용한 100m 내로, 그들이 접근을 못하게 경찰이 직접 바리게이트를 이루는 행렬이 되어 가로 막았다. 그때 화면 중앙으로 클로즈업된 젊은 남자 아나운서가, 청와대를 향해 자신들의 의사를 전달한 군중들이 집회 장소인 광장으로 자리를 옮기고 있다고 설명했다. 곧 이어서 아나운서는 집에서 텔레비전을 시청하고 있는 국민들의 이해를 돕기 위해 설명을 이어갔다. 전 국민의 안위와 복지를 책임지기 위해 조직된 정부기관의 고위공직자들은 물론, 대기업체의 수장들과 심지어 양심과 지성인의 산실인 일류대학까지도 본연의 위치를 망각하도록, 국가 최고 권력자란 분이 앞서서 헌법을 무시하고 국정운영을 사익화했다는 데 대한 국민들의 분노가 남녀노소를 불문하고 거리로 나오게 했다. 하지만 그나마 민중들의 수준 높은 의식이 적폐에 대한 분노를 촛불에 태워 희망의 메시지로 승화시켰다. 가까스로 이런 집회문화를 창출함으로써 대한민국의 존재가치가 세계 속에서 다시 한 번 우뚝 서는 계기가 되었다고 본다. 라는 아나운서의 어조에 감정의 기복이 현저히 느껴졌다. 저토록 어마어마한 민중을 목도하고도 내심을 감출 수 있다면 신일 것이다. 촛불을 든 민중들의 수는 밤이 깊어가는 데도 점점 더 늘어나고 있다고도 했다.

환희의 일행을 태운 대형버스가 청와대 입구에서 가까운 곳에다가 세웠다. 청와대를 위시한 주변은 거의가 소나무 숲이었다. 경비를 서는 경찰들도 군데군데 흔하게 보였다. 청와대에서 개방된 경북궁 후문으로 출입이 가능해서 그런지 수많은 국내외관광객들의 행렬이 끊이질 않았다. 청와대 정문이 바로 보이는 도로 가까운 곳에 오늘 담당 일인시위자가 비민주적 한국의 그린벨트 악법, 즉각 철폐하라! 자연보호 빙자한 그린벨트, 쓰레기불법투기장이 웬 말인가!라고 쓴 피켓을 줄에 달아 목에 걸고 서있었다. 그 옆에는 대형 현수막이 휴지처럼 찢기고 구겨진 채 버려졌다. 시위자는 일행을 보자마자 반가움에 겨워 달려와 일일이 포옹을 했다. 상봉의 의식을 마친 일행은 제일 먼저 청와대 경호실에서 나와 철거했다는 현수막을 관광객들이 다니는 큰 도로에다가 걸었다. 어깨띠는 오른쪽 어깨에서 왼쪽 팔 아래로 통일했다. 모든 준비가 끝나자 용이 선창하는 구호를 시위자들이 제창하기 시작했다.

그린벨트구역 국민도 대한민국국민이다!

국민의 기본권인 재산권을 그린벨트 국민에게도 돌려 달라!

구호를 연이어 열 번도 더 목청이 떠나가라 외치고 또 외쳤다. 아무리 외쳐도 청와대는 국민의 목소리를 무시함인지, 작전상 침묵하는지 반응이 없었다. 드디어 청와대를 향한 특전의 조치를 강구할 참인지, 회장이 슬그머니 자리를 빠져나가 버스 아래 짐칸에 든 여러 가지 풍물놀이에 필요한 장비들을 꺼내놓고 일행을 향해 손짓했다. 회장이라면 책임을 통감하다보니 상황에 따라 보다 더 효과적인 방법을 시도하지 않을 수 없었을 것이다. 이미 수없는 세월동안 투쟁해 온 경험을 바탕으로, 상대방의 반응을 얻기 위한 더 적극적인 방법을 취함일까.

용이 먼저 달려가자 그 뒤를 이어 몇몇 회원이 따라가 악기와 풍물놀이 기구를 운반했다. 거기에는 북, 장구, 꽹과리, 징, 나발, 소고, 통소에 기타도 있었다. 어떠한 수난에도 굴하지 말기를 촉구하는 제막의 신호처럼 징이 울렸다. 소리는 웅장하면서도 길게 여운을 남기며 긴 꼬리의 끝이 보일락 말락 할 즈음에, 요란한 합주가 시작되었다. 백주에 그것도 우리나라 최고의 권력자가 거주하는 청와대 정문에서 이게

도대체 무슨 우스꽝스런 몰골들인가? 하지만 수십 년 동안 맺혀온 한을 전달할 수만 있다면 무슨 짓인들 마다하겠는가! 장비를 다룰 자신이 없는 자들과 여성들은 글귀가 적힌 피켓을 들었다.

공권력으로 사유지를 공공재로 둔갑시킨 그린벨트 악법 철폐하라!

다수를 등에 업고 소수의 약자를 무자비하게 짓밟는 대한민국 악법!

그린벨트 철폐하라! 철폐하라! 철폐하라!

정부의 비자금으로 악용해 오는 사유지 그린벨트 철폐하라!

경쾌하고 요란스런 풍물놀이의 장단에 맞춰가면서 구호를 제창했다. 그린벨트 국민들의 함성이 비록 두터운 청와대의 담을 무너뜨리지 못하고 메아리로 되돌아온다 할지라도, 꿈을 포기하지 않으리란 각오로 다른 회원들과 함께 환희는 목이 터져라 구호를 외쳤다. 화려한 의상에다 벙거지를 갖춰 쓴 상쇠가 꽹과리를 치면서 풍물패를 지휘하는 모습이 무척 능숙했다. 거기다가 채상모를 여유롭게 돌려대는 늙은 남자회원이 펼치는 노련미야 말로 20대의 젊은이들 이상으로 유연했다. 땀이 비 오듯 하면서도 열정적 몸짓은 시간이 지날수록 지치기는커녕 더 강력한 동작으로 발전했다. 초봄이지만 전 회원의 얼굴은 벌써 땀으로 번들번들 광채가 났다.

"여기는 다시 헌법재판소에서 허락한 청와대 100m거리 밖입니다. 저만치 청와대가 정면으로 보이네요. 지금 막 광화문광장에 모였던 서울시내 교수협의회 교수들이 청와대까지 행진을 했답니다. 아, 마침 저기 보이는 군요. 그런데 교수들이 직접 대통령께 전할 메시지가 있나 봐요? 그러면 현장에 나가있는 기자를 조금 후 연결해서 메시지 내용을 알아보기로 하고, 자 다시 화면에 나타난 대로 교수들을 진압하기 위해 경찰들이 벌써 진을 치고 있네요? 하지만 교수들이 법을 어기겠어요? 일반 시민들도 아직까지 충돌 한 번 없이 평화시위를 이어오는데 말입니다."

흥분을 감추지 못하는 아나운서의 목소리가 환희의 귀청을 때렸다. 환희의 시야를 채운 텔레비전 화면에는 서울시내 교수협회서 청와대에 메시지를 전하기 위해 직접 행진하여 막 도착했다는 보도였다. 역시 헌법재판소에서 허락한 청와대에서 100m 거리 밖이라는데, 벌써 경찰차와 경찰들이 아까처럼 인간 띠로 바리게이트를 쳤다. 물론 대충 보아도 경찰들의 수가 교수들보다 많았다. 환희는 잠시 착각 속에 빠졌다. 눈을 비볐고 또 머리를 좌우로 흔들었다.

전국 그린벨트 국민 대표들이 청와대 정문 앞에서 시위를 하던 그 날도, 진압 경찰들 수가 훨씬 많았다는 사실이 기억났다. 그들은 오로지 자본주의 민주국가에서 공권력에 의해 국민의 재산권을 침해한데 대한 부당함을 호소할 기회를 얻자는 것이다. 사유지를 공공재로 묶어놓고 정부가 필요할 때 싼값으로 활용해 온다는 것은 공산국가면 몰라도 자유 민주국가로서는 어느 나라에도 없는 악법이 아닌가. 그린벨트 제도를 지주들의 권익을 우선으로 하는 도입국인 영국과는 정반대로, 지주가 우선이 아닌 정부위주의 권익만을 위해 사유지를 일방적으로 장악하여 정권이 아무리 바꿔도 그대로 유지해 왔던 것이다. 그런데 그린벨트 문제가 다시 수면 위로 떠오르게 된 데는 그럴만한 충분한 이유가 있었다.

이 제도를 도입하고 포고한 대통령의 손녀가 대통령이 되었기 때문이다. 그 손녀가 대통령으로 입후보하면서 그린벨트 해제를 과감하게 선거공약으로 내놓았던 것이다. 처음 정치에 입문할 국회의원 초선 때도 그분의 손녀는 그린벨트 완화정도를 선거공약으로 내 놓던 다른 후보와는 달리, 과감하게 그린벨트 해제를 내놓았다. 그녀는 선거마다 당선이라는 영예를 안았다. 하지만 그린벨트 해제라는 선거공약을 지키기 위해 국회에 발의를 했다든가. 아니면 국토부 상임위원으로 자원해 전력투구 했다,라던 적은 한 번도 없었다.

대한민국은 영국에서 그린벨트제도를 도입했다면서 그 나라처럼 지주와의 사전 합의에 선보상은 쏙 빼버렸다. 물론 그런 사실에 근거하지 않아도 공산국가가 아닌 민주주의 국가이기에 당연히 국민의 사유재산권은 보장되어야 마땅하다.

이런 사실을 벌써 이 제도를 도입한 대통령의 손녀도 인정했다. 그 대통령의 손녀가 결국 여당 대통령후보 경선에서 당선되었고, 역시 그녀는 그린벨트 해제를 대통령선거공약으로 내 걸었다. 환희는 이 분이 대통령이 되어야 그린벨트를 푼다!라는 믿음이 곧 바로 현실화되는 날이 코앞에 이르렀다고 확신했었다. 또 그분은 그 잘못된 법은 할아버지로 인한 것이라는 사실을 알기 때문에 선거 때마다 공약으로 내놓았을 것이며, 그것 역시 그 목적을 달성할 기회를 노리고 있다는 증거라고까지 해석했었다. 그분은 이런 환희의 믿음을 저버리지 않고 대통령이 되었고, 또 다시 그 분은 국회의원당선 때와 마찬가지로 그린벨트 해제가 공약(公約)이 아닌 공약(空約)으로 당선을 위한 선거 전략이었음을, 대통령임기 후기에 이르러서야 겨우 깨닫게 되었던 것이다.

청와대 앞에서 한창 풍물놀이가 진행되고 있을 때 진압경찰이 출동했다. 풍물놀이가 최고조로 흥이 오르고 구호를 목이 터져라 외치던 현장에 갑자기 백여 명이나 되는 무장경찰들이 투입되었으니, 정작 이들이 기대했던 자신들의 목소리 전달에는 미칠 수 없을 상황이 전개되어 버렸다. 하지만 경찰들이 도착하자마자 진압 인솔자가 하늘을 향해 공포탄부터 발사하는 바람에, 주춤했던 시위대원들은 몸을 옴츠리기보다 오히려 더 높고 큰 소리로 구호를 외치고 장비를 울렸다. 하지만 진압대원들은 그들이 계획한바 대로 움직이는 듯 순식간에 시위대원들을 빙 둘러쌌다. 그러고는 점점 더 안으로 좁혀 들어오는 것이었다. 하지만 시위대원들은 조금도 동요하지 않고 행위를 계속했다. 그들의 무력적 행위에 충돌의 위협이 임박함을 감지했음인지 회장이 든 징을 울리니 모두가 동작을 멈췄다. 이때 회장이 구호를 선창하자 대원들이 제창을 했다.

민주국가 대한민국은 하루속히 국민개인에게 보장된 재산권을 침해한 반민주적 그린벨트 악법, 즉각 철폐하라! 철폐하라! 철폐하라!

벌써 몇 명의 경찰들이 달려가 회장의 징을 빼앗고 그를 강제도 연행하려했다. 뿐만 아니고 진압경찰들이 일시에 시위대원들에게 달려들어 풍물놀이의 장비를 빼앗기 시작했다. 하지만 뺏고 빼앗기지 않으려는 과정에서 몸싸움이 일어났고 시위대원들 대부분은 넘어지거나 진압대원들에게 짓밟혔다. 하지만 시위대원들이 빼앗긴 재산권은 자신들의 생명과도 같지만, 여기까지 오는 동안 거의 반세기나 걸렸는데 어떻게 물러서겠느냐며, 우리의 재산권을 되찾을 때까지 정의와 민주주의를 사수하겠다고 외치면서 진압대원들과 맞섰다.

팔순의 남자회원 한 명은 넘어져 피를 흘리면서도 이놈들아! 네놈들은 애비도 할애비도 없냐! 젊음이 부끄럽지 않느냐! 이 나라는 민주주원데 지금 정부는 공산국가나 다름없는 일을 무려 반세기가 가까워지도록 양심의 가책도 느끼지 못한 채 이어오는 줄 너희들은 아느냐! 아무리 높은 자리에서 시킨다고 해도 그렇지 너희들까지 정의를 짓밟으면 이 나라는 과연 어디로 가겠느냐! 이놈들아! 라며 소리소리 쳤다.

이때 환희는 다가오는 경찰들을 향해 큰소리로 경고했다. 노인학대 죄가 얼마나 큰지 알아! 지금 너희들이 정부의 힘을 믿고 함부로 날뛰지만, 사실은 평생에 씻을 수 없는 실수를 한 거야! 아직 머리에 피도 마르지 않은 새파란 젊은 힘을 어디 쓸데가 없어서 힘없는 노인들한테 써! 역사가 너희들을 심판할 것이다! 라며 매우 엄중한 어조로 호통을 치자, 이 말을 들은 주변의 경찰들이 쭈뼛쭈뼛했다.

이때 누군가가 오늘 이 시간까지 오는데 무려 반세기가 다 되어 가는데 절대로 그냥 돌아갈 수 없지 않느냐며 넋두리를 했다. 그러자 하나같이 옳소! 라고 동의를 했다. 그렇다면 우리는 이 시간 이후로 전국 그린벨트 국민들을 대표하여 목숨을 내놓을 각오를 합시다! 우리들은 살만큼 살았습니다. 우리들이 희생하여 자손들만이라도 이 지옥 같은 그린벨트에서 구제받을 수만 있다면 무슨 여한이 있겠습니까! 공권력에 의해 반세기가 가깝도록 국민의 기본권마저 강제로 저당 잡힌 채, 온갖 규제까지 가해졌으니 생활전반의 황폐화는 당연하고 차별의식과 비교의식, 거기다가 박탈감으로 고통당하지 않기 위해서라도 기꺼이 내 몸뚱이 하나 내 놓읍시다! 여러분? 와아아! 시위대원들은 꼭 승리의 함성을 지르듯 한목소리로 외치며 팔을 높이 들었다. 환희도 다른 여자들과 서로 부둥켜안고 엉엉 소리까지 내며 울었다. 비로소 진압대원들은 멋쩍게 바깥으로 서서히 물러났다.

현장은 대형태풍이라도 지나간 듯 망가진 갖가지 장비들로 흉물스럽게 어질러있었다. 이미 많은 관광객들이 구경하느라 주변은 인산인해를 이루었다. 이 틈을 비집고 청와대 정문 앞까지 들어간 여자 한 명은 청와대 본관을 배경으로 포즈를 취한 두 명의 서양 여자를 향해 스마트폰으로 사진을 찍고 있었다. 그런 다음 가까이 있는 경비 경찰관에게 스마트폰을 주면서 촬영을 부탁하고는 두 명의 서양 여자 옆으로 가 포즈를 취했다. 드디어 사진을 다 찍은 그 한국 여자가 엄마! 라며 큰 소리로 외치면서 시위대를 향해 달려오는 것이었다. 모두가 놀란 토끼눈을 하고 그 여자의 엄마를 찾느라 두리번거렸다. 이때 엄마를 부르면서 달려와 환희를 부둥켜안은 여자가 별이었다니! 미국교수가 학회에 참석했다가 본국으로 돌아가기 전 청와대를 사진에 담아가려했다는 것이었다. 엄만! 이런 델 어디라고 오세요! 제발, 엄마 연세를 생각하셔야죠! 라며 별이는 한사코 환희를 승용차 쪽으로 끌었다. 내 나이가 왜? 여기 계신 분들 봐!라고 하자 주변을 휘둘러보던 별이가, 더 이상 보채지를 못했다. 환희도 어렵게 얻은 기회를 놓칠 수 없었던 것이다. 마침 이때 왜소한 체구에 얼굴에는 검버섯과 주름살로 가득한 늙은 남자회원이 낮은 목소리로 아리랑을 부르기 시작했다.

아리랑 아리랑 아라리요
아리랑 고개로 넘어 간다
아리랑 아리랑 아라리요

나를 버리고 가시는 임은 십리도 못가서 발병난다
아리랑 아리랑 아라리요 아리랑 고개로 넘어간다

아리랑은 끝날 줄을 몰랐다. 벌써 모든 회원이 숙연한 자세로 함께 열창하고 있었다. 부르고 또 불렀다. 이것 역시 벌써 열 번도 더 불렀다. 점점 더 구성지고 애절한 가락으로 울러 퍼졌다. 청와대를 관람하던 관광객은 물론이고 별이의 일행인 미국 교수들도 why? why?를 연거푸 외치면서 노인들의 상처와 무질서하게 흩어진 장비들을 훑어보면서 핸드폰으로 촬영을 계속했다. 이것을 보던 진압경찰의 인솔자가 별이에게 다가와 제발 좀 외국 분들 데리고 가 달라며 통사정을 했다. 별이는 이런 광경을 외국에 일부러도 알리고 싶었다고 하자, 나라 망신은 생각하지 않느냐고 비난했다. 그 말을 듣던 별이가 나라 망신을 누가 시키느냐며 반박하자 우리는 단지 상부의 지시에 따를 뿐입니다! 당신들이 고집을 부리면 우리도 공권력을 중단 못하는데도 되겠어요! 라며 협박했다. 하지만 이미 그의 어조에는 아무런 영향력이 실려 있지 않았다.

시위대원들은 더 굳게 뭉칠 것을 맹세하듯 망가진 몰골로 이미 아수라장이 된 현장에서 끼리끼리 삼삼오오로 짝을 지어 어깨동무를 한 채 구성진 가락으로 천천히 아리랑을 부르고 또 불렀다. 모두의 눈에서는 어느덧 반세기가 가깝도록 맺힌 한이 눈물을 타고 흘러내리고 있었다. 이 광경을 보던 관광객들이 특종기사거리라며 취재를 요청하는 제보를 수없이 했지만, 어느 한 신문사나 방송국에서도 취재 나오지 않았다. 꼭 환희의 남편이 가던 그날처럼.

그날 환희는 아침 설거지를 서둘러 끝내고 남편이 전날 하던 재새작업을 도왔다. 그런데 불법건물 신고를 받았다며 군청 직원들이 들이닥치더니 무조건 다 쌓은 벽을 부수기 시작했다. 그 과정에서 불행하게도 남편이 파편에 맞아 뒤로 넘어지면서 하필이면 뒤통수가 돌에 부딪혀 많은 피를 쏟았던 것이다. 남편은 병원으로 옮기는 도중에 이미 숨을 거두고 말았다. 환희는 그때 하늘이 무너진다는 말의 의미를 경험했다. 남편이 없는 세상에서 더 이상 살아갈 용기나 의욕이 없었지만, 사람 목숨만큼 질긴 게 없다더니 유복녀인 별이가 목숨을 이어주는 끈이 될 줄이야. 그런데 그날 공무원들이 출동하면서 불법현장을 취재하기 위해 미리 대동하고 왔던 신문기자가 오자마자 현장을 카메라에 담았고, 그 이튿날 공무원들이 무자비하게 부셔버린 현장이 아닌, 주소지까지 기재된 환희네의 다 쌓은 벽 사진을 올린 신문기사에는, 공무원들이 불법건축물 색출하느라 정작 할 일을 할 수 없는 처지라며 맹비난을 쏟아놓았던 것이다.

　환희는 한기 때문에 눈을 떴다. TV화면에는 여전히 촛불을 밝힌 군중들이 광장과 골목을 꽉꽉 메웠다. 환희의 시선이 벽시계로 옮겨갔다. 새벽 3시, 순간 혼미하여 시간개념도 가늠되지 못했다. 이런 상황인데도 불구하고 한 기억이 번개처럼 스쳤다. 지난 봄 청와대 정문에서 전국그린벨트 국민협회 대표들이 불렀던 아리랑이었다. 특히 그 가사 중에 나를 두고 가시는 임은 십리도 못가서 발병난다! 였다. 환희는 시선을 TV 화면에다 박은 채 아리랑을 흥얼거렸다. 하지만 역시 기약 없기는 마찬가지인 한국 그린벨트가 아직도 현존하고 있다는 사실이 아닌가. 지금까지 기다렸는데…, 아직도 때가 이르다니…? 좀 더 긴 인내를 준비해야 될 것 같다는 생각이 들었다. 그러려면 건강하게 오래 버티는 길 말고는 방법이 없을 것 같았다. 환희는 즉시 운동매트부터 바닥에 깔기 시작했다.

곱슬머리

곱슬머리

내일 만난다는 약속은 했지만 막상 통화가 끝나자 아쉬움이 엄습했다. 곧 미화의 곱슬머리가 클로즈업되더니 그 옛날 단발머리시절에 한 약속이 기억났다. 궁금하기 짝이 없었다. 그동안 여자는 빠짐없이 계산하리라던 파마 비를 한 번도 기록하지 않았다는 사실을 깨닫고는 깜짝 놀랐다. 미화는 약속대로 파마 비를 다 모았을까? 내일 미화를 만나면 그것부터 물어볼 참이었다. 곧 미화에 대한 또 다른 기억이 꼬리를 물자 폭소가 터져나왔다.

입학을 하고 첫 번째 맞는 국어시간이었다. 선생은 불혹에 가까운 나이로 보였다. 교실 안은 금방 조용해졌다. 책을 손으로 받쳐 옆구리에 긴 채 성큼성큼 교탁으로 올라선 헌칠한 키의 국어선생이 학생들을 잠시 휘둘러보았다. 선생의 표정이 얼마나 경직되었으면 학생들은 곧 도래할 태풍의 눈을 의식이라도 한 듯, 긴장의 끈을 놓치지 않은 채 무거운 침묵 속으로 빠졌다.

"학생! 이름이 뭐지?"

국어선생의 어조가 매우 엄중했다. 여자는 자신을 향한 선생의 시선에 당장 겁에 질려 머리를 숙인 채 미동도 하지 않았다. 미화 역시 여자와 같은 마음인지 목석간장이나 다름없이 상체를 곳곳하게 세운 채였다.

"학생! 자기 이름도 몰라! 당장, 일어섯!"

여자는 자신을 향해 명령한다는 생각에 일어서려는 찰나였다. 옆에 앉았던 미화가 여자의 옆구리를 쿡 찌르면서, 내가 뭘 잘못했다고 선생님이 저러시나? 했다. 그때서야 여자는 살그머니 얼굴을 들고 선생의 표정을 훔쳐봤다. 선생은 오른 팔을 뻗어 미화를 겨냥하고 있었다. 선생의 목소리는 죄인을 다루듯 매우 거칠고 위협적이었다.

여자가 안도의 한숨을 쉬는 거와는 달리, 잔뜩 겁에 질린 미화는 꼭 큰 죄라도 지은 듯 천천히 자리에서 일어서는데, 다리와 치마가 덜덜 떨고 있었다. 여자는 그때까지만 해도 미화를 향한 경계심을 놓치지 않은 상태였지만 갑자기 연민이 울컥했다. 저토록 여린 미화에게 곱슬머리에 대한 좋잖은 선입견 때문에 처음부터 마음을 꽁꽁 닫은 채 거리감을 둔 내가 잘못이야. 라며 여자는 자책했다.

"선생님! 이유는 말씀하시지 않고 무조건 학생에게 겁을 주시는 건 옳지 않다고 생각합니다!"

여자는 순간 감탄했다. 자신이 어디서 이런 용기가 났는지 도무지 알 수가 없었다. 지금껏 수업시간에 제대로 된 발표를 해 본 적이 없는 여자였다. 그토록 내성적이라 대중들 앞에서는 미리 주눅부터 드는데, 감히 선생님을 향한 항변이 자신의 입에서 총알처럼 튀어나왔다는 게 믿어지지 않았다. 꼭 지금까지 곱슬머리에 대한 선입견 때문에 미화에 대해 경계심을 늦추지 않았던 자신의 잘못을 만회하기라도 한 때문이었을까. 하지만 여자는 내심 선생의 반응이 겁났다.

"도대체가 어찌된 영문인지 모르겠네? 짝지가 학생의 본분을 망각하고 머리에 파마를 하고 다니는데도 그 이유를 모른 다는 게 말이나 돼!"

국어선생은 얼마나 화가 났으면 금방 얼굴이 험상궂게 변하면서 교탁까지 탁! 쳤다. 하지만 이런 선생의 반응과는 달리 학생들은 금방 긴장을 풀고 한 목소리로 웃음보를 터뜨렸다. 그러자 선생은 책으로 교탁을 연거푸 치면서 조용! 조용! 하는데 얼굴이 붉으락푸르락했다. 그때 위기감을 느낀 반장이 책임감 때문인지, 용기를 발휘하여 벌떡 일어서면서 선생님! 미화의 머리는 파마머리가 아니라 곱슬머리예요! 했다. 반장의 말이 끝나자 하늘 높은 줄 모르고 기고만장했던 선생의 기세가 일시에 폭 꺾이긴 했지만, 아슬아슬하게 위기를 넘긴 미화는 하루 종일 우울했었다. 여자는 그날 이후부터 미화를 향해 조금씩 마음을 열기 시작했다.

여자는 이부자리를 박차고 일어나 서재로 향했다. 곧 책꽂이에서 한권의 시집을 뽑아 들었다. 자신의 첫 시집 『그 시절의 추억』이었다. 곱슬인 미화와의 추억을 더듬는 시들이 거의 대부분이다. 여자가 시를 쓰기 시작한 것은 남편 유상호의 간곡함 때문이었다. 여자는 여자고등학교를 나와 상공회의소에 다니면서 야간대학에서 유아교육학을 전공했다. 그런데 맏이인 아들 산소가 6학년 때 어머니백일장 운문에서 대상을 받고부터 상호가 시 공부를 권했지만 용기를 내지 못하다가, 막내딸 백합이 대학에 입학을 하고 그 다음해에 상호의 주선으로 전문대 국문학과에 편입을 했다.

그때부터 본격적으로 시를 쓰면서 미화에 대한 그리움과 어려웠던 옛날 여고시절을 잘 넘기게 베풀어 준 우정에 대한 고마움과, 폭 넓은 친구의 가슴을 헤아리지 못한 자책과 용서를 구하는 내용의 시들로 수록되어있었다. 미화를 찾고자 수소문 하면서 총 동창회와 기 동창회에도 빠지지 않았다. 하지만 미화의 근황을 아는 친구는 없었다. 남편이 일찍 저세상으로 갔으며 자녀는 아들 1명 딸 2명을 두었다는 것 외는 다들 고개를 갸웃거릴 뿐이었다. 그러면 그럴수록 미처 깨닫지 못했던 자신의 무심함을 자책함과 동시에 사죄라도 하듯 미화를 더 그리워하며 시를 썼던 것이다.

여자는 사랑하는 친구! 라고 사인을 시작했다. 하지만 그 다음 말을 쓸 수가 없어서 펜을 잡은 채 동작을 멈추고 말았다. 한꺼번에 너무 많은 말들이 머리에 떠올랐기 때문이다. 어떤 말이 가장 적당하고 또 친구가 읽고 공감할지를 선택하느라 고민스러웠다. 제일 먼저 혜존(惠存)이 뇌리에 떠올랐지만 곧 바로 도리질로 지워버렸다. 극히 의례적인 말보다는 가슴을 울리는 글귀였으면 좋겠다고 생각했다. 여자의 욕망과는 달리 포문을 열기라도 한 듯 이런저런 글귀들이 두서없이 뇌리에서 우르르 쏟아졌다. 네가 내 친구라서 행복하다. 넌 친구지만 존경한다! 넌 진짜 내 친구야! 좋은 시를 쓰도록 기원할 거지? 영원한 내 친구 미화! 등등, 하지만 지금까지 보다 더 좋은 글귀가 떠오를지 모른다는 생각이 들자 일단 남은 시간까지 사인을 미루기로 하고 펜을 놓았다.

"당신, 미화 친구 내일 만난다더니 너무 설레서 잠이 안 오나 봐요?"

남편 상호는 화장실에서 오던 중인 것 같았다. 얼마나 급하게 왔으면 엉덩이에 걸린 잠옷 바지춤을 오른손으로 잡고 올리는 중이었다. 상호는 또 놓치기 아까운 뭔가가 떠오른 모양이었다. 그럴 때는 꼭 서재로 달려와 이 책 저책을 뒤지든가 아니면 메모를 했다. 벽시계는 밤 12시 30분을 가리키고 있었다.

"어머, 시간이 벌써 저렇게 지났나!"

여자는 미화와 통화한 지가 잠시 전 같은데, 벌써 시간이 이만큼 지났다는 게 믿기지 않았다. 즉시 벽시계를 다시 올려다보았다.

"당신, 친구만나면 무슨 말부터 할지 내가 한 번 알아 맞춰봐?"

상호는 책꽂이에서 책을 한권 꺼내 다른 손으로 옮기더니, 발뒤꿈치에다가 몸을 실은 채 휙 돌아섰다. 안 그래도 상호의 행동에서 장난기를 느꼈는데 얼굴에 웃음까지 가득 담고 있었다.

"다 당신 덕이라고 할 겁니다!"

여자의 거침없는 대답이 의외인지 상호는 미소를 금방 싹 지우더니, 여자를 바라보면서 눈으로 왜냐고 묻는 듯 했다. 상호가 아니었더라면 사실 미화에 대한 고마움을 영영 기억해 내지 못했을지 모른다.

상호는 전문의 과정과 군의관을 마치고 박사과정과 펠로우를 거쳐 교수가 되던 첫날 학수고대했다는 듯 점심도시락을 주문했다. 그리고 일주일이 지나 하나 더 주문하는 것이었다. 여자가 양이 부족한가요라고 묻자 어려운 후배 레지던트 한 명과 같이 나눠 먹고 퇴근시간까지 버티자니 기력이 딸린다는 것이었다. 여자는 깜짝 놀랐다. 왜 진작 그런 사실을 말하지 않았느냐고 타박을 하자 그때서야 부탁하기가 미안했다는 것이었다. 점심시간 말고는 짬을 낼 수가 없어서 3일째부터는 먼 지하 구내식당까지 도시락 한 개를 들고, 두 명이서 이동하여 우동을 2그릇 시켜서 보충했다고 했다. 그러다보니 늘 시간에 쫓겼다는 것이다. 그 잠깐의 순간에 여자는 먹먹함에 사로잡히고 말았다. 전혀 예상하지 못한 일이 기억났기 때문이다. 그것이 바로 여고시절 미화의 도시락에 얽힌 사연이다.

여자가 읍내 중학교를 졸업하고 그렇게도 선망하던 국내 제 2의 도시인 성일시 성일여자고등학교에 입학했다. 첫 시간 여자가 짝지인 미화의 머리에 시선이 닿는 순간 온 몸이 다 오싹했다. 안 그래도 객지로 유학 온 처지라 친구 하나 없는 터에 짝지까지 여자가 가장 싫어하는 곱슬머리라 눈앞이 캄캄했다.

여자의 어릴 때 친구인 곱슬머리 설자는 또래로 같은 마을에 살면서 초등학교까지 6년을 함께 다녔다. 설자가 얼마나 깍쟁인지 자기 손에 한 번 들어갔다 하면 절대로 빼앗기는 법이 없었다.

어느 날은 설자가 자기 집에서 제사를 지냈다며 인절미를 책보 안에 넣어 와서는 하교 시에 먹기 시작했다. 여자는 그래도 하나쯤은 나눠 주리라 기대했지만 끝내 혼자서 야금야금 다 먹어치웠다. 또 이런 일도 있었다. 설자가 큼직한 눈깔사탕을 여자에게 권했다. 하도 여러 번 속아서 처음에는 너나 먹어! 했다. 하지만 굳이 주겠다기에 조심스럽게 손을 내미는데 기다렸다는 듯 깔깔거리며 얼른 자기 입으로 가져갔다. 하지만 여자는 설자가 하듯이 똑같이 하기는 싫었다. 작은 것이라도 나눠먹었다. 그러면 설자는 야, 너희 집은 부자라서 좋겠다. 라며 덥석 받았다.

설자의 맹꽁이 짓은 여기서 끝나지 않았다. 초저녁에는 마을 아이들을 몰고 와서는 과일나무에서 과일을 서리해갔고, 가을철에는 하루도 거르지 않고 날도 다 새지 않은 새벽에 밤나무 밑에 와서 알밤을 주어가기도 했다. 밤 동안에 떨어진 밤은 완숙할 대로 완숙한 최상품의 밤이었다. 사실 여자도 밤 줍기를 좋아했다. 윤기가 자르르 흐르는 탐스러운 검붉은 밤을 보는 순간 즉시 삼매경에 빠진다.

여자는 알밤을 주워 모으는 게 얼마나 재미가 있던지, 하지만 아까워서 먹지는 못하고 직접 주워서 가까운 사람들한테 선물하는 것을 즐겼다. 그런데 이른 새벽부터 설자가 와서 미리 다 줍는 것이었다. 친구로서 속상한 내색도 못하던 여자가 작정하고 한 번은 새벽 일찍 일어나서 밤나무 밑으로 갔다. 그런데 설자가 또 먼저 와서는 알밤을 줍느라 머리가 땅에 닿을 정도로 처박고 있었다. 그런데 귀는 왜 그리도 밝은지, 벌써 인기척을 느끼고는 쏜살같이 도망가는 것이었다. 그날 여자는 설자 보기가 민망했는데 설자는 퍽이나 태연자약했다.

여자의 집에는 감, 복숭아, 밤, 호두, 배, 사과 등 갖가지 과일이 철마다 익었다. 저녁에는 마을에 있는 아이들이 몰려와서는 과일을 서리해갔다. 여자는 이것도 설자가 주동이 되어서 마을 아이들을 몰고 온다는 사실을 알지만 어머니에게는 끝까지 발설하지 않았다. 어머니는 거의 매일 밤 농작물을 서리해가는 마을 어린이들 중 한명이라도 꼭 잡고야 말겠노라고 벼르지만 번번이 실패했다. 하지만 마을 사람 누구에게도 하소연 할 수가 없었다. 처음 당했을 때 어머니는 이튿날 우물가에서 마을 아낙네들한테 지난 밤 아이들의 서리 사실에 흥분을 감추지 못한 채 말했다가 큰 코를 다쳤기 때문이었다. 한 명의 아이라도 현장에서 잡았으면 모를까. 남의 귀한 자식들을 무더기 금으로 도둑 취급한다면서 아낙네들이 노발대발하는 바람에 오히려 실언을 했노라고 손이 발이 되도록 싹싹 빌었다고 했다.

초저녁잠이 심한 어머니가 하루는 깜빡 한숨 잔 후 그 현장을 목격하고 뒤좇았지만, 뿔뿔이 흩어져 도망치던 꼬마들의 뜀박질이 얼마나 빠른지 어머니의 뛰는 속도로는 어림도 없었다며 한탄을 했던 적도 있었다. 그토록 설자의 머리는 비상했다. 여자는 두 얼굴을 가진 매우 천연덕스럽기 그지없는 설자를 보면 섬뜩했다. 과일밭에 동네 아이들이 서리를 해 오는 날이면 어머니는 오빠들과 여자에게 쫓아가라지만 하나같이 숙제를 핑계로 피했다. 아는 안면에 잡으면 서로 민망할 것을 생각하면 싫었던 것이다.

여자는 어느 날 우연한 기회에 자기들끼리 하는 말을 듣게 되었다. 오늘 저녁에도 역시 설자가 감을 서리하자는데 어떻게 할지에 대해 의논하는 현장이었다. 그런 일이 있었던 그 다음날 아침에 과수원에 갔다 온 어머니는 감을 팔아 써야 할 데를 죽 나열하면서 한숨을 땅이 꺼져라 폭폭 내쉬었다. 때를 지어 스쳐간 과수원에는 과일뿐만 아니고 과실나무 가지까지 부러져 설익은 과일마저 다 못쓰게 만들어 버렸다는 것이었다. 그토록 머리 굴리는데 도사인 설자는 한 번도 어머니에게 들킨 적이 없을 정도로 아이들을 피할 수 있는 방법까지 사전에 잘 훈련 시켰던 것이다. 이렇게 여자가 설자에 대한 나쁜 기억들이 날 때면 곱슬머리에 대한 혐오감으로 소름이 다 돋았다.

"당신 때문에 친구 미화를 찾은 거나 마찬가집니다."

"그럼, 거두절미하고 내 묻는 말에 솔질하게 답해줘요?"

상호는 명령하듯 단호했다. 그러고는 잠시 침묵하더니 다시 입을 열었다.

"왜 나 때문이죠?"

여자는 제법 심각하게 반응하는 상호를 보면서, 건성으로 던진 말에 대한 책임감을 느끼는 순간 그 이유를 밝혀야 되겠다고 생각했다. 곧 오래도록 가졌던 곱슬머리에 대한 선입견을 왜 말끔하게 씻겨 버렸는지에 대해서도 털어놓았다.

미화와 짝지가 된 지 10일째 되는 날이었다. 여자는 항상 점심시간만 되면 언제나 영어책을 들고 수돗가로 가 물을 마신 후 나무 밑에서 영어단어를 외웠다. 그날도 여느 날과 다름없이 영어책을 들고 밖으로 나오려는데 미화가 여자를 불렀다. 그땐 며칠 전 국어선생과 미화의 사건으로 곱슬머리에 대한 선입견이 조금은 나아지긴 해도 아직은 거리감이 완전 좁혀지지 않은 상태라 함구한 채 의구심에 찬 시선으로 미화를 봤다. 미화의 온화한 인상에 여자는 순간적으로 매료되었다. 미화는 매우 부드럽게 웃으면서, 내가 오늘 아마 위장 탈이 났나봐. 내 도시락 네가 좀 먹어주면 안 될까? 했다.

여자는 순간적으로 전율을 느꼈다. 곧 허기가 엄습했다. 이런 현상은 여고생이 되고 처음 겪는 경험이었다. 점심을 먹을 수 없다는 사실이 이미 여자의 뇌리를 지배하고 있었기 때문에 거기에 대한 기대는 위까지도 아예 포기한 상태였었다. 그런데 미화의 한 마디에 비어있던 위가 기대감에 부풀어 별안간 허기를 불러일으킨 모양이었다. 하지만 그동안 곱슬에 대한 혐오감으로 짝지인데도 불구하고 미화에게 거리감까지 두었던 터라 내심 양심의 가책이 들어 머무적거리는데, 미화가 또 다시 여자의 마음을 뒤흔들었다.

미화는 고통을 참으면서 진심으로 고민하듯 머리를 옆으로 책상위에 눕히더니 집에 도로 가져가면 무겁기도 하지만 아마 상할 거야. 거지…? 언니는 보나마나 야단칠 거고, 버리자니 그것도 일이네? 라며 혼자 말처럼 웅얼거리는 것이었다. 그때서야 여자는 용기를 내어 충고하듯 정색을 하며 말했다. 음식을 버리면 그것도 죄라고 했어! 우리 농민들이 쌀 한 톨 입에 들어가게 하려고 봄에 파종해서 가을에 수확하기까지 얼마나 많은 공을 드려야하는데, 그토록 도시락이 걱정되면 내 구내식당 안 가고 네 것 대신 먹어줄게. 라며 여자는 그 와중에도 최소한의 자존심이라도 지키고 싶다는 생각을 버리지 못하고는 그렇게도 싫어하는 거짓말까지 하고 말았다. 여자는 죄책감에 갑자기 얼굴이 화끈거렸다.

그날부터 여자는 미화에 대한 선입견도 버렸다. 미화는 남해안에서는 두 번째로 큰 섬인 남안섬에서도 2등 가라면 서러울 정도의 큰 어장을 하는 부자집 막내딸이라는 사실과 시집와서 성일시에 사는 큰언니 네에서 하숙을 한다는 사실도 알게 되었다. 어디 그 뿐인가. 여자가 마음을 열기 시작하자 이 틈을 미화는 놓치지 않고 비집고 들어왔다. 2교시 수업이 끝나면 싸온 도시락을 내놓고 나눠먹었다. 미화는 꼭 숟가락과 젓가락을 가지고 다니면서 여자에게 먼저 둘 중 선택하게 했다.

여자는 처음에는 사양했다. 하지만 차츰 미화와의 거리가 좁혀지고 격 없는 사이가 되자, 이런 행위는 당연하게 받아들였다. 점심시간에는 미화가 여자의 손을 잡고 화장실에 들려 구내식당으로 직행을 했다. 미화는 여자 것과 우동 두 그릇을 주문했다. 처음에는 자존심이 허락지 않아서 거절하다가, 자기도 객지라 아는 친구가 없어서 외롭다 못해 소외감마저 느껴오던 중이라 미화의 친절에 빠져들었다.

이것은 널 위한 호의가 아니라 네가 날 위한 호의란 걸 잊지 말기다. 그러면서 외로운 자기를 친구로 받아주면 안 되겠냐며 간청하는 바람에 그때까지 미화에게 가졌던 선입견에도 균열이 생겼던 것이다. 그 틈으로 여자는 자신의 존재가 외톨이요, 외로운 미화의 여고생활에 활력소가 되고 있다는 자부심에 충실해갔고, 언제부터 미화의 도시락과 구내식당에서 우동을 먹어 주는 것 역시 친구를 위한 행위라는 자부심으로 안주해 가고 있었던 것이다.

어느 날, 고향선배가 점심시간에 구내식당에서 만나자고 했다며 미화 혼자 간 적이 있었다. 그날 여자의 기분이 얼마나 엉망이었으면 미화에게 막말까지 했겠는가. 미화는 혼자 남겨둔 여자를 생각해서 건빵을 사들고 왔었다. 하지만 여자는 그걸 주는 미화에게 너나 먹어! 난 이제부터 널 위해 도시락도 식당가는 일도 안할 거니까 그렇게 알아! 라며 확 밀었다. 여자는 그 순간까지도 심한 배신감을 참느라 의자에 얌전하게 앉아서 영어 단어를 외우는 척 하고 있는데, 고작 건빵 한 봉지로 자기 마음을 사려고 한다 싶으니 안 그래도 가까스로 참고 있던 감정이 폭발하고야 말았던 것이다. 난 사실 네게 너무 미안했어야? 그래도 고향선배가 할 말이 있다며 간만에 약속을 하는데 안 갈 수는 없잖아? 네가 좀 날 이해해도라. 응? 친구 좋다는 게 뭐니? 라더니 다시 여자의 책상 위로 건빵봉지를 밀었다.

이때 여자의 가슴에서 주체할 수 없는 화가 치밀어 오르는 것이었다. 여자는 당장 자신도 모르는 사이 벌떡 일어나 건빵봉지를 바닥에 놓고는 두발로 자근자근 밟았다. 그 바람에 봉지가 터져 주변 교실바닥이 부서진 건빵부스러기로 어질러졌고, 그때서야 심각성을 의식한 반 학생들이 우르르 몰려와 둘을 에워쌌다. 왜냐는 것이었다. 둘이 늘 붙어 다니더니 오늘은 어쩐지 따로따로 논다 싶었는데, 결국 사달이 났다며 뭔 일이 있어도 굵직한 뉴스거리가 생긴 게 틀림없다며 궁금증을 해소하겠다는 표정으로 여자와 미화를 번갈아 보며 대답을 기다렸다.

미화는 묵묵히 바닥에서 건빵봉지를 집어서는 한쪽을 찢어 펴더니 손바닥으로 건빵 부스러기를 쓸어 담은 다음 손수건으로 깨끗하게 바닥을 닦았다. 그때까지도 여자는 객관적이지 못한 자신의 언행마저 정당방위라고 굳게 믿은 채, 영어책에 시선을 꽂은 채 꼼짝도 하지 않고 앉아있었다. 하지만 미화의 끈질긴 사과를 더 이상 외면할 수 없어서 화해를 해 준다는 말까지 억지로 내뱉으면서, 여자는 자존심을 생명이나 마찬가지로 지켰던 것이다. 그런데 그날은 물론이고 강산이 몇 번이나 변한 지금까지도 그 사건의 발단이 여자 자신의 아집과 자존심이 불러온 소치였다는 사실을 깨닫지 못했는데, 이 순간 별안간 여자의 뒤통수를 치며 지나치는 한 기억! 그것은 그 때 그 현장이 너무도 생생하면서도 선연히 클로즈업되었다.

여자는 순간 깜짝 놀랐다. 아직까지 한 번도 그날 부끄러운 자신의 모습을 의식한 적이 없었기 때문이다. 순간 볼이 다 달아올랐다. 정말 부끄럽기 짝이 없었다. 비단 그 기억만이 아니었다. 여자에게 처음으로 도시락을 좀 먹어달라며 미화가 주었던 그 날의 일까지 기억났다. 친구의 자존심을 다치지 않고 점심을 먹이려던 행위였음도 겨우 깨달았으니, 여자는 비로소 긴 한숨 위에 후회와 뉘우침을 실어서 불어냈다. 만약 미화를 찾으려 수소문했을 때라도 만났더라면…? 이 정도까지 후회할 일은 만들지 않았을 게 아닌가.

그때서야 상호가 입을 열었다.

"당신, 나 때문에라도 옛날 친구에 대한 진심을 알게 되었으니 얼마나 다행이요? 지금이라도 늦은 건 결코 아니라오. 사람은 다 실수하는 게 정상이라지 않아요? 그렇지 않으면 사람이 아니라 신이게?"

상호는 나이에 어울리지 않게 개구쟁이처럼 빙긋이 웃더니 책갈피를 넘겼다. 아무래도 의도적으로 여자의 고뇌를 덜어주려는 의지로 보였다. 그러고는 다시 무슨 말을 할듯하다가 그래도 좀 자 둬요. 오랜만에 만나는 친구에게 예쁘게 보이려면, 하고 물을 좀 마시고 자야겠다며 나가더니 곧 다시 물이 든 컵을 들고 돌아왔다.

"당신도 자기 전에 물 마시는 거 잊지 않았겠죠? 물 좋은 건 다 알지만 자기 전의 물 한 잔은 뇌졸중이나 심장마비를 예방하고 다리 경련까지 방지한다니 정말 중요하지 않소? 어쨌든 물도 체한다고 하니 천천히 씹으면서 마셔요?"

상호는 거의 대부분 명령문이 아닌 의문문을 썼다. 여자는 자녀들이나 자신에게 언제나 자상한 상호가 고마웠다. 의대교수답지 않게 퇴근하여 가정으로 돌아오면 환자들을 온 종일 돌보느라 지칠 만도 하건만, 전혀 그런 기색하나 없이 저녁식사 준비를 도우기도 하고, 식사 후에는 여자가 식탁을 치우는 시간에 설거지를 했다. 아이들과 놀아주는 건 다반사고 복습 예습과 과제물까지 챙기고 나서야 서재에 들어가 자기 연구에 몰입하던 상호다. 이런 상호를 보면 안쓰러워 여자는 일부러 가족을 위해 애쓰지 않아도 되니 집에 오면 무조건 쉬고 자신의 일이나 충실 하라지만, 상호의 대답은 변함이 없었다. 반복되는 일상의 연속에서 벗어나 새로운 세계에서 특히 사랑하는 가족과 어울리니 그 자체가 힐링이라 했다. 여자의 체질로서는 전혀 이해가 안가지만 상호가 그렇다니 그런가 보다. 하지만 사람에게는 유전적 성향도 무시할 수 없지만 그 사람의 사고가 인격을 좌우한다는 생각도 들었다.

여자의 집은 읍내서도 6㎞나 떨어진 시골이었다. 하지만 여자의 아버지는 일찍부터 먼 날을 내다보는 안목을 가진 지혜로운 농부로, 다른 농가들이 주식 위주의 재래식 농법에 매달려 자급자족에 급급할 시기에 이미 과수와 가축사육에도 도전했다. 아버지는 여자가 초등학교 5학년 때 10리나 떨어진 5일 장에 소를 매매하고 돌아오는 길에 강도를 만나 비명횡사했다. 여자의 집은 급속도로 가세가 기울어갔다. 형제들이 다 학생들이기도 했지만 아버지가 살아있을 때보다 학년이 올라가면서 하나 둘 집을 떠나 학교가 있는 도회지로 나가야 했던 것이다. 그러자니 학비는 물론이고 숙식비까지 별도로 지불해야 하니 늘어나는 지출을 충당하려면 농토를 매도하는 수밖에 없었다.

그럴수록 마을 사람들의 비난은 폭포수처럼 쏟아졌다. 저러다가 큰일 날 것이다. 나중에 농토를 다 팔고 없는데 나이라도 들어 늙으면 무슨 고생을 하려고 저래! 지금이라도 늦지 않으니 생각을 바꾸라며 이구동성으로 여자의 어머니에게 충고를 멈추지 않았다. 하지만 땅을 물려주느니 머리에 지식을 넣어주는 게 훨씬 낫다는 어머니의 주관은 어떠한 경우에도 흔들리지 않았다. 땅보다 머리에 지식을 넣어놓으면 도둑맞을 걱정도 없고, 농사를 짓느라 고생하지 않아도 되는 반면 흉년들 염려도 없다. 다행히 여자의 형제들이 열심히 노력하여 장학금으로 학비를 보태는 가하면 과외지도로 잡비와 숙식비도 마련했다.

여자가 태어나고 자란 북천마을 주민들은 그야말로 우물 안 개구리였다. 농촌에서 태어나고 자라 농사만 대물림해온 농민들인지라, 넓은 세상이 있다는 사실을 자녀들이 알고는 농토를 버리고 도회지로 떠날까봐 오히려 두려워했다. 면소재지에 있는 중학교는 물론이고 가까운 초등학교에 보내기조차 꺼려하는 부모들이 많았다. 원래 사람은 먹물을 먹으면 먹을수록 농사 일은 점점 더 싫어하게 될 뿐이다. 거기다가 막상 돈을 벌게 되면 공부하여 부모님 호강시켜 주겠다던 생각은 간데온데없고, 멀리 있으면 몸도 마음도 멀어져서 남이나 같게 된다는 것이다. 그들은 이렇게 어머니를 향해 자식들한테 버림받게 될 테니 두고 보라며 악담까지 아끼지 않았다.

여자가 막내고 위로 다섯 명의 오빠가 있었다. 그 덕에 여자도 오빠들이 자취하는 성일시로 진학을 할 수 있었다. 경영학을 전공한 큰 오빠가 큰 회사에 입사해서 월급을 받았기 때문에 오빠들이 사용하는 넓은 방과 부엌방 하나가 딸린 집세를 책임졌다. 어머니는 먹거리를 직접 갖가지 농작물을 재배하여 보내왔다. 둘째 오빠는 입주 가정교사를 했고 셋째와 넷째는 각각 2학년까지 마치고는 휴학계를 내고 군대에 입대했기 때문에 사실상은 오빠 둘의 밥만 여자가 책임졌다. 다섯째 오빠는 영문학을 전공한 덕에, 방과 후만 되면 자취방에서 과외지

166

도를 했다. 그런데 지도력이 남달랐던지 학생들의 성적이 쑥쑥 올라간다는 소문이 나는 바람에 주말에는 여러 그룹으로 나눠서 지도하느라 늘 대학진학 수험생들과 시간을 보냈다. 셋째오빠가 전역을 하고 복학을 할 때는 막내오빠가 휴학계를 내고 군대에 입대를 했다. 막내 오빠가 군대를 간다며 고향 집으로 가기 전 일요일 날 둘째 오빠는 같은 고향출신의 의대후배라는 상호와 함께 왔었다. 그 이후부터 상호는 이런 저런 핑계로 자취방으로 가끔씩 놀러왔다.

훗날 알게 되었지만 상호가 여자를 결혼상대로 결정하게 된 동기는, 물론 여자도 마음에 들기도 했지만 오빠들을 보면 부럽고 탐났다고 했다. 그 덕에 오빠의 후배였던 지금의 상호와 결혼을 한 여자, 첫째 아들 산소가 초등학교 6학년 때 어머니 교실 학부모를 대상으로 시화전을 위해 백일장을 연 적이 있었다. 그때 운이 좋았던지 실력이 있었던지 아무튼 상상도 못했는데 여자가 최우수상을 수상했다. 그때부터 상호는 여자에게 시인의 꿈을 심어주었다.

여자는 운전을 하면서도 머릿속에는 꼭 서양 여자인형의 머리처럼 굽실굽실한 곱슬머리 미화 생각 외는 바늘구멍만한 틈도 없었다. 성일 시내 총동창회 장소인 N호텔은 바닷가에 위치해 있었다. 넓은 대지 위의 건물 앞으로는 망망대해로 이어지는 바다가 펼쳐져 있고, 삼면은 온갖 나무와 꽃들로 매우 아름다운 경관을 겸하고 있었다. 이곳 사장이 여성인 것만도 놀라운데 더 놀라운 사실은, 그 사장이 여자의 여고 선배라는 사실이었다. 그래서 장소를 무상으로 제공하는 덕분에 이런 어마어마한 호텔에서 총동창회를 열 수 있다고 생각하니 가슴이 벅차올랐다. 여자는 왜 우리나라 사람들은 학연을 중요시하는지 조금은 알 것 같았다.

홀 입구에서 각 기별 임원들의 안내에 따라 명찰을 달고 홀 안으로 들어서니 얼마나 넓은지 끝이 보이지 않을 정도였다. 그렇게 넓은 홀 안에는 기 별로 앉도록 테이블에 표시판을 걸어놓았다. 여자는 홀에 들어서자마자 자리를 가득 메운 동창들 중에서 오로지 미화의 얼굴만 찾고 있었다. 처음에는 시야에 들어오는 이들마다 미화 같았다. 하지만 찬찬히 뜯어보노라면 미화가 아니라 실망을 거듭했다. 여자의 기 표시판이 꽂힌 테이블에도 미화는 없었다. 혹 미화가 끝내 오지 않으려나? 여자는 이런 생각까지 하면서 눈은 연신 미화만을 찾아 헤맸다. 하지만 여자를 아는 친구들은 반갑게 인사말을 하는가 하면 개중에는 손을 잡거나 포옹하면서 매우 적극적으로 반갑다는 표현을 했다. 그런 와중에도 여자는 오로지 미화 생각뿐이었다.

실내는 오랜만에 만난 친구들과 회포를 나누느라 시끌벅적했다. 여자는 다른 친구들과 인사를 하면서도 미화가 다른 자리에 앉아있지나 않나 해서 시선을 여기저기로 옮겨 다니기를 쉬지 않았다. 줄곧 곱슬머리만 찾았다. 이때 마침 입구에서 대여섯 명의 여성들이 사방을 두리번거리더니 방향을 정한 듯 이쪽을 향해 쭈뼛거리며 들어오고 있었다. 어느덧 그 일행이 가까이 오더니 그 중 한 여성이 활짝 웃으면서 잰걸음으로 앞서 달려와 여자를 덥석 안았다.

"맞지? 내 짝지 남숙이!"

여자는 너무나 낯선 그녀의 접근이 민망하여 반사적으로 밀어냈다. 그녀는 7부바지에 회색의 헐렁한 티를 입었지만 검소하면서도 유난히 세련미가 넘쳤다. 그때까지만 해도 순진하고 촌스럽던 곱슬의 미화만 시선에 잡히기를 갈망했기에 생머리의 그녀가 미화일 줄은 상상도 못했다. 그녀는 여자를 힘껏 안았다.

"난 미화야!"

여자는 미화라는 말에 머리로 시선을 보냈다. 하지만 곱슬머리가 아닌 생머리의 그녀에게 의구심에 찬 시선을 얼굴로 옮겨가 남아있는 미화의 옛 흔적을 발견하려고 구석구석을 더듬었다. 막상 미화라는 말을 들어서 그런지 얼굴에서 그 옛날 미화의 모습이 여기저기에서 하나둘 불거져 나오기 시작했다.

"일단 앉자!"

여자는 기대했던 반가움의 표현에 전혀 미치지 못한 자신의 첫 반응에 내심 당황했다. 하지만 연신 반가움을 느낄 여가도 없이 미화의 양손을 잡은 채 그 옛날 낯익은 흔적들을 발견하려고 시선을 빠르게 옮겨 다녔다. 하지만 아무래도 미화의 곱슬머리가 궁금해서 참을 수가 없었다.

"그런데, 네 곱슬머리는?"

"음…? 사실 그때는 곱슬머리에도 스트레이트파마라는 걸로 단점을 감출 수 있을 거라고 누가 알았겠니?"

"강산이 몇 번이나 지났으니 그동안 모은 돈에 대해 정말 궁금했거든?"

여자는 그때서야 계면쩍은 웃음을 지었다.

"이것 봐! 내 생머리…?"

"글쎄…?"

"곱슬을 푸는데 드는 비용이 보통 파마보다 더 들어 갈 줄 알았으면 네하고 그런 약속 안 했을 거야."

"나도 마찬가지야. 돈을 줘가면서 곱슬을 푼다고는 꿈에도 생각 못했거든?"

남숙과 미화의 대화가 점점 더 수다스러워간다고 느낄 때였다.

"미화하고 남숙이 너희 둘! 아예 다른 친구들은 안중에도 없는 거지!"

여고시절부터 뒷좌석에 앉아서 둘의 절친을 시샘하던 이순덕이가 인내의 한계에 도달하는 바람에 여자와 미화는 즉시 현실로 돌아왔다. 갑자기 왁자지껄함이 여자의 귀청을 때렸다. 하얀 원피스를 입은 후배가 본부석 연단에 서더니 마이크로 주목해 줄 것을 주문하면서 곧 진행될 순서를 발표했다. 이때 미화가 고향 선배를 만난다며 다른 테이블로 가는 걸 본 순덕이가 여자에게로 다가와 귀속 말로 속닥거렸다.

미화는 낭군님 일찍 보내고 애 셋 키우느라 여태껏 친구들과도 소식을 끊고 살았다는 것과, 아무리 내 성격이 못돼먹었어도 잘한 건 잘한 거라며, 큰 아들은 내과 전문의 과정을 마쳤고, 큰 딸은 정신과 전문의 과정 그리고 막내딸은 치대 생이라고 했다. 그러고 보면 욕심이 많은 곱슬로 비난하던 옛말은 맞는 말이라며, 미화가 곱슬의 성향 때문에 그런 환경을 딛고 자녀들을 키워낸 것 같다며 칭찬하는 것이었다. 그러면서 덧붙이기를 사람들은 자기 것이 아니면 비난을 하는데, 장점이나 단점의 기준도 개인의 눈높이지 결코 객관적이지는 못하다면서, 경우에 따라 단점도 장점도 다 활용하기 나름이라고 했다.

"하지만 이제 더 이상 미화는 곱슬이 아니잖아?"

"새로 나는 머리는 역시 그래? 그것 보라고! 우리는 곱슬이 장점으로 보이는데 미화는 혐오스러운 거라고. 그러니 곱슬을 펴고 또 펴는 거야."

여자는 옆 테이블로 간 미화의 머리에 시선을 보냈다. 순간 너무나 허탈했다. 왜 존재하지도 않은 곱슬의 미화를 그리워했단 말인가. 그토록 애타게 그리워했던 추억속의 곱슬을 이젠 지워야 하나? 하지만 여자의 가슴은 용납되지 않았다. 자신을 여기까지 성장시킨 그 아름다운 추억을 지워버릴 수 없다며, 폐부 깊은 곳으로부터 거부의 함성이 울러 퍼지고 있었다. 순간 현존을 거역할 수 없다는 사실 앞에서 한없이 무력해 지는 자신의 모습을 인정할 수밖에 없는 여자, 이제는 새로운 현실을 받아들일 만큼 또 다른 긴 시간이 필요할 것 같다는 암시를 거역할 수 없을 것 같았다.

여자는 스스로에게 다짐했다. 아무리 현실을 부인할 수 없다고 해도 그 옛날 고달프고 막막했던 첫 여고시절을 풍성하게 반전시켜 준 곱슬의 그 미화를 절대로 지우지 않고 기억의 첫 페이지에다가 각인시키리라! 다짐하고 또 다짐했다.

펌프질

펌프질

연주회 때문에 저녁식사는 좀 빨리 해야 한다며 딸 하늘은 오븐 앞을 떠나지 않았다. 특별히 외손자 민성이가 좋아하는 메뉴를 선택했다면서 아빠께 좀 미안하네요? 라며 계면쩍게 웃었다. 하지만 엄마가 좋아하시니 아빠께서도 좋아하실지 모른다며 치즈가 끓어오르자 하늘은 오븐에서 피자를 꺼냈다. 그녀는 시금치 피자를 보자 오클라호마시티에서 자주 들렸던 피자뷔페가 생각났다.

"와아! 시금치 피자 먹어본 지가 얼마만이지?"

하늘이가 오클라호마에서 영문학박사과정을 밟고 있을 때였다. 그녀는 하늘이와 외손녀 민화가 보고 싶기도 하고, 이왕 가는 김에 초등학교 2학년인 친손녀 소라를 데리고 여름 방학동안 영어연수도 시킬겸 미국으로 갔었다. 사위는 전년도 9월 달에 H대기업체 부장도 마다하고 출국하여 하늘이와 민화가 있는 오클라호마에서 로스쿨에 다니고 있었다.

그녀는 그해 여름 방학을 민화와 함께 보내면서 얼마나 시금치 피자를 즐겨먹었던지, 가난한 유학생 형편에 첫째로 가격이 저렴한데다가 맛도 좋고 집과의 거리도 가깝다보니 유일하게 할 수 있는 외식이었다. 하늘이가 백화점에서 아르바이트를 하는 날이면, 사위는 영락없이 오늘은 뭘 먹을까? 한다. 그러면 민화와 소라는 사위의 기대대로 피자뷔페가요! 라는 탄성과 동시에 둘은 벌써 사위의 양팔을 각각 잡고는 재촉한다. 그녀로서는 한국에서 거의 피자구경을 못하다보니 맛 자체도 몰랐다. 그런데 사위가 권해서 시금치 피자를 먹는 순간부터 그녀의 입맛은 완전히 매료되고 말았다.

"엄마, 여기로 이사 오자마자 오클라호마에 있던 그런 피자뷔페를 찾았지만 어디에도 없어요. 산호세로부터 샌프란까지 다 뒤졌는데 옛날 거기서 먹던 시금치 피자 맛 나는 것은 어디에도 없었어요. 아마 그 시절에는 어려운 유학생활이라 그 맛이 천하일품으로 느껴졌었는데, 요즘 그 맛을 찾으니 찾아지겠어요? 그래서 비슷하게 한 번 흉내를 내서 가끔씩 해 먹어요. 그런데 정작 민성이가 더 좋아해요. 배속에 있을 때 그리도 시금치피자를 먹어댔으니, 민성이는 태어나서도 쭉 중요한 순간에는 시금치 피자만 찾아요. 안 그래도 그때를 추억하면서 아빠와 엄마께도 그 맛을 보여주고 싶었는데, 마침 민성이가 첫 바이올린 연주회라 오늘도 역시 그냥 넘어가지 않더군요."

하늘이가 첫 바이올린 연주회, 라는 말을 하는 순간 그녀의 눈에서 울컥 눈물이 치솟았다. 민성이가 중환자실에 있을 때부터 그녀에게 생긴 버릇이다. 사실은 민성이가 신경마비로 손가락을 사용 못하니 활을 잡을 수도 없고, 계속 떨어뜨리자 이전에 그리도 잘 키던 바이올린을 포기하려고 했었다고 했다. 하지만 활에 손가락 걸이까지 끼워주는 학교 오케스트라 선생의 배려가 있었기에 계속 하게 되었단다. 이젠 손가락 걸이도 없이 활도 떨어뜨리지 않고 곧잘 연주를 한다며 하늘이가 얼마나 자랑을 하던지, 2년 전 여름 방학 기간 하늘이가 회사일로 한국에 출장 오면서 민성이를 모국어 연수도 할 겸 외가댁을 방문했었다. 방학이 끝나고 개학을 위해 미국으로 돌아가려는 일주일 전에 불행하게도 지독한 독성을 지닌 이콜라이라는 박테리아의 공격을 받게 되었다. 그때 구사일생으로 살아난 민성이를 두고 이구동성으로 기도의 눈물이 야를 살렸다! 라고들 했다. 하늘이는 생때같은 자식이 하루아침에 중환자실에서 의식이 오락가락하자 얼마나 애간장을 태웠으면, 그녀가 처음 병원에 갔을 때 하늘이는 딴 사람 같았다. 눈은 푹들어가고 콧날은 오똑, 양 볼은 쏙 들어간 게 그야말로 해골이 따로 없었다. 민성이 면회를 마치고 휴게실로 돌아온 그녀와 하늘이는, 휴게실 뒷좌석에서 소리를 죽인 채 눈물만 줄줄 흘렸다. 그래도 다행히 그녀가 먼저 정신을 차렸다.

그녀는 구내매점 도시락을 하늘이에게 권했다. 네가 몸이 실해야 민성이를 돌볼게 아니니! 지금부터는 체력과의 싸움이야. 하지만 하늘이는 한 젓가락도 목구멍으로 넘기지 못하고 수저를 놓았다. 그래도 먹어야 한다는 그녀의 권유에 다시 시도하다 만 하늘이는, 민성이의 입으로 치명적인 대장균이 들어간 것도 몰랐던 엄마가 무슨 자격으로…. 우리 민성이 잘못되기라도 하면 어떻게 해요? 엄마! 라더니 또 눈물바람이다. 그게 무슨 말이야! 잘못되기는 왜! 병은 원래 병마라고 하지 않든? 그것은 바로 악마라는 뜻 아니니! 그러니 정신을 차려야 해. 악에게 지지 않기 위해서라도…, 자기 형상을 닮은 자녀가 악에게 지고 있는데 모른척 할 부모가 어디있겠어? 그러니 먹고 힘내! 기도가 급선무니까! 성경에는 마귀를 이기는 길은 오로지 기도 외는 없다고 하지 않았어! 우리의 기도대상인 전지전능하신 창조주 하나님이시니 귀찮아서라도 민성이를 회복시켜 주시게 매달려야지! 죽은 지 나흘이나 지나 냄새가 나는 나사로까지 살리신 하나님이시니, 꼭 우리 민성이도 훌훌 털고 침대에서 내려오게 하실 거야. 기도는 하나님자녀들의 특권이자 문제해결의 열쇠라서 기도하는 자녀는 절대로 망하지 않는다고도 했었지. 우리가 민성이를 포기하지 않은 이상 하나님께서도 절대로 포기하지 않으셔, 그건 내가 너무도 잘 알아! 고난이 크면 클수록 더 큰 축복이 기다리고 있다고 했어! 그녀는 자신의 믿음을 굳게 하려는 듯 갈수록 어조에 탄력이 붙었다.

민성이의 병은 가족들의 엄청난 기도와 소원에도, 증세는 오히려 더 악화만 되어갔다. 간혹 실오라기만한 가능성을 바라는 가족들의 질문공세에, 의사들의 대답은 한결같았다. 지금은 본인의 의지와 신의 자비를 기대할 수밖에 요. 하늘이는 그럴 때면 의사로서 무책임하다며 질책도 모자라 책임 있는 답변을 다그치기도 했다. 하지만 의술 또한 유한할 수밖에 없다는 걸 모를 리 없기에 결국에는 또 다시 선생님, 꼭 우리 민성이를 살려주십시요! 네! 라며 의사에게 애걸했다.

하늘이의 가까운 지인들 중 의사들은 매우 노골적인 표현을 썼다. 만약 깨어난다고 해도 식물인간이 아니더라도 정상적인 생활을 할 수 없을 거라는 것이었다. 그것은 만약의 경우를 대비하여 설마 하다가 최선을 남겨둔 채 후회할 상황만은 만들지 말아야 한다는 그들만의 사명감으로 매우 잔인하기 그지없긴 해도 특권일 것이었다. 세균은 혈

액을 타고 민성이의 모든 장기를 건드리더니 결국 설마 했던 뇌까지 공격하고야 말았다. 그 말을 듣던 순간 청천벽력이 따로 없었다. 그 순간까지도 절대로 뇌는 건드리지 말기를 애타게 기도하면서도 믿어지지 않을 만큼 두려움과 조마조마함에서 자유롭지 못해 얼마나 속을 끓였던가. 그녀와 하늘은 말문이 막히고 눈물까지 메마른 채 한동안 멍하니 정신 줄을 놓고야 말았다.

국내외로 민성이를 위한 사생결단의 기도가 시작되었다. 그 수많은 기도 자들 중에는 민성이를 모르는 사람들이 훨씬 더 많았다. 민성이 교회성도들은 새벽기도와 특별 심야기도, 릴레이기도 또한 매 끼니를 돌아가면서 연쇄 금식 기도까지, 할 수 있는 기도는 다 동원되고 있었던 것이다. 민성이가 생존가망이 없다는 소식을 접했음에도 그들은 포기하지 않고 회복될 때까지 계속 기도를 멈추지 않겠다는 각오라고 했다. 그녀가 다니는 교회는 물론이고 민성이 고모, 큰아버지, 이모, 외삼촌 교회 등, 거기다가 SNS로 통해서도 중보기도를 요청하는 기도제목을 곳곳에 올렸다.

그녀의 교회는 수요, 금요기도회 외에도 주일 낮 예배기도 담당 장로들도 꼭 민성이 이름을 부르면서 기도를 했고, 심지어 담임목사는 축도를 할 때도 민성이의 쾌유를 위한 기도를 빠트리지 않았다. 새벽기도회를 인도하는 부목사들도 담임목사의 강력한 의지에 따라 하루도 민성이 이름을 빠트리지 않고 기도하고도, 교인들에게 기도요청을 역시 잊지 않았다. 매일 낮 12시는 전 교인들이 함께 기도하는 시간까지 정했으며, 그녀와 철수가 아는 교인들을 만나면 민성이 안부부터 물었다. 더 놀라운 일은 민성이 큰 어머니는 크리스천이 아닌데도 매일 저녁 9시에 우리 민성이가 믿는 하나님께 함께 기도하자고 제안하여 실행하기에 이르렀다.

"아빠, 입맛에 맞지 않으시면 밥도 있으니까 드시면 돼요?"

"밥은 항상 먹지만, 이건 별미 중에서도 별미구나⋯?"

"어머! 당신은 원래 피자는 입에도 대지 않았잖아요?"

"처음에는 민성이 때문에 먹기로 했지, 하지만 먹어보니 진짜 먹을 만한데?"

"아빠도 좋아하실 줄 알았다니까! 많이 드세요. 오븐에 또 굽고 있어요."

하늘이는 시금치피자의 주재료인 말린 시금치와 치즈를 엄선해서 유기농으로 골랐다고 했다. 그리고 그녀와 철수를 위해 하늘이가 특별히 준비했다는, 올리브유와 통후추, 마늘과 양파를 볶아서 케첩과 함께 섞었다는 소스에 피자를 찍어먹으니 그 맛이 환상적이었다. 그녀는 민성이의 사기를 돋우려고 네 덕분에 할아버지와 할머니 입이 호강한다! 하자 민성이는 활짝 웃었다.

민성이는 학교에서 할 리허설을 위한 리허설이라며 가족들 앞에서 포즈를 취했다. 검은 눈썹에 오똑 선 코, 적당하게 도톰한 입술에 얼굴은 타원형 그야말로 이목구비가 흠잡을 데라고는 없는 미남형으로, 안면마비가 왔었던 흔적은 어디에도 찾아볼 수 없었다. 거기다가 검은색 양복에 흰 와이셔츠까지 받쳐 입은 민성이가 바이올린을 켜는 모습은 정말 멋졌다. 희병원 중환자실에서 한 달 가까운 기간 의식불명 상태로 긴 잠에 빠져있던 민성이가 과연 맞나싶었다.

사위와 민화도 미국에서의 일상을 접어둔 채 귀국한 건 물론이고 그녀와 하늘이네 시댁과 친정 형제들과 친인척들 그 외도 사위와 하늘이의 친구들까지 중환자실 휴게실에는 언제나 민성이의 회복을 기원하다 지친 사람들로 만원이었다. 이들은 거리와는 상관없이 민성이가 모처럼 자신의 뿌리를 찾아 모국을 방문했다가 이런 사달이 난 게, 혹 자신들의 과실이라도 되는 것처럼 내 집 드나들 듯 병원을 방문했다. 그들은 한결같이 여러 가지 반찬은 물론이고 입맛 돋우는 갖가지 먹거리도 떨어지지 않도록 제공했다.

사위와 민화는 컴퓨터 앞에서 국내외 여러 사례들을 검색하느라 시간가는 줄 몰랐고, 그러다가 지치면 마찬가지로 휴게실 의자에 기대거나 제일 뒷좌석에서 새우잠을 청하기도 했다. 이민 가방과 여러 지인들이 가져다 준 이불 보따리마저 민성이의 쾌유를 빌듯 묵묵히 의자 밑자리를 지키고 있었다. 지하 중환자 보호자실까지 오르내리는 시간에 또 다른 변고라도 생길까봐 자리를 뜨지 못하기도 했지만, 거기서 편하게 자는 것마저 죄스러웠던 것이다.

그런 심각한 상황일 때 철수가 왔으니, 처음에는 상상도 못했던 현실 앞에서 얼마나 억장이 무너졌으면 할 말을 잃었을까. 그러다가 어른으로서의 상황판단을 포고해야 한다는 책임감을 느꼈던 모양이었다. 늦은 점심을 해결하려고 온 식구가 함께 구내식당으로 갔다. 드디어 철수가 입을 열었다. 우리의 최종 목적지는 하늘나라야! 인간의 능력은 한계가 있으니, 최선은 다하되 결과까지는 우리가 책임질 수 없는 거라고. 그러니 민성이가 어떤 형편에 처한다 해도 너무 애끓지 말아야 할 것 같아. 요즘 세상을 봐! 소망이라고는 눈곱만큼도 없어! 했다.

민성이가 의식조차 없는 상황에서, 콩팥이 망가져 소변까지 못 보는 상태지만 걸러내는 투석기도 더 이상 경기를 일으켜 사용하지 못하고, 늘어만 가는 백혈구 수치에 계속되는 수혈로 인한 부작용으로 고열, 고혈압, 거기다가 계속되는 출혈에 온 사지가 마비되어 퉁퉁 불어 있는데다가, 민성이의 온몸은 경기로 인해 계속 덜컹덜컹 흔들거리는 아이의 모습을 보면서, 차라리 편하게 쉬는 게 나을 수도 있겠다고 하늘이는 언젠가 그녀에게 말한 적도 있었다. 하지만 막상 철수의 말을 듣던 하늘이는 잡았던 숟가락을 도로 내려놓고 또 눈물을 훔치기 시작했다.

민화는 오랜만에 만난 할아버지에게 표현은 못하고 서운함이 잔뜩 묻은 거친 동작으로, 아예 자리를 박차고 식당을 나가버렸다. 그녀도 민성이의 상태를 지나치게 적나라하게 표현해 버린 철수를 향한 쓴 소리를 참느라 안간힘을 썼다.

그녀는 새벽 4시에 기상을 하면 병원 내 예배당으로 가서 민성이의 쾌유를 위해 눈물로 간구하다가도, 민성이가 밤사이 어떻게 지냈는지 궁금증도 풀 겸 민성이를 직접 볼 기회도 놓치고 싶지 않아서 즉시 성경책을 들고 병실 앞 복도로 달려가 죽치고 앉는다. 거기서 기도와 휴대폰의 손전등으로 성경읽기를 반복하다가, 첫 회진일행이 중환자실 문을 열고 드나들 때, 그 잠깐의 순간을 틈타 문 안 바로 옆 침대에 누운 민성이의 모습을 보는 게 벌써 그녀의 일과처럼 되어 버렸다. 그리고 낮 정오와 오후 7시로 정해진 하루 두 번 있는 면회시간 외 비공식으로 민성이를 볼 수 있는 또 다른 두 번의 기회도 그녀는 절대로 놓치지 않았다. 그것은 청소부 아주머니가 출근을 하면 중환자 실로 청소를 하기위해 들어간다. 그 때는 청소부 아주머니가 손자를 보겠다고 애쓰는 게 애처로웠던지 아예 그녀에게 민성이를 볼 수 있도록 들어갈 때와 나올 때 두 번 다 일부러 최대한 출입문을 서서히 닫아 주는 것이었다.

한 달 후, 기적적으로 겨우 눈을 뜨고 의식이 조금씩 돌아오기 시작하자 민성이를 입원실로 옮겼지만 훼손된 뇌의 여러 가지 기능과 신경마비 상태인 신체를 회복시키기 위한 갖가지 물리치료와 뇌출혈로 인해 손상된 언어능력까지 되찾기 위한 전문치료를 받느라, 휠체어에 태운 민성이를 하루 종일 여러 층을 오르내리면서도 지친모습 보이지 않으려던 하늘이를 생각하면 지금도 그녀의 가슴이 미어진다.

사위 역시 민성이를 살리겠다고 다섯 차례나 미국과 한국을 왕래했다. 그 경비는 물론이거니와 잦은 결근으로 인해 오는 경제적 손실 또한 만만치 않았다. 다행히 그때만 해도 민성이가 미국 출생으로 미국 국적자지만, 18세까지는 이중국적이 가능한 시기여서 사위가 미국서 서류를 갖춰 와 철수와 그녀의 호적에 입적 시켜 그 이후부터는 내국인 의료보험 혜택을 받게 되어 그나마 천문학적으로 불어나던 병원비를 줄일 수 있어서 얼마나 다행이었던지 모른다. 국내외를 총망라한 친지, 친척, 그리고 학교와 교회, 친구들과 지인들의 후원은 상상을 초월했다. 하늘이의 어떤 한 친구는 평생 모아두었던 헌혈 증서를 다 가져 오는 바람에 감동의 물결을 이루기도 했다.

민성이가 병실로 옮기고 3주 만에 전문재활센터를 운영하는 대학병원에서 재활치료를 받고 있을 때 그녀가 갔다. 거기는 보호자가 한 명

이상 필요하지 않아서 그녀는 집으로 돌아왔다. 그녀는 오랜만에 민성이를 보러갔다가 깜짝 놀랐다. 너무나 많은 어린이들이 태어나면서부터 아니면 사고나 후천적으로 뇌장애로 인해 입원하고 있었기 때문이다. 더 놀라운 건 7층이나 되는 대형건물 전체가 어린이 병동이라는 사실이었다. 희병원에서는 침대가 아니면 휠체어를 탔던 민성이가 잠깐 안 본 사이에 너무 다른 모습으로 변해있었다.

민성이는 치료받는 시간을 제외하고는 심하게 절뚝거리면서도 어린이 병동을 쉬지 않고 휘젓고 다녔다. 바닥까지 떨어진 인지능력 때문에 덩치에 어울리지 않게 어린아이처럼 구는 걸 물끄러미 쳐다보던 그녀는 절망감에 빠지곤 했다. 그러다가도 곧 희병원에서 목숨만 살려달라고 울부짖던 그 절박했던 때가 기억나면 죄책감에 얼른 달려가 민성이를 꼭 껴안았다.

민성이는 리허설을 한다며 먼저 출발했다. 민성이가 다니는 중학교(middle school)는 집에서 도보로 3분 거리였다. 그녀는 민성이를 학교까지 배웅하고 와서 너희들이 차로 통학해 주지 않아도 되니 큰 힘 덜었다고 했다. 안 그래도 맹자 어머니가 아들의 공부를 위해 3번이나 이사를 했다든 말이 기억나서, 이만한 조건의 집을 구하느라 고생깨나 했다며 하늘이가 거드름을 피웠다. 요즘은 가끔씩 바깥일이 좀 늦게 끝나 귀가시간이 다소 늦어도 안심이라는 말을 굳이 덧붙였다.

사위는 로펌에서 민화는 학교에서 연주회장소로 바로 오겠다고 해서, 철수와 그녀는 하늘이를 따라 나섰다. 학교 실외연주장 입구에 도착했을 때는 이미 많은 사람들이 입장을 위해 길게 줄을 서있었다. 7시 정각에 관객들을 입장시켰다. 연주회장은 꽤나 넓은 야외무대와 관객석은 이동식 의자였다. 이미 좌석이 다 차서 하늘이는 그녀와 철수를 앉히겠다고 한참을 돌아다닌 끝에 용케도 왼편 앞쪽에 빈자리를 찾아냈다. 하지만 민성이의 자리가 오른쪽이라 관객들이 앉고도 몇 겹으로 서있는 뒤를 돌아 반대쪽으로 자리를 옮겼다. 민성이의 자리는 지휘자 바로 앞이었다. 넓은 무대를 채운 관현악 단원의 수가 어림잡아 1백 명은 충분할 것 같았다. 좌석에 따라 다른 곡을 연주하다가도 또 어떤 때는 전 단원이 한꺼번에 합주를 했다.

"할머니!"

그녀에게 다가온 민화가 팔짱을 꼈다. 사위도 와있었다.

"할머니 민성이 보시니 어때요? 다른 아이 같죠?"

민화의 말이 끝나기가 무섭게 그녀의 눈이 후끈 달아올랐다. 어느 사이 눈 안 가득 찬 눈물이 시야를 부옇게 가리더니 민성이의 모습을 지워버렸다. 2년 전에 발병된 증상이 시도 때도 없이 또 도졌다. 그날도 그녀는 민성이가 이틀 후 외가에 오면 좋아하는 떡볶이를 만들어 주려고 떡 방앗간에서 검은 쌀과 흰쌀, 그리고 쑥과 당근 외에도 노란 파프리카를 갈아 넣은 오색의 가느스름한 가래떡을 뽑고 있었다. 철수는 얘가 먹으면 얼마나 먹느냐며 조금 시다가 해 주면 될 것을 번거롭게 그러냐고 나무랐다. 하지만 음식은 정성이라며 남아도는 국산 쌀 말고도 더 싼 쌀을 수입한다는데, 오랜만에 한국 온 금쪽같은 내 손주에게 순 국산 아니면 절대로 먹이지 않을 거라며, 철수의 말을 단번에 자르고 방앗간으로 달음질 쳤던 그녀에게 하늘이의 전화는 하늘이 무너지는 소식이었다.

그녀는 하늘이의 전화를 받자마자 내일 방학이니 곧 바로 내려 올

거지! 라고 할 참이었다. 하지만 하늘이가 먼저 엄마! 라더니 다음 말을 잊지 못하고 그냥 울음을 터뜨렸다. 민성이 한테 무슨 일 생겼니? 그녀의 관심은 오로지 민성이 안부가 전부였다. 하늘이는 대답 대신 엉엉 울기만 했다. 한참 만에 하늘이는 젖은 어조로 엄마, 우리 민성이 어떻게 하지! 내가 아무래도 엄마 자격이 없나 봐? 흑! 흑! 경상도 사투리 좀 배워도 그냥 할머니한테 두는 걸 잘못했어. 그랬으면 할머니와 할아버지하고도 친해지고 나도 마음 놓고 일보러 다녔을 텐데, 괜한 욕심 부리다가…. 하늘이의 자책은 끝없이 이어졌다.

그녀가 하늘이의 전화를 다시 받은 건 5시간 후였다. 그동안 얼마나 초조하게 전화를 기다렸던가. 시간이 길어질수록 온갖 불길한 예감으로 몸살을 앓았다. 하지만 막상 전화가 오자 그 잠깐의 순간에 반가움과 두려움이 교차되면서 받기가 겁났다. 희대학병원이며 다행히 응급실에 자리가 나서 대기 중이라고 했다. 아직 확실한 병명도 알지 못한 상태지만 주인집 언니 내외가 근무하는 병원이라 마음이 놓인다고도 했다. 하늘이가 말하는 언니 네는 미국 스탠포드대학에 부부가 함께 교환교수로 있을 때 하늘이 가족과 친해졌었다. 하늘이 언니 남편 의사는 사위의 고등학교 선배라 2년 동안 하늘이가 사는 바로 위층에 살았으며, 이번 입국 때는 하늘이가 귀국한다는 소식을 듣고는 무조건 우리 집에 와라! 안 그러면 아예 한국에 오지도 말라며 으름장까지 놓았다고 했다.

엄마…, 엄마 아빠한테는 좀 서운하시겠지만, 아무래도 민성이가 한국어를 배우려면 서울 학생들과 어울리는 게 좋겠습니다. 라며 하늘이는 미안한지 조심스럽게 운을 뗐을 때도, 그녀는 텅 빈 가슴을 포장한 채, 모두가 서울로 갈 형편이 못돼서 그렇지 그 좋은 환경을 일부러 마다할 이유가 없지. 했었다. 하지만 마음한 구석에는 말과는 달리 당장이라도 나무라고 싶었다. 몇 년 만에 온 고국인데 그러고 싶어! 한국어 배우면 얼마나 배우겠어! 한국도 한 달 있으면 방학인데…, 내 손자 손녀들만이라도 좀 더 정서적인 사람으로 자랐으면 좋겠어. 할아버지와 할머니하고 있는 게 오히려 정신건강에도 좋다고 들었다. 네 자식만 되냐? 우리는 눈에 넣어도 아프지 않을 손자다. 오랜만에 왔으면 좀 손해 본다 싶어도 부모 입장 생각해 주면 뭐가 덧나나! 오랜만에 우리한테도 한 번쯤은 기회를 줘야지, 정 들 여가도 없는데, 늘그막에 무슨 낙으로 사니! 손자 손녀들 재롱 보는 게 낙인데, 그녀는 이렇게 내뱉고 싶은 걸 간신히 꾹꾹 누르긴 했어도 마음 한 구석은 텅 비어있던 터였다.

막상 하늘이의 전화를 받자 그 생각까지 절제하고야 말았던 사실이 후회되었다. 자신의 요망한 생각들이 민성이의 신변에 재앙을 미치게 한 게 아닌가. 그러나 생각과는 달리 그녀의 입에서는 원망이 나왔다. 언니 내외가 의사라면서 왜 진작 민성이를 보이지 않았어! 라고 하자, 간단한 소화불량인 줄 알고 원래 하던 대로 소화제 먹였으니 자고나면 괜찮을 줄 알았다고 했다. 민성이의 상태가 이튿날 일어나도 변함이 없어서 언니 부부에게 보였더니, 일단은 종합병원 내과 과장으로 있던 언니 남편의 동문이 하는 병원에 가보라기에 갔더니, 원장이 민성일 보자마자 속히 큰 병원으로 가라며 내몰기에 비로소 가슴이 철렁했다는 것이었다.

그녀가 서울 희병원 어린이 중환자실 입구에 도착했을 때, 면회시간

186

10분 전이었다. 미리 면회시간을 맞춰서 버스를 탄 덕이었다. 민성이가 중환실에 입원해 있는 것도 막막한데, 건강하던 민성이의 몸에 생전 처음 보는 크고 작은 여러 의료기들과 연결된 수많은 선들이 곳곳에 붙어있는 걸 보자 그녀의 눈에서는 눈물이 샘솟듯 흘러넘쳤다. 할머니를 보면 그렇게도 반갑게 웃고 조잘대던 민성이가 초점 잃은 시선을 허공에 던진 채 멍하니 있는 모습을 보자 가슴이 찢어지는 듯 아팠다.

민성이! 나 할머니야? 할 머 니이! 라며 낮은 목소리로 힘겹게 답하는 민성이를 보자 애정이 끓어올랐다. 우리 민성이 곧 아빠와 누나가 기다리는 미국으로 가게 될 거니까. 힘내! 알았지? 그래야 선생님과 친구들도 만나게 될 게 아니니! 할머니가 우리 민성이 빨리 낫도록 하나님께 열심히 기도드릴게. 민성이도 기도드려, 알았지! 하나님께서는 민성이의 기도를 꼭 들어주실 거야. 할머니 말 잊지 말고? 그녀는 민성이의 손을 힘껏 잡았다. 그러고는 낮은 어조로 우리 민성이의 병이 속히 낫도록 해 주십시오! 만약 기도의 응답이 너무 더디면 저희들이 혹 지쳐서 하나님을 원망하다가 손까지 놓쳐 버릴까봐 두렵습니다. 절대로 그런 일은 일어나지 않도록 해 주십시오! 라는데, 뒤통수를 치듯 우리가 감당할 수 없는 시험은 주지 않는다는 성경구절이 떠오르자 부정적 생각을 몰아내듯 당장 감사합니다를 외쳤다. 하늘이는 민성이의 기억을 놓치지 않으려고 얼굴을 맞대고는, 민성이가 더 익숙한 영어로 대화와 기도를 지속적으로 반복하고 있었다. 그때까지만 해도 곧 소생하리란 기대를 버리지 않았지만, 반대로 점점 깊은 잠속으로 빠져 들어갈 줄이야.

"할머니! 민성이 지금 곧 솔로 할 것 같아요. 여기 순서지 보세요!"

민화가 흥분된 어조로 어두워 보이지 않은 순서 지를 손가락으로 짚었다. 곧 연주가 끝나고 남자 지휘자 대신 할머니 지휘자로 교체되었다. 지휘자는 연주에 앞서 입을 열었다. 이때 민화가 그녀의 귀에 입을 대더니 동시통역을 하는 것이었다.

"이번에 연주할 솔로 주자는 하나님의 사랑과 수많은 동족애를 듬뿍 받고 다시 태어난 민성 학생입니다. 민성이는 2년 전 여름방학 기간에 자기의 뿌리를 찾아 모국어를 배우기 위해 South Korea(대한민국)를 방문했다가, 지독한 독성의 박테리아 이콜라이의 공격을 받고 죽음의 문턱까지 갔었습니다. 놈이 얼마나 지독했으면 모든 장기마다 공격하고도, 설마 했던 뇌까지 공격하여 결국 신경마비를 경험했는데, 가족과 학교 그리고 본인의 피나는 노력으로 오늘의 이 영광된 자리가 마련되었습니다.

여러분! 오늘 이 후원회 밤의 주인공은 바로 민성입니다! 민성이로 인해 우리 학교에 또 하나의 자랑거리가 생겼습니다. 민성이가 미국으로 왔을 때는 말도 아예 못하고 유치원학습을 다시 해야 했으며, 오른손과 팔도 사용 못하고 안면마비도 현저했습니다. 처음에는 당연히 바이올린 활을 잡을 수조차 없었어요. 하지만 아직 불편한 상황이긴 해도 손도 거의 정상으로 돌아왔고 무엇보다 훌륭한 연주자가 되었습니다. 하나님의 형상으로 지음 받은 인간이 그 분의 가능성을 닮았음을 증명해 주는 예라고 생각합니다. 오늘을 계기로 우리 학교생도 중에 민성이와 같은 학생들이 꿈과 함께 치유를 경험하는데 필요한 후원회로 발전되기를 기대합니다!"

지휘자의 말이 끝나자 관람객들은 우레와 같은 박수를 보냈다. 드디어 지휘자의 지휘로 전 단원들과 함께 민성이의 솔로 바이올린 연주가 끝났다. 즉시 관객들은 기립박수를 보냈다. 강대국 국민이라는 우월감이나 큰 덩치도 잊은 채 한 소수민족 이방 어린 소년을 향해 저토록 아낌없는 격려와 찬사를 보낼 수 있단 말인가. 그녀는 민성이의 연주보다 그들의 적극적인 반응이 더 감동이었다. 박수는 민성이와 지휘자가 나란히 서서 관객을 향해 절을 마치고도 다른 그룹의 학생들이 연주를 할 때까지 계속되었다.

민화는 사진촬영에 여념이 없다가 그녀의 귀에 입을 대고는 흥분된 어조로 할머니 우리 민성이 대단하죠! 라더니 어느 사이 찔끔했다. 민화 역시 그녀와 다름없이 서울희병원에서 사선을 넘나들던 민성이가 기억난 게 틀림없을 것이었다. 그때서야 보이지 않던 하늘이가 생각나서 찾아봤더니, 그녀의 뒤에서 주체할 수 없는 눈물을 손등으로 이리저리 밀어내고 있었다. 저 눈물이야 말로 하나님을 감동시킨 모성의 뜨거운 심장 그 자체가 아니었던가. 그리고 그 해 한국의 여름을 뜨겁게 달구었던 태양 볕이 빨아올린 수많은 성도들의 눈물로써, 하늘 보좌를 적시기까지 펌프질을 멈추지 않았던 그 고귀한 기도의 산물이리라!

좋은 습관

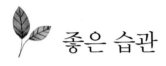

좋은 습관

진부한 일상에서 걸려오는 한통의 전화야 말로 하염없이 추락하던 생명력을 건져 올리는데, 더 이상의 특효처방은 없었다. 그때까지만 해도 오늘도 무더위가 기승을 부릴 것으로 예상한다던 아침 뉴스시간 끝에 나왔던 기상캐스터의 일기예보를 떠올리며 일상을 외면한 채 서늘한 방바닥에 등을 붙이고 누었던 귀자가 폰을 집었다. 친구 인숙이었다.

"인숙이? 외손자 돌잔치 하러 왔구나!"

"그래, 귀자야! 그동안 잘 지냈냐? 우리 손자 돌잔치 기억해줘서 고맙다!"

그럼, 어떻게 잊겠어. 매일 널 위해 기도하는데! 라고 목울대를 타고 올라오던 말을 가까스로 삼켰다. 그러고는 의례적인 대화로 대신했다.

"날짜는 언제니?"

"이번 토요일. 목사님 모시고 예배드리는데, 너도 와서 축하해 줄 거지?"

인숙의 입에서 예배라는 말이 나오는 순간, 귀자의 가슴이 뛰기 시작했다. 기도의 응답일까? 기도는 포기하지 않으면 꼭 이뤄진다고 했는데…? 귀자도 처음 몇 년간은 친구를 위해 기도한 세월이 얼만데 왜 아직 응답이 없을까? 라며 실망하기도 했지만, 벌써 몇 십 년째 새벽 기도 시간에 인숙이가 다시 주님께 돌아오기를 기도해 오고 있다.

귀자가 인숙을 위해 기도를 해야겠다고 시작한 지는 여고 3학년 1학기 말 어느 과학시간이었다. 과학교사는 들어오자마자 오늘은 토론회를 하겠어요! 주제는 하나님이 있다와 없다에 대해섭니다. 하지만 어느 한 학생이라도 운을 떼지 않고, 침묵이 계속되자 함께 자취하던 룸메이트의 인도로 교회에 다니던 귀자의 가슴이 뜨거워지기 시작했다. 그와 동시에 생각할 여가도 없이 귀자는 무의식중에 자리에서 벌떡 일어났다. 나는 우주에 존재하는 천체들이 탈 없이 공전과 자전을 반복하는 것을 알고부터 하나님은 분명이 살아계신다고 믿어 졌습니다. 라는데, 귀자보다 키가 커서 한참 뒤에 앉았던 인숙이가 즉시 일어서더니 흥분한 어조로, 인간은 만물의 영장입니다! 그런데 인간 보다 더 우월한 대상이 존재한다는 것은 어불성설입니다. 왜 눈에 보이지도 않는 그따위 신이 있다는 유혹에 현혹되어 인간으로서의 위대성을 포기하려는지 저는 도저히 이해할 수가 없답니다! 라며 귀자의 견해에 노골적으로 반기를 들었다. 그땐 이미 인숙과는 둘도 없이 친한 사이라 귀자의 충격은 컸다. 그렇지만 종교적인 문제로 우정을 파괴할 수가 없다고 판단한 귀자는 결국 인숙의 마음에 하나님의 존재가 인정되기를 위해 기도하기로 결심하게 되었던 것이다.

인숙은 집과 가까운 교회유치원에 다니면서 매우 자연스럽게 주일

학교 유치부에 다녔다고 했다. 귀자가 여고 1학년 때 만난 인숙은 기독교를 보는 시선이 곱지 않았다. 누구의 입에서든 기독교 용어가 나왔다 하면, 그렇게도 순하던 인숙이가 왜 특정 조직체의 용어를 신선한 학교에서 사용하느냐며 꼭 성난 땅벌처럼 볼멘소리로 쏘아붙였다. 왜 저럴까? 귀자는 그런 인숙이가 늘 궁금했다. 하지만 어느 날 그 이유를 알게 되었다.

여고 2학년 첫날이었다. 인숙이와는 유치원서부터 줄곧 떨어진 적이 없다던 미자가 2학년이 되면서 반이 갈렸다. 미자는 그날 첫 시간을 마치고 달려왔다. 인숙아 너 이번 주일날부터는 꼭 교회 다시 출석해야겠다! 라며 일방적으로 통보를 하는 것이었다. 인숙의 표정이 순식간에 일그러졌다. 미자는 계속 지껄였다. 내가 여태껏 네게 말하지 않았지만, 사실 교회 갈 때마다 네 안부를 묻는 사람들이 하도 많아서 답하기도 지겨웠어. 야! 교회서 한 반이었던 친구들은 당연하고 부장 장로님과 지도 전도사님 이외도 담임선생님이 묻는 네 안부를 일일이 답하기도 이젠 지쳤어. 그러니 네가 직접 와서 답해! 했다.

그 말을 듣던 인숙이가 어이없다는 듯 한숨을 폭 내쉬더니 친구들 사이에서 빠져나가 묵묵히 자기 책상으로 돌아갔다. 미자는 또 다시 인숙을 따라 가서는 못다 한 말을 쏟아놓았다. 이제는 내가 안 되겠어! 우리가 같이 붙어 다닌 지가 몇 해니? 유치원서부터 초등학교 6년에 중학교 3년, 거기다가 주일만 되면 교회까지 우리는 붙어 다녔다고, 한데 이제는 달라. 다른 반으로 반편성이 났으니 너와 나와는 완전 갈라서게 되었으니… 인숙아 난 사실 겁나. 우리 우정에 금이 갈까

봐서, 그러니 교회라도 나와라? 응! 네가 1년 넘게 쉬었으니 신년부터는 다시 출석하면 되겠네.

그러자마자 인숙이 대번에 정색을 하더니 그럼, 네 말대로 미자 너와도 학급이 갈라졌으니, 친구의 연도 끊고 결별하기가 한결 수월하겠구나! 라더니, 잠시 생각에 잠겼다가 숨을 가다듬고는, 미자 넌 할아버지 때부터 기독교집안이라 다 이해가 가능할지 모르지만, 나는 달라. 이해가 안 되고, 용서는 더더욱 안 돼. 그러면서까지 교회를 다녀야 할 이유를 아직은 찾지 못했어. 특히 네가 말하는 목적은 널 위해 다니라는 건데 그런 짓은 못하겠어. 내가 알기로는 예수 믿는 목적은 죽어서 천국 가는 거라는데, 아직은 내가 할 일이 너무 많아서 죽음 후를 준비하기는 너무 정신이 없기도 하고, 내가 볼 때는 교회가 목적을 잃고 휘청거리는데 나 같은 보잘 것 없는 학생 하나 때문에 좌우될 리도 없을 것이고, 나 역시 사랑을 외치는 교회서 그것도 지도자라는 목사님, 장로님들이 하는 언행을 보니 꼭 못 볼 것 본 것 같았어. 너도 그 현장에 있었잖아! 나는 그날의 그 사건을 입에 담기도 싫다야! 하지만 더 이상 나도 나쁜 사람 되기 싫으니까 우리 그만 하자! 그날 인숙과 미자의 실랑이는 수업시간이 돌아온 바람에 아슬아슬하게 위기를 넘겼다.

"그럼!"

"시간은 오후 5시 30분이란다. 참 귀자야, 예배에 참석하려면 20분 전인 5시 10분까지 와야 되니까. 그건 네가 선택해."

"당연히 예배시간에 맞춰서 가야지…?"

"그럼, 그 시간에 만나자!"

안 그래도 귀자는 인숙이 예배에 참석하느냐에 대해 궁금했다. 원래부터 자식 이기는 부모 없다더니 인숙도 자식과 맞서서 굳이 다른 길로 가겠는가. 그런데 아니나 다를까. 인숙이 예배에 참석할 뜻을 내비친 것이다.

인숙의 딸 진주는 경영학 박사학위까지 취득한 재원으로 대기업체의 부장이었다. 진주의 여동생 둘이 먼저 결혼을 했다. 어릴 때부터 진주는 장녀라 부모 모시고 산다며 아예 결혼할 생각을 접고 직장과 공부에만 집중하다 보니 승진을 거듭하게 되었던 것이다. 하지만 나이가 마흔을 코앞에 둔 어느 날 귀자의 소개로 선을 봤다. 귀자가 중학교 동기동창회에 참석하여 남자동창인 지금은 인숙의 사돈이 된 남창의 넋두리를 듣다가 진주 생각이 나서 소개를 한 게 인연이었던지 맞선 자리가 이뤄졌었다.

남창은 D시에서 자신의 아버지가 직접 키워놓은 양로원을 운영하였는데, 그의 아들이 아버지 일을 돕기 위해 총무 일을 보면서 두 대학 복지학과에 출강하고 있다고 했다. 사실 내 처도 오랜 지병으로 1년 전에 먼저 저 세상으로 갔어. 그동안은 나나 아들이나 다 정신이 없었지만 이제라도 장가를 가야 하는데, 뒤늦게 겨우 정신을 차리고 보니 아들 나이가 장난 아닌 거야! 그 말끝에 귀자의 뇌리에 인숙의 딸 진주가 떠올랐던 것이다. 인연이 될지는 모르지만 나이가 엇비슷하니 전화번호를 물어 볼까? 했더니, 나는 당연히 찬성이지. 하지만 일단은 자식 놈한테 의논은 해 보고! 했다. 그러더니 첫 조건으로, 그 아가씨 당연히 크리스천이겠지! 라기에, 모르긴 해도 아마 아닐 거야. 그렇지만 그 아가씨의 어머니를 위해 다시 주님께로 돌아오기를 수십 년 동안 하루도 거르지 않고 내가 기도해 오고 있어. 라고 했더니, 그 남창은 더 이상 토를 달지 않고 그렇게 오랜 동안 기도해 왔다면 하나님께서 절대로 외면하지 않을 거라고 믿어. 그럼 그것은 됐고! 라며 가장 중요한 문제가 해결됐으니 결과는 우리 주님께 맡기고 같이 추진해 보기로 합시다! 라면서 귀자의 손까지 잡으면서 고맙다고 했다.

그날 동창회를 마치고 돌아온 귀자는 멀리 P시에 사는 인숙에게 의사를 물었고, 남창도 그날 즉시 아들에게 말한 후 총각과 진주에게 전화번호 하나만 교환하도록 알려준 것뿐이었다. 그 후 1년 동안 우여곡절도 많았지만 결국 결혼을 했고, 남창은 아들이 결혼을 하자 곧 바로 D시 외곽에다가 넓은 땅을 사서 자신의 아내가 치매로 긴 세월을 고생하다 갔기 때문에, 숙원사업이었다며 치매 요양병원을 건립했다.

처음에는 진주의 도움을 받았으나 자리를 잡고 난 후 거기는 남창이 맡고, 진주는 기존의 양로원으로 보내 총무로, 또 남창의 아들은 원장으로 취임을 시켰다. 결혼할 때부터 신부 나이가 많아서 아이생산을 우려한 나머지 입양이 거론되기도 했지만, 결혼과 동시에 바쁜 일상 때문에 잊고 살던 중 천만다행으로 금쪽같은 아들까지 분만하더니, 벌써 첫돌을 맞이하게 된 것이다.

귀자는 서툰 운전경력을 감안하여 출발시간을 넉넉하게 1시간 30분 전으로 잡았다. 돌잔치 장소가 집에서 멀기도 하지만 초행이라 미리 인숙에게 소상하게 위치를 물었지만, 마음이 놓이지 않아 운전석에 앉자마자 내비게이션(navigation)을 켰지만 기도도 잊지 않았다. 지방 신문사 주필인 남편이 역시 서재에 처박혀 있어서 〈돌잔치 참석함〉이라고 쓴 메모만 남겼는데, 보았는지 모르겠다는 생각을 하면서 차를 몰았다.

　매직펜으로 쓴 큰 글씨체의 메모를 서재 입구에다가 놓아두었다. 벌써 여러 날 전부터 인숙의 외손자 첫돌이 다 되었답니다. 당신도 같이 참석하면 좋을 텐데…? 라며 은근슬쩍 남편의 의향을 물었지만 별 관심을 보이지 않자, 나는 거기에 꼭 참석해야 한다고요! 장소는 예담뷔페, 그리고 날짜와 시간까지 소상히 언급하면서 미리 두어 번 언질을 했기 때문에 간단한 메모만 보아도 남편은 다 알아차릴 것이었다.

　행사가 많은 토요일이라 그런지 도로는 주차장을 방불케 했다. 귀자는 앞차와의 거리를 맞추려 속도를 내거나 뒤차의 속도를 유지해 주려고 도망치듯 달리지 않고 함께 천천히 갈 수 있어서 오히려 좋았다. 마침 재래시장근처에서 빨간 신호등에 걸렸다. 귀자는 앞차와의 간격을 충분히 남기고 차를 세웠다. 금방 깔려버린 차량들을 휘둘러보다가 무심결에 도로변 어느 한 곳에서 시선이 떨어지지 않았다. 재래 어시장이 시작되는 골목입구였다. 고객들이 왕래하는 골목 중앙통로를 중심으로 양쪽 상가에는 각종 어패류들이 진열되어있었다. 귀자의 시선이 멈춘 곳은 통로 첫 번째 상가였다. 노친 한 명이 개발을 열심히 까고 있었다. 귀자는 불현 듯 그 옛날 여고시절 인숙이 어머니가 기억나는 바람에 시선이 멈추고 말았던 것이다.

　인숙이는 여고 3년 동안 줄곧 귀자와 같은 반이었다. 1학년 1학기 종강을 앞둔 어느 토요일 날 인숙의 집에 놀러갔었다. 항상 밝고 발랄한 인숙이라 매우 부잣집 딸로 생각했었다. 귀자는 농촌출신이라 시내 부잣집은 어떻게 사는 지 늘 궁금했던 터에 인숙이가 자기 집에 놀러 가자기에 은근히 기대했었다. 막상 가서 보니 자기 집도 아닌 셋집에다 온돌도 아닌 이층 다다미방에서 살고 있었다. 큰언니는 시집가고 둘째와 셋째는 선교사의 주선으로 미국으로 유학을 갔고, 넷째언니는 서울에서 대학에 다닌다며 벽에 걸린 액자 속의 가족사진에다가 일일이 손가락을 짚어가면서 소개했다. 그 액자 안에는 가족사진외 다른 사진들도 있었다.

인숙은 자기 아버지 젊을 때 사진을 손가락으로 가리키면서 울 아빠 진짜 미남이시지? 라더니 기억을 더듬듯 말문을 닫았다. 귀자가 네 아버진 진짜 미남이셔! 하지만 네 어머님은 더 미인이신데…? 하자 인숙이 하는 말이 그러면 뭐하니. 지금은 그동안 세상풍파와 싸우시느라 볼품없이 변하셨는데…, 아빠 살아계실 때는 외출 한 번씩 하면 지나가는 사람들이 다 돌아볼 정도로 날렸지. 인숙은 행복했던 그 때를 추억하는지 입가에 미소가 피어올랐다. 엄마는 보기 드문 미인이기도 했지만, 현모양처로 가족들밖에 몰랐던 분이셨어. 그런데 아빠가 갑자기 돌아가셨으니…, 아빠께서 사업차 일본으로 출장을 가신 기간에 아빠 친구 분이 배신을 한 거야. 그 충격으로 아빠께서 갑자기 심장마비로 돌아가셨고, 그러니 하루아침에 우리는 고아나 다름없는 신세가 되어버린 거야.

공장장을 얼마나 믿었으면 제반 업무까지 총 책임을 지워뒀겠어. 그런 그 분이 그동안 아빠를 감쪽같이 속이면서 얼마나 철저하게 물밑작업을 했던지, 그렇게도 잘 되던 신발공장을 울 아빠가 겨우 10일 간안 계신 사이에 회사의 자금을 몽땅 빼돌린 채 사라진 거야. 그때 엄마는 두 달이나 방 안에서 꼼짝하지 않고 누워만 계시더라고. 그런데 우리들은 엄마만 계셔도 까불고 떠들면서 집안일도 재미있게 하고, 그런데 엄마가 결국 일어나시더니 누가 너희더러 집안 일 하랬어! 너희들은 아무것도 하지 말고 공부만 해! 라며 윽박지르시는 거야. 그러고는 그 큰 집을 팔아 갚을 것 같고 겨우 요놈의 방 얻을 수 있었어. 그러니 엄마로서는 자식들 굶길 수는 없다고 판단하셨겠지. 당장 행상을 나서는 거야.

사실 나는 인숙이 네가 이렇게 사는 줄 정말 상상도 못했어. 귀자는 인숙이가 숨을 고르는 동안 끼어들었다. 인숙은 귀자의 말에는 대꾸도 않고 다시 말을 이어갔다. 여자는 약해도 어머니는 강하다는 말 있잖니? 드디어 사회물정하나 모르던 엄마가 어떤 일이 있어도 너희들 대학까지는 공부시킬 거다. 다른 사람 의지하지 않고 나 힘으로 살아가려면 전문인이 되어야 하는 거야! 그러려면 열심히 공부해야 한다면서, 어머니는 먹는 장사부터 시작하셨어. 엄마가 가장 자신 있었던 인절미를 만들어 이고 다니시면서 파셨어.

철없는 우리들은 다 팔리지 않기를 바라고 있었는데, 그 이유는 인절미가 다 팔리지 않아 남겨오는 것은 우리들에게 나눠 주셨거든, 그때까지만 해도 이야기책에나 나올법한 인숙이 가족사를 묵묵히 듣고만 있던 귀자가 방앗간이나 디딜방아가 없으면 하다못해 절구라도 있어야 만드는 떡을 그냥 만든다기에 너무 신기했다. 네 어머님은 얼굴 못잖게 음식솜씨도 정말 좋으셨구나? 인숙이는 귀자의 말에 신명이 났는지 떡 만드는 법까지 설명하기 시작했다. 2시간 이상 찹쌀을 물에 불렸다가 시루에 찐 고두밥을 커다란 알루미늄 대야에 담고는 넓적한 사기접시로 밥알이 다 부셔질 때까지 치대는 거야.

"빵! 빵! 빵!"

200

뒤차가 요란스럽게 울리는 클랙슨 소리를 들었을 때는 이미 앞차가 저만치 가고 있었다. 정지된 도시가 갑자기 한꺼번에 움직이는 느낌에 귀자는 깜짝 놀라 액셀러레이터를 밟았다. 드디어 행사장에 도착했지만 주차장 지하 3층에도 빈자리가 없어 한참을 빙빙 돌아다녔다. 귀자는 자신의 차가 주차된 곳의 위치를 증명하는 표기를 폰의 카메라에 세 번씩이나 담았다. 운전면허를 따고 처음 백화점에 갔다가 혼난 적이 있고부터 붙은 습관이다. 차를 세워만 두고 쇼핑을 마치고 돌아와 보니, 차있는 곳이 기억나지 않아서 애를 먹다가 결국은 그곳 직원까지 출동한 적이 있었던 것이다.

첫돌 축하연이 열리는 지상 5층에는 홀마다 하객들로 만원이었다. 어떤 홀에서는 이미 축하연이 진행 중인데도 있었다. 주인공인 인숙이 외손자는 할아버지인 남창한테 안긴 채 입구에서 하객들에게 인사를 하고 있었다. 한복까지 입은 주인공이 얼마나 귀여웠던지, 남창이 한번 안아보라고 귀자에게 안겨주었다. 아이는 낯가림 없이 귀자에게 즉시 와 안기더니 윙크까지 하면서 눈웃음을 쳤다.

"잘 키웠네! 아무한테나 오게? 요즘 애들은 자기 부모밖에 모르던데?"

"외탁해서 그럴 거야!"

남창은 항상 칭찬에 익숙했다. 몇 대째 이어져오는 기독교 집안에서 배우고 익힌 성품이라 그런지, 동창들 사이에서는 언제부터선가 그를 목사로 불렀다. 그런데 태어나서 한 번도 교회 출석해 본 적이 없는 진주를 며느릿감으로 소개를 시킨 귀자야 말로 소위말해 믿는 구석이 있었다. 어릴 때 하나님을 믿었던 사람은 언젠가는 꼭 다시 하나님께로 돌아온다는 말과 기도하면 꼭 이뤄진다는 말이 생각났기 때문이다. 인숙과 남창이 자녀들 짝으로 소개를 받자마자 찬성을 했다는 것은, 귀자로서는 이미 자신이 기도한 게 응답을 받고 있다고 믿고 싶었던 것이다.

어린 마음에 교회 내에서 일어나는 분쟁을 목격한 인숙이가 얼마나 상처를 받았으면 환멸을 느낀 나머지 교회를 떠났을까. 수십 년 동안 교회를 외면하고 살았던 인숙이가 아니던가. 이런 인숙에게 귀자가 남창 쪽에서 요구하는, 즉 만약 진주가 맞선에 응한다면 시집와서 교회 출석을 잘 하겠다는 뜻과 동시에, 목사주례로 기독교식으로 혼례를 올리겠다는 약속으로 믿겠다! 라고 했다고 하자, 인숙이는 곧 바로 그야 당연하지! 했던 것이다. 그러더니 아, 참, 내 생각이 바로 진주 생각이나 같지만 그래도 본인한테 물어는 봐야지. 그렇지만 여자는 시집을 갔다하면 당연히 그 집 풍속을 따라야지! 라고 했던 것이다. 물론 여고시절 전교회장까지 한 인숙이의 배포와 역량을 익히 잘 아는 귀자로서는 진주 역시 어머니의 성향을 닮았을 것이라는 확신이 섰다. 그동안의 모든 정황들을 미루어 볼 때 오랜 세월동안 귀자의 기도가 쌓였기에 지금의 현실이 가능했을 것이었다.

원래 자식 이기는 부모 없다고 하지 않았던가. 이미 하나님을 떠난 인숙이 다시 그분의 사랑을 그리워하게 하는 길은, 그녀가 아끼고 사랑하는 진주를 하나님과 먼저 만나게 하는 길이 가장 효과적인 방법일 수도 있을 것이 아닐까. 순간 귀자는 노파심에서 다시 확인하고 싶어서 혼잣말처럼 웅얼거렸다. 하긴, 요즘 딸들이 엄마 말 듣나? 라고 하자, 인숙은 내 딸인데 내가 왜 몰라. 그러면서 덧붙이기를 귀자 네가 여태껏 날 위해 매일 기도한다해도 건성으로 들었어. 그런데 참 이상하긴 해, 진주가 그렇게도 많은 선을 봐도 당사자가 말하기 전에 내가 먼저 내키지 않았거든? 그런데 네 말은 좀 다르더라. 다른 건 몰라도 내 마음에 거부반응이 전혀 일어나지 않는다는 거야. 아무래도 네가 날 위해 수십 년을 기도했기 때문이라는 생각이 들더라고. 그런데다가 네가 날 위해 기도한다고 말했을 때도 역시 이상하게 듣기 싫지 않았어. 내 생각 같아서는 그 말을 하면 틀림없이 듣기 싫을 거라고 생각했거든, 뿐만 아니고 그냥 넉살 좋은 사람들이 상대방에게 환심을 사기 위해 써먹는 용어로 치부했었는데, 막상 너로부터 그 말을 듣는데도 전혀 거북스럽지가 않더라? 반대로 고맙기까지 한 거야. 그러니 네 말이 다 신뢰가 될 수밖에, 라는 인숙의 말을 듣던 귀자도 상대방의 진심이 전달되는 듯 마음의 평정이 찾아왔다. 그렇다고 인숙이가 부족하면 또 모를까. 간호 장교 출신이니 인숙이의 자존감도 만만치 않을 조건의 소유자다. 어느 날은 인숙이가 일부러 전화까지 하여 진주가 시댁 생활, 즉 교회출석도 군말 없이 얼마나 잘 하는지 모른다며 자랑까지 했던 것이다.

예배시간 1분 전, 드디어 진주가 나가는 교회 목사가 함께 참석한 장로들과 같은 테이블에 앉았다가 기도할 장로 한 명과 같이 앞으로 나갔다. 이때 개량한복을 똑같이 차려입은 한 무리의 젊은 남녀를 인숙이가 인솔하듯 앞장서서 들어오다가 홀 안의 분위기를 알아차리고는 잽싸게 빈 테이블로 가 앉았다. 곧 예배가 시작되었다. 찬송가를 부르자 귀자의 귀에는 인숙이의 아름다운 선율만이 들려왔다. 여고 때 큰 행사가 있으면 대표로 나가 부를 정도로 노래실력이 좋았던 인숙이가, 나이를 느낄 수 없을 정도로 아름다운 목소리를 그대로 찬송가에 실어내고 있었다.

귀자는 인숙이의 찬송소리가 너무 아름다워 꼭 천상에서 천사들이 부르는 멜로디가 아닐까 착각할 정도로 감동스러웠다. 성경에도 네 입으로 예수를 주로 시인하면 구원을 받고, …입으로 시인하여 구원에 이른다고 하지 않았던가. 인숙이가 아직은 교회에 출석하지는 않는다 해도, 이 순간 저토록 진심으로 부르는 찬송소리만으로도 이미 자신의 입으로 인간의 대속자인 예수를 주로 시인하고 있다는 사실을 부인할 수 없을 것 같았다.

뷔페식이 시작되자 귀자도 인숙이 뒤에서 음식을 담았다. 귀자는 초밥과 김밥을 가지 수대로 하나씩 골고루 담고는 볶은 밥과 흰쌀밥은 그냥 지나치려는 찰나였다. 갑자기 그 옛날 인숙이의 집에서 먹던 흰쌀밥이 떠올랐다.

"인숙아, 느닷없이 너희 집에서 먹던 흰쌀밥 생각이 갑자기 나지? 그때는 그 밥이 세상에서 제일 맛이 좋다고 생각되었는데, 요즘은 왜 외면당할까? 사실 우리 집에서도 쌀농사를 지었지만 우리가 먹는 건 항상 보리밥이었어. 가을에 쌀농사를 수확하면 조금 남겨놓고 다 매상 넣어버렸거든. 돈과 바꾸려고. 봄에 수확하는 보리쌀은 싸기도 하지만 도시사람들이 잘 먹지 않으니 농사지은 사람들이 먹을 수밖에. 보리쌀은 솥 바닥에 먼저 깔고 쌀은 위에 소금 얹어 지은 밥이라 아빠와 아들들 그릇에 위의 밥을 나눠담고 나면 보리밥만 남는 거야. 그런데 네 집에 놀려갔을 때마다 넌 나한테 흰쌀밥을 고봉으로 담아줬잖아. 그런데 한번은 너희 어머님이 하루 종일 조개를 팔고 집에 오시면서 쌀 한 되를 사오신거야. 물론 다른 것도 이것저것 여러 가지 사셨지만, 그런데 네 어머님 말씀이 집에 쌀을 두면 좀과 벌레가 생기기도 하고 매일 시장가니까, 쌀가게가 우리 집 쌀 저장고나 같다고 말씀하셨어. 아마 내가 미안해 할까봐 그렇게 말씀하셨을 것인데도 나는 그것도 모르고 진짜 그런 줄 알았다니까? 요즘 생각하면 네 어머님 정말 훌륭하신 분이셨어."

"엄마는 인절미로 시작하여 철따라 삶은 연근, 고구마, 감자, 그리고 재첩 외에도 제철 생선까지 행상을 하시다가 결국 시장에 자리를 하나 얻으셨어. 적은 밑천으로 식구들 밥 먹을 수 있다는 정보를 입수한 걸 토대로 각종 조개를 까서 팔기 시작하신거야. 그 일은 엄마가 돌아가시기 두 달 전까지 하셨어. 조개 까기 달인이셨어. 그렇게 우릴 키우고 입히고 공부시키고…."

"그러고 보니 너도 네 어머님 닮은 거네?"

"울 엄마 따라가려면 아직 한참 멀었어."

"아니! 자식을 위해서는 아무리 싫어도 하는 그 부모 마음을 말이야."

귀자 앞서 가던 인숙이가 갑자기 행렬에서 옆으로 빠지더니 의구심에 찬 시선으로 뒤로 돌아봤다. 귀자도 얼른 행렬에서 나왔다. 그러고는 인숙일 향해 잔잔한 미소로 응수했다.

"옛날 여고시절의 네 목소리 하나도 안 변했더라? 주님을 찬양하는 그 목소리, 너무 청아했어!"

귀자는 환한 미소를 만면에 담은 채 인숙을 응시하다가, 인숙아, 네 입으로 주님을 시인한 거야! 그러고 보니 진주가 효녀구나! 라는 말을 삼킨 채 칭찬으로 일관했다. 하지만 인숙의 반응이 궁금했다. 인숙은 미소를 지우지 않은 채 귀자야 우리 만두 가지러 갈까? 했다. 순간 귀자의 뇌리에 여고시절 인숙이가 그렇게 만두를 좋아했던 사실이 기억났다.

"그래, 좋아!"

귀자는 만두를 좋아하지 않지만 오늘만이라도 인숙의 요구를 다 들어주고 싶었다. 귀자의 대답을 듣자마자 인숙이 앞장을 섰다. 인숙의 뒷모습이 꼭 옛날 여고시절 만두집으로 향하던 그 모습과 흡사했다. 귀자는 어느덧 인숙의 가벼운 걸음걸이에 발맞춰 걸었다.

냉동 메아리

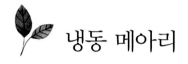

냉동 메아리

사방은 어둠뿐이다. 바람은 찬 공기를 잔뜩 몰고 어둠을 헤치며 사람과 버스 그 외도 자신의 앞을 막는 어떤 물체든 닫치는 대로 모질게 들이박고는 무서운 기세로 또 다른 물체들을 겨냥한 채 달려갔다. 새벽이고 겨울이긴 하지만 체감온도는 상상외로 찼다. 찬 공기로 무장한 바람을 가르며 오느라 얼마나 힘들었으면 동민들은 버스에 뛰어오르면서 불평으로 인사를 대신했다. 무슨 놈의 날씨가 이리도 모질게 춥지! 그 뒤를 따라 오르던 또 다른 동민은 어엇! 추위! 우리 그린벨트 주민들이 48년 동안 동토에서 아직 살아남은 것이 못마땅한가? 날씨까지도 우릴 이토록 박대하지! 라며 얼굴을 손바닥으로 감쌌다.

"이제 출발해도 되겠지요?"

"안 그래도 오실 분은 거의 오신 것 같습니다."

기사의 말에 동의하듯 통로 입구에 섰던 이장은 명단에 적힌 메모지를 불빛에 비춰보면서 말했다. 버스가 고속도로 톨게이트 입구에서 멈추자 이웃 마을 남녀 주민들이 우르르 승차했다. 낙동댁은 오른쪽

두 번째 좌석에 자리를 잡고는 안전벨트를 매자마자 상채를 의자등받이에 기댄 후 눈을 감았다. 오늘이 있기까지 힘든 과정이 많았지만 포기를 몰랐던 것은 아들 때문이었다.

낙동댁의 아들이 서울 서양대학에서 국사학과 시간강사로 출강하면서 박사과정을 밟고 있을 때였다. 같은 학교 법대 졸업생으로 고시공부를 하던 아가씨와 교제 중이었다. 아가씨는 시골에서 어렵게 딸을 공부시킨 부모를 생각하면 언제 합격할지 모르는 사법고시에만 매달려있을 수 없다며 취직을 하겠다고 하자, 낙동댁의 아들이 용기를 주고 응원하는 바람에 고시준비를 계속하여 결국 합격을 했다. 아가씨가 연수원에서 교육을 받던 기간에 그녀의 부모들이 상견례를 제의해 왔다. 그 자리에서 아가씨의 어머니가 총각 댁에서 집을 장만하면 좋겠다고 하자, 김지환이 농촌에서는 땅을 팔지 않으면 몫 돈을 장만하기가 어렵다. 우리도 땅이 좀 있긴 해도 그린벨트로 묶여있어서 제값도 못 받지만 개발이 안 되니 매매도 불가능하다. 반대로 서울 집값은 얼마나 비싸냐? 그냥 우리 형편에 맞게 방 하나 얻어서 시작하도록 하겠다고 했다.

어느 날, 낙동댁이 아들의 전화를 받았다. 그 아가씨가 어제 사법연수원 수료식 날, 부모들이 정해준 국내에서도 알 만한 사람이면 다 아는 재벌가의 장남과 결혼식을 올렸으니 그렇게 알라는 것이었다. 그 때부터 낙동댁의 관심이 그린벨트에 쏠리기 시작했다. 먼저 헌법23조 1항 모든 국민의 재산권은 보장된다는 헌법도 무시한 한국그린벨트는 해제되어야 한다는 주장의 글로 여기저기 투고를 하는 한편 관계기관도 찾아다녔다.

김지환은 괜히 힘만 뺀다면서 낙동댁을 말렸다. 유신독재가 국민 개인의 사유지를 강제로 그린벨트로 묶어놓고 공공재로만 사용가능하도록 장치를 해놓은 것도 모자라, 민주주의를 수호한다던 여러 정권이 바뀌어도 한결같이 정부의 비자금마냥 필요 할 때마다 싼 그린벨트 땅을 이용해 쏠쏠하게 재미를 보는데, 어느 정부가 장치를 풀겠냐는 것이었다. 처음 그린벨트 지역은 성역으로 구별할 만큼 독재자의 영역 그 자체였었다. 차츰 그린벨트 주민들의 의식이 살아나면서 항변이 이어지자 선거철만 되면 표밭다지기의 요건으로 급부상했다. 결국 그린벨트 규제완화를 시작으로 2000년대 전후로 7개 중소도시를 전면 해제했고, 부분해제와 완화가 계속되는 가운데 20호 이상 취락지역도 해제했다. 처음부터 그린벨트 규제완화와 해제가 정책적으로 불공정하게 진행시키다보니, 거기서 제외된 그린벨트 독립가옥의 원주민들은 소외감까지 더해져서 불행이 증폭될 수밖에 없게 된 것이었다.

버스 안은 조용했다. 미리부터 친한 사람들끼리 같은 좌석에 나란히 앉은 여성 두 팀은 승차하자마자 도란도란 얘기꽃을 피웠다. 정인성 부부와 또 다른 두 부부는 같은 좌석에 나란히 앉았고, 다른 마을에서 혼자 참여한 두 사람은 일부러 빈 좌석을 골라 마음 편하게 혼자 앉았다. 좌석이 정해지자 이른 기상으로 설친 잠을 보충하느라 거의 대부분의 주민들은 상체를 의자 등받이에 기댄 채 눈을 감거나, 팔짱을 끼고 잠을 청했다.

김지환은 박범수 옆 좌석에 앉더니 들고 있던 마이크로, 개발제한구역 국민협회 전국행사에 우리 지역에서도 참여할 수 있도록 협조해 준 주민들에게 고맙다는 인사말에 이어, 먼 거리를 하루 종일 운전할 기사와 그동안 주선하느라 고생한 이장과 부녀회에 고맙다는 뜻으로 박수를 치게 한 후, 평소에 맺혔던 그린벨트 제도에 대한 불만을 토로하기 시작했다. 이곳 주민들 대부분은 48년간 온갖 규제와 압제로 맺힌 한을 때와 장소를 가리지 않고 털어놓긴 하지만, 그 중에서도 김지환은 일단 악법 한국그린벨트제도가 왜 철폐되어야 하는 지에 대한 이유를 꺼냈다하면, 상대방 입장은 아랑곳하지 않고 테이프를 재생시키듯 열변을 토한다.

"오늘 우리는 전투에 나가는 병사들입니다. 정부나 국토부를 믿을 게 아니라 우리 밥그릇은 우리가 찾아야 합니다. 자칫하다가는 코도 베 간다는 시대 아닙니까. 국민의 행복한 삶을 책임지는 정부가 반대로 우리를 고통과 좌절 속에 몰아넣은 것도 모자라, 우리 밥그릇에 든 밥을 힘이 센 정부가 여기저기 퍼 주다니요! 이게 갑질이 아니고 뭡니까? 그런데도 우리들은 내 밥그릇 내 놓아라! 당당하게 요구하기는커녕 정부가 하는 일은 무조건 옳은 줄 알고, 돌려줄 때만 기다린다는 게 벌써 48년이나 되었습니다. 뿐만 아닙니다. 정부로부터 규제와 압제까지 받다보니 정상적인 삶은커녕 목숨연명하기에도 급급했다고요. 그러다보니 그 당시 이팔청춘이던 저가 황혼을 맞이한 줄도 몰랐습니다. 이제라도 대한민국 헌법에 국민의 재산권은 보장된다. 라고 명시된 우리의 재산권을 정정 당당하게 돌려달라고 요구하기 위해 나섰다는 것만도 천만다행한 일입니다. 민주주의 국가에서 국민개인의 재산권을 주인에게 물어보지도 않고 정부가 임의대로 공공재로 제도화 시킬 수 있단 말입니까!"

"옳소! 이제야 48년 묵은 체증이 쑥 내려가는 것 같네요!"

누가 큰 소리로 외쳤지만 이미 시작된 김지환의 열변은 멈출 줄 몰랐다.

"설사 그렇다 해도 정권이 바뀌면 당연히 아닌 건 아니라고 해야 맞죠? 그런데도 정권이 바뀔 때마다 자기들만은 최고의 민주주의를 수호하는 것처럼 떠들어대지만, 군부독재가 불법으로 남긴 악법에 대해서는 그 어느 정부도 이 사실을 바로 직시한 적이 없습니다. 하지만 이번 정부만은 절대로 그러지 말아야 합니다. 어떤 일이 있어도 유신독재가 남긴 반민주적 제도 한국그린벨트만은 기필코 제자리로 되돌려놓아야 한다고요! 하지만 국민을 위한 국민의 정부가 국민의 사유지를 침해한 것도 모자라 규제에 어긋나면 무조건 불법으로 몰아 버리거든요.

영국은 법률에 의해 그린벨트를 제도화시켰지만, 한국은 도입국인 영국과는 반대로 토지 주 몰래 공권력에 의해 그린벨트를 제도화했습니다. 하지만 민주주의 국가가 개인의 권리를 제한하는 일은 어떠한 경우라도 국민의 대표기관인 국회에서 제정한 법률에 의해서만 가능하다고 알고 있습니다. 처음에는 너무 갑작스럽게 당한 일이라 어리둥절하기도 했지만, 국민이 가난보다 참기 어렵다는 불공정한 정책으로 일방적 희생을 강요할 정부는 아닐 것이라고 기다렸다고요. 그런데 48년이 되어도 형평성에 어긋난 정책은 계속되니 어떻게 가만있을 수 있겠습니까! 이제 우리의 여생이 얼마 남지 않았는데 목숨이 붙어있을 때 내 밥그릇 찾아야지요? 그러기 위해서는 남은 그린벨트 주민들이라도 뭉쳐야 합니다. 우리 세대가 다 지나가면 누가 그린벨트를 철폐하자고 거론이나 하겠습니까! 특히 그린벨트의 지정목적이 도시민의 삶에

질을 높이기 위함이 아닙니까? 그렇다면 법 차원에서나 상식으로든 타인의 소유를 필요로 할 시에는 당연히 선 합의와 선 보상은 필숩니다. 공권력을 남용하여 강도나 마찬가지 짓을 해놓고도 오히려 소유주를 범법자로 몰아가는 불법을 합법화 시켜 버렸다고요. 그런데 이제라도 잘못된 불법을 바로잡는데 기꺼이 동참해 주신 여러분께 머리 숙여 감사드립니다!"

열변을 토하던 김지환이 엉덩이를 의자에서 떼어 엉거주춤한 상태로 절까지 했다. 이때 제일 뒷좌석에 앉았던 60대의 남성이 박수를 치다가 일어서더니 통로로 걸어 나왔다. 그는 양쪽 손으로 의자 가장자리를 잡아가면서 앞에까지 나와 김지환의 손에서 마이크를 양보 받더니 입을 열었다.

"감사를 왜 아제가 합니까! 오히려 우리가 해야지요! 아제는 우리의 의식을 깨우기 위해 그토록 외쳤지만 온갖 비난과 부정적인 목소리로 좌절시키려 했어요. 그래도 포기하지 않고 묵묵히 참고 여기까지 오신 건 아젭니다. 그것은 바로 내 밥그릇 찾자는 부르짖음이었어요. 그런데도 아무도 심각성을 인식하지 못한 상태였었으나 아제 때문에 이제라도 겨우 우리 귀가 열린 것입니다. 저도 참석하지 않은 분들이 안타까울 따름이랍니다. 그 분들은 지금도 굿이나 보고 떡이나 먹자는 안일한 계산들을 하나 봅디다. 물론 그럴 리야 없겠지만 만에 하나 오늘 우리 지역구 국회의원님이 참석하지 않을 경우, 내친김에 국회의원 사무실도 쳐들어가야 되지 않겠습니까!? 사실 일전에 국회도서관 대강당에서 (사)전국개발제한구역 국민협회 발대식을 할 때도 다른 지역구 국회의원들은 많이 참석했는데도 우리 국회의원님은 코빼기도 안 비쳤다고 들었습니다. 물론 지금의 국회의원은 아니지만, 아직 우리 지역에는 개발을 저해하는 그린벨트로 묶여있는 땅이 40%가 넘는답니다. 그러니 주민들을 대신해 일하려 여의도에 올라온 분의 의견을 들어봐야지요! 우리도 지역구 주민이니까요."

"지역구에도 사무실이 있으니…, 그건 다시 의논하는 게 낫지 않을까?"

이장이 조심스럽게 육성으로 반대의사를 내놓더니 아무래도 성에차지 않은지 남성의 손에서 마이크를 빼앗듯이 받아 말을 계속했다.

"막상 목표한 거기로 올라갔다 하면 주민들과의 약속을 스스로 지키는 일은 거의 없었어요. 일단은 지역구 주민들과 소통이 되어야 대변인으로서의 역할도 할 수 있거든요? 그러기 위해서는 사무실 직원들의 역할이 중요하다고 봅니다. 지역구에도 당연히 세비로 지급되는 사무실과 직원들이 있어요. 먼저 그들이 지역구 주민들의 문제점을 충분히 이해하고 검토해서 국회의원에게 전달하는 것도 중요하지만, 주민들이 국회의원과의 소통을 원한다면 보좌진들이 성사되도록 중간역할을 하는 게 임무라고 생각해요. 지역주민들의 대변인이라면 그들과의 소통으로 통해 의제들이 정책에 반영되도록 최선을 다하는 게 그들의 역할 아닙니까. 그런데도 보좌진들이 오히려 국회의원과의 면담 자체가 성립될 수 없도록 중간에서 가로막는다는 건 세비까지 받아가면서 그 자리를 지키는 자의 태도가 아니라고 봅니다. 면담을 요청하면 무조건 국회의원의 일정을 모른다는 답변이거든요. 어디까지나 지역 주민들을 위해 일하는 자기 보스의 일정이나 무엇을 하도록 도와야 하는 지도 모르면서 그 자리에 앉아있다는 게 우스운 일

아닙니까?

국회의원으로서 누리는 여러 혜택 말고도 1인당 연간 지출액이 연봉 1억 3천 796만 원에 보좌진 9명과 총 지출액이 무려 6억 7천 600여만 원이라는 사실을 여러분들은 아시는지요? 그러니 3만 오천 원짜리 금배지만 달았다하면 200가지 특권이 주어진다니, 지역구 주민들의 머슴인 국회의원들이 오히려 주인보다 더 높은 귀족이 되어버렸다며 통탄해 하던 어느 기자의 기사가 기억납니다. 국민들이 내는 세금으로 큰돈을 지출하면서도 존재할 수밖에 없는 이유가 지역구 주민들이 그만큼 소중하다는 뜻 아닙니까? 그런데도 지역구 주민들의 애로사항에는 관심이 없고, 지역구내 작고 큰 행사는 절대 놓치지 않고 보스를 참석시키거든요. 이것은 사욕을 따라 장기집권을 위한 사전 표밭 다지기가 아니고 뭡니까!"

"듣고 보니 그건 자네 말이 맞네!"

연세가 높은 어르신 한 분이 큰 소리로 맞장구를 쳤다. 그때 김지환이 위기감을 느낀 듯 마이크를 강제로 빼앗듯이 잡더니 이장을 자리에 앉기를 권하면서, 오늘 행사에 우리 지역구 국회의원 뿐 아니라 여러 국회의원들이 참석하기로 약속을 했으니 한번 믿어보자고 했다. 이때 여기저기서 우리 국회의원이 참석하면 내 손에 장을 지지겠다는 사람이 있는가 하면, 한 여성은 회장님이 장담을 하니 한번 믿어는 보겠지만, 자기 생각으로는 이번 국회의원도 절대로 참석하지 않을 것이라고 했다. 김지환은 그런 주민들의 말에는 선탁하지 않고 오히려 분위기를 전환시켜보려는 의도처럼 엉뚱한 제안을 했다.

"지금은 우리 지역에서는 유일하게 판사출신이신 정인성 고문께서 우리에게 좋은 말씀을 해주시겠습니다. 사실 이토록 훌륭하신 정 고 문께서 우리와 뜻을 같이 한다는 것은 무한한 영광이 아닐 수 없습 니다."

김지환은 정인성을 소개한 후 앞좌석에 그의 부인과 나란히 앉은 그에게 마이크를 넘겼다. 원래 말수가 적고 겸손한 성품인 정인성은 처음 몇 번은 사양하다가 결국 김지환의 권고를 뿌리치지 못하고 마이 크를 잡았다.

"대단히 반갑습니다! 오늘 여러분들께서 이 행사에 적극적으로 참 여해 주신데 대해 저로서도 감개가 무량합니다. 앞서 이미 우리 지역 대표님의 좋은 말씀 많이 있었습니다. 그런데 쇠뿔도 단김에 빼라는 말도 있듯이, 길고도 긴 48년의 세월 동안이나 머무적거린 우리들의 소극적인 태도가 상대방의 의식을 흐리게 한 요인이 되었을 뿐만 아니 라, 이미 우리권리를 포기해 버린 듯 착각을 들게 한 점은 우리도 책임 을 회피할 수만 없을 것입니다. 그래서…"

"닥쳐! 뭐요…?! 지금 그 말, 우리한테 책임이 있다 이말 아닙니까! 제기랄 판사까지 했다는 작자의 입에서 저런 말이 나오다니! 판사하면 서 얼마나 손발을 맞췄으면 아직도 그 쪽 편을 들까? 기사 양반 날 당 장 내려줘요! 나는 더 이상 저런 작자와 같은 차에 타고 간다는 자체 마저 구역질이 나!"

중간쯤에 앉았던 여든을 훌쩍 넘어섰을 것 같은 왜소하기 짝이 없 는 한 남성이 발칵 화를 내면서 벌떡 일어서더니 통로로 걸어 나오려 하자, 그 옆에 앉았던 또래의 남성이 부랴부랴 그의 팔을 잡아 앉히려 했으나 휙 뿌리쳤다.

"죄송합니다. 저는 그런 뜻이 아니라…."

"어떤 변명도 듣기 싫어! 당장 그만 둬! 차에서 뛰어내리는 꼴 안 보려면!"

정인성이 정작 하려고 했던 본론에 들어가기는커녕 서론도 끝나기 전에 말을 가로막자, 일단 상대방의 오해를 풀어야겠다고 운을 뗐지만 그것마저 거부당하니 아예 입을 닫아버렸다. 남성은 그러고도 분이 풀리지 않은지 횡설수설에다 안절부절못하는 모습이 꼭 당장 차에서 뛰어내릴 태세였다. 이장이 그나마 일행 중에서 다소 젊은 층이라 문제의 남성 앞을 잽싸게 막아섰다. 그 틈을 놓칠 새라 김지환이 마이크를 잡더니 다급한 어조로 외쳤다.

"특히…!"

김지환은 준비 없이 무작정 운을 뗐음인지 다음 말을 잊지 못하고 뚝 끊었다. 사람의 심리가 부질없는 것에 매달리다보면 아무것도 아닌 문제가 더 확대되기 마련이다. 아니나 다를까. 김지환이 구호처럼 큰 소리로 내뱉자 문제의 남성이 놀란 토끼눈을 하더니 당장 자기 자리로 들어가 풀썩 주저앉았다. 갑자기 찬물을 끼얹은 듯 버스 안은 조용했다. 이때를 놓칠 김지환이 아니었다.

"우리나라 정치인들은 너무 순진한 구석이 있단 말입니다…."

"아예, 뜸 들이지 마시고 말씀해 보십시오! 궁금합니다."

이장이 김지환을 재촉했다.

"아직도 권력이 법이라고 믿는 것 같아요. 자본주의 국가에서는 재산이 곧 바로 생명과 같은데, 개인의 재산권도 당연히 지켜주어야지요. 헌법에 명시된 대로 국가는 균형 있는 국민경제의 성장 및 안정과

적정한 소득의 분배를 유지할 때 비로소 모든 국민은 인간으로서의 존엄과 가치를 가지며, 행복을 추구할 권리를 다 같이 누릴 수 있을 것이 아닙니까. 그런데 아무리 생각해도 권력을 잡으면 불법을 합법으로 둔갑시켜도 그게 합법이라고 착각들을 하나 봐요? 지금이 어느 시댑니까. 적화야욕으로 살상무기 핵개발에만 전념했던 북한까지도 전쟁 없이 평화적으로 함께 살아보려는 때가 아닙니까. 그런데 민주국 대한민국에서 아직도 일부 국민의 재산권을 강제로 그린벨트로 48년째나 묶어놓고 정부 것처럼 좌지우지하다니요! 이것은 침해가 아니라 침탈이요 강탈입니다."

"옳소! 옳소!"

김지환의 말 도중에 합창을 하듯 여러 명이 동시에 외쳤다. 하지만 김지환은 개의치 않고 말을 이어갔다.

"정부가 우리들을 외면하고 배제시키는 동안에도, 같은 국민에게 불공정한 정책을 아무런 복안도 없이 펼 리가 없다며 굳게 믿었어요. 하지만 이렇게 기다린 세월이 벌써 반세기가 코앞에 당도했어요. 그런데 이제야 겨우 정신을 차렸는데 이미 허기가 질대로 져 배가 등가죽에 붙어 기어들어가는 소리를 내니까. 아직은 덜 급하다고 여기나 봅니다. 하지만 이것 한번 들어 보십시오!"

김지환은 호주머니에서 쪽지 한 장을 꺼내더니 읽기 시작했다.

"이것은 이번 새 정부가 내세운 슬로건입니다. 국민의 나라, 더불어 잘 사는 경제, 정의로운 대한민국, 고르게 발전하는 지역 ,내 삶을 책임지는 국가, 평화와 번영의 한반도, 국민이 주인인 정부라고 했습니다. 이것을 한 마디로 압축하면 정부와 공직의 공공성 회복과 부패청산이라고 합니다. 그런데 1970년대 초 삼권을 다 장악한 강력한 군부 독재가 법률에 의하지 않고 정부라는 공권력을 악용해 제도화시킨 악법 그린벨트인데도, 줄곧 국민개인의 재산권을 침해하여 공공재로 운용한다는 사실을 우리는 오늘 정부에 꼭 알려야 합니다!"

김지환의 말이 끝나자 여기저기서 동의한다는 표현들이 터져 나왔다. 그때 뒤쪽에서 한 남성이 벌떡 자리에서 일어서면서 외쳤다.

"오늘은 구중궁궐에 계신 대통령님께 우리의 목소리가 들어가기 전까지는 절대로 그냥 집으로 돌아올 생각은 하지 말아야 합니다!"

"당연합니다!"

이번에는 운전기사가 마이크로 통해 동의를 했다. 그러자 모든 승객들은 기사가 스스로 협조의 뜻을 밝혔다며 우리 기사님 최고라고 박수를 보냈다.

"이래서 뭉치면 살고 흩어지면 죽는다고 했던 거야!"

낙동댁 바로 뒷좌석의 여성이 흥분한 어조로 외쳤다. 이때 이웃마을 노인회 회장이 마이크를 달라고 하더니 가슴에 쌓여있던 말을 토해냈다.

"오늘 이 모임에 참가한 우리들의 책임이 막중하다는 사실을 점점 더 절감하게 되는군요. 이번 정부가 아직도 독재정부가 만든 악법을 과감하게 버리지 못하면서 무슨 수로 더불어 잘사는 나라를 만들겠다는 건지 모르겠네요! 최고 권력을 휘두르던 전직 대통령들도 적폐청산과 부패청산의 망은 벗어나지 못하고 심판을 받는데, 왜 그 옛날 독재자가 국민의 기본권을 빼앗은 것에 대해서는 수십 년이 지났는데도 청산하지 않는지 이해가 안 갑니다. 사실 그동안은 최고 권력만 잡았다

하면 옛날 왕권 시대에 버금가는 권세를 누릴 수 있었으니까. 그것은 영원한 부를 향한 인간의 욕망을 채우려고 권력의 현장에서 만이 가능한 축적의 논리를 적용했었어요. 그런 최고 권력자들이 줄줄이 법의 심판대에 서는 불행을 겪게 한 지금의 정부가 국민개인의 재산권을 쥐고 있는 한 공범자인데도 어떻게 부패청산의 지휘자가 될 자격이 있나 말입니다! 특히 그린벨트 전 20대의 원주민들 중 48년째인 지금은 거의가 죽고, 남은 자들은 쌓이고 쌓인 빚더미에 올라앉아 가기 전에 해결하기를 학수고대하고 있다고요!"

이때 김지환이 노인회 회장의 말에 적극적으로 공감하는 발언을 했다.

"형님의 심정, 왜 모르겠습니까. 실은 우리 자녀들이 부모의 빚을 떠안지 않으려면 상속포기각서를 쓸 지경에 도달했다고요. 대한민국은 지금 국민소득 3만 불 시대를 살고 있어요. 그런데 우리 그린벨트 원주민들의 삶은 어떻습니까? 환경부터 48년 전 보릿고개 시대 그 자체를 벨트로 꽁꽁 묶어놓았으니 삶의 질도 당연히 그대로지요. 그런데 1km도 안 되는 이웃마을은 나날이 거대한 도회지로 발전해 갑니다. 여기 계신 분들은 어떤지 모르겠지만 저는 그쪽 땅값과 우리 땅값이 비교되면 솔직히 뼈가 녹아내리는 심정입니다. 상가 같은 경우는 평당 몇 백도 모자라 천만원이 넘어도 땅이 없어서 못 산답니다. 이런 말을 들어도 아무렇지 않다면 사람이 아니라 신이지요. 하루가 다르게 올라가는 고층아파트에 입주한 그 많은 주민들에게 필요한 부대시설은 또 얼마나 많겠어요? 여러 상가는 물론이고 초등학교와 중학교는 벌써 들어섰고 고등학교도 곧 시내서 이곳으로 이전한다는데, 대학교는 안 들어오라는 법 있어요? 그런데도 그린벨트라는 선 하나를 사이에 두고 한쪽은 48년 전 국민소득 100불시대로만 유지하라니요? 더불어 잘 사는 나라를 만들겠다는 이번 정부는 희생양이 된 그린벨트 주민들을 하루 속히 구출해야 합니다. 그동안 여러 정부가 규제개혁을 시도했지만 구호에만 거쳤어요. 하지만 대통령마다 규제를 보는 시각은 거의가 동일했어요. 직속으로 규제를 철폐하겠다고 하였는가 하면 또 다른 대통령은 규제를 전봇대로 상징해 뿌리 뽑아야 할 존재로 규정했고, '원수'이자 '암 덩어리'라 '손톱 밑 가시'라고 까지 표현한 대통령도 있었어요. 그런데 현 대통령 역시 '규제 혁신 해커톤(hacker+marathon)'이라는 말을 등장시킬 정도로 경제를 저해하는 요인인 규제를 개혁할 의지를 보였지만, 아직도 풀어야 할 과제로 남겨놓고 있을 따름입니다. 부디 이번 정부만은 규제개혁이 용두사미가 아닌 유종의 미로 끝나기를 바랄 뿐입니다."

"옳소! 옳소!"

소란을 피우던 남성이 큰소리로 외치자, 부녀회 회장이 맞장구를 쳤다.

"오늘 올라가면 국회의사당을 박살내고 옵시다! 왜 잘못된 법을 쉬쉬하고만 있어요? 감시 감독해도 안 되면 법을 개정하면 될 일을 왜 외면만 하나 이 말입니다. 그러면 뭐라는 줄 아나요? 입에 담기도 싫지만… 그래도 해야겠습니다. 다른 의원들 설득시키려면 밥이라도 사면서 얘기해야 하니 돈이 필요하답니다. 겨우 목숨만 부지하고 버티고 있는 그린벨트 주민들에게 손을 벌리다니요! 그리고 국민들이 억울하다는데 못 본 척 할 국회의원이라면 왜 그 자리에 앉아있습니까."

"그 말은 맞아요. 그린벨트가 존재하는 지역구 국회의원들만 뜻을 같이해도 행정적으로든 입법으로든 벌써 해결하고도 남을 세월이었다고요. 그것도 오래 전에 이미 헌법재판소에서는 보상 없는 그린벨트는 위헌이라며 불합치판결까지 내린 상태이면 밥상까지 다 차려준 것 아닙니까? 그런데도 왜 우리의 대변인들은 뭐가 두려워 머무적거린단 말입니까! 민주주의 사회에서 국민의 기본권이 침탈당한 일보다 더 큰 불법이 또 있을 라고요?"

"당연하지요! 모르긴 모르지만, 내 예감에는 오늘 우리가 바라는 질의가 순순히 진행되도록 국회의원들이 참석하면 내 손에 장을 지진다!"

낙동댁 뒷좌석의 다른 여성이 장담을 했다. 그때 김지환이 또 입을 열었다.

"그동안 그린벨트가 존재하는 지역구 국회의원들만 뭉쳤어도 벌써 사유지 그린벨트는 이미 다 해제되었을 거라는 이론은 지당하신 말씀입니다. 물론 국회의원들도 자신들의 지역구 주민들이 그린벨트로 얼마나 고통을 당하고 있는지 잘 아는데도, 왜 지금껏 국회에서 법 개정을 하지 않을까 하고 저 나름대로 분석해 봤습니다. 국회의원 중 국토부 상임위원들만 뭉쳐도 국회를 통과시켰을 텐데, 속이 터지지요. 하지만 여의도에 가 본 적이 없는 우리들로서는 그 이유를 모르지만 분명한 사실은 행정에서 풀어야 하는 건 확실합니다. 대통령령으로 제도화되기도 했지만, 행정에서 지속적으로 규제완화가 진행 중이기도 하니까요. 정책적으로 긴 세월 동안 필요에 따라 해제가 아니면 완화로 계속 운용해 온 그린벨트를 어느 국회의원이 감히 불법이라고 끝까지 투쟁하겠어요?"

　"그건 그렇고, 아직도 이해가 안 되는 부분은 그린벨트제도를 영국에서 도입했다면, 법률에 의한 거라든지, 사전에 토지 주와도 충분한 합의에 따라 보상하고 그린벨트로 수용했던 방법까지도 당연히 함께 도입했어야 옳았던 것입니다. 일본도 보상 없이 그린벨트를 시도했다가 국민들의 여론에 밀려 중단했다는데, 국민의 사유지를 정부가 토지 주와 합의는 고사하고 보상도 없이 선을 그어 강제로 그린벨트로 수용했다는 사실은 누가 들어도 민주주의 국가에서 있을 수 없다고 할 겁니다. 거기다가 이 제도를 시작한 독재가 물러가면 민주국으로서의 위상을 위해서나 부끄러워서라도 즉시 이런 악법부터 철폐했어야 했다고요. 그런데도 민주주의 국가에서 망신스럽게도 국민 개인의 토지를 그린벨트로 묶어놓고 공공재라며 고집을 하다니요! 그래놓고는 정부가 필요할 때마다 다수의 국민들한테 선심 쓰듯이 그린벨트를 이용해 먹지만 정작 일방적으로 희생을 강요당하는 그린벨트 주민들은 얼마나 피눈물을 흘리는지를 아직도 헤아려들지 않아요. 그리고 보면 내 눈을 내가 찌른 거나 같아요.

　국회의원들은 우리를 대표해서 여의도로 보낸 게 아닙니까. 그런데도 우리들의 고충을 본 척도 들은 척도 않으니, 절대로 오늘 내려올 생각하면 안 되는 건 맞습니다. 국회의원들이 지역구 주민들의 대변자로 인식한다면 당연히 우리들의 고통을 해결하려 동분서주해야 옳은 겁니다. 국토부 상임위원들만 해도 31명이나 되는데, 국회 발의 요건인 10명 이상의 동의를 왜 못 받아냅니까! 그리고 행정부 각 소관부처 안건을 미리 심사하는 기관으로서, 그린벨트 담당부처인 국토부 상임위원들이 왜 이 문제를 해결 하지 않나 말입니다. 이건 불법이며 악법인 한국그린벨트로 인해 지역구 주민들이 얼마나 억울하게 고통을 겪는 지를 국회의원들마저 확실하게 모르는 소치라고요! 안 그렇습니까?!"

그때까지 함구하던 법대 출신 박범수가 분통이 터지는지, 디스크로 아픈 허리 때문에 앞 의자등받이를 잡고 일어서서 열변을 토했다.

낙동댁 일행이 헌정기념관에 도착했을 때는 행사장 밖은 인파들로 만원이었다. 뿐만 아니고 안에서 밀물처럼 밀려나오는, 악법 그린벨트 철폐하라는 우렁찬 함성을 듣자 낙동댁과 일행의 발걸음이 갑자기 빨라졌다. 하지만 입구부터 서있던 빼곡한 인파들 틈새를 뚫고 들어갔지만, 좌석은 물론이고 통로도 앉은 사람들로 빈틈이 없었다. 낙동댁은 여성 일행들과 헤어지지 않으려고 서로 손을 맞잡은 채 사람들 사이를 비집고는 연단 바로 아래 빈 공간까지 들어갔다. 그런데 이게 웬 떡인가! 맨앞 의자 한 줄이 고스란히 비어있는 게 아닌가.

낙동댁은 우리를 위해 남겨 놓은 좌석인가? 라며 순간적으로 착각에 사로잡혀 의자에 나눠 앉는데, 거기는 국회의원님들 자립니다! 라고 누가 질책을 했다. 이 말을 듣는 순간 낙동댁은 쥐구멍이라도 있으면 들어가고 싶은 수치심에 재빨리 일행과 동시에 빈 바닥으로 몸을 던져 앉은뱅이걸음으로 최대한 가장자리로 이동했다. 이때 옆에 있던 부녀회회장이 이모님, 가방요! 라며 귀속 말로 낙동댁에게 속삭였다. 그때서야 낙동댁은 손가방을 앉았던 좌석에 놓고 왔다는 걸 깨닫고는 의자 가까이로 바싹 붙어 기어갔다.

군중들은 사회자의 지시에 따라 악법 그린벨트를 철폐하라! 라고 구호를 제창하는 것과 동시에 붉은 글씨로 커다랗게 쓴 팻말을 힘차게 흔들었다. 그때 또 다시 한 국회의원이 연단으로 올라갔다. 사회자가 소개를 하자 그 지역구 주민들이 갑자기 자기 국회의원의 이름을 한목소리로 부르며 환호했다. 그는 연단으로 올라가자마자 머리를 바닥에 닿을 정도로 허리를 굽혀 절을 했다. 대단히 죄송하다면서, 식순에 따르지 못하고 국회 중 막간을 이용해서 잠시 인사만 할 수밖에 없어서, 하지만 그린벨트만은 꼭 해제되도록 최선의 노력을 다하겠다고, 이 말을 듣던 전 군중들은 답례로 국회의원의 이름을 거듭 우렁차게 불러댔다. 잔뜩 고조된 분위기에 발맞춰 서울의 어느 위성도시 주민이라고 자기소개를 한 60대의 남자가 파카 호주머니에서 유인물을 꺼내더니, 각종 신설도로로 수용될 때 도로공사가 지불한 땅의 보상액에 대한 일반 땅값과 그린벨트 땅값을 비교분석한 내용을 읽기 시작했다. 똑같은 용도로 수용된 토지지만 그린벨트로 묶여있는 땅값은 일반 땅값에 비해 보상가가 무려 다섯 배나 더 낮게 측정된 곳도 있었다. 곧 군중들 가운데서 70대로 보이는 한 남성이 다리를 절뚝거리면서 매우 바쁘게 연단으로 올라가는데, 연단 아래 사회자가 국회의원의 성함을 대면서 막 도착했다는 광고를 했다. 그러면서 연단 위로 막 올라간 연설자에게 국회 중 어렵게 시간을 내서 여러분들에게 인사라도 하는 게 도리라고 생각하여 찾아오신 의원님에게 순서를 양보해야겠다고 했다. 하지만 어수룩한 외모와는 달리 노공은 엄중한 어조로 항변했다.

"그럼, 우리가 지금 안일하게 인사나 받자고 이토록 추운 날 전국에서 모였어요? 그린벨트 철폐에 대한 의원님의 복안이라도 들려주면 또 모를까. 국회는 국민이 잘 사는 나라를 만들기 위한 법을 만들고 행정부의 감독은 물론이고 정부정책도 국민의 대표인 국회의원들의 동의가 있어야 될 정도의 위치라면 이보다 더 한 권력자가 있겠어요? 그런데도 법률에 의해 정해지지도 않았을 뿐 아니라 모든 국민의 재산권은 보장된다. 라는 헌법까지 무시한 악법 그린벨트 제도가 48년 동안이나 정책적으로 변화를 거듭하면서도 아직 공공재로 운용되고 있다는 사실은 우리들의 대변인인 국회의원들에게 책임을 묻지 않을 수가 없습니다. 그런데도 인사만 하고 가시겠다고요…? 지역구마다 거의가 그린벨트가 존재하는데도 해당 국민들의 의사와는 상반되는 국회의원들의 의정활동이 지역구 주민들에게 얼마나 큰 손해와 고통을 안겨주는지를 알기나 하는지 의문스럽습니다. 하지만 허심탄회하게 함께 길을 모색하고자 어렵게 만든 이 자리가 아닙니까? 부디 이 모임의 뜻이 빛을 발하도록 의원님께 협조를…"

갑자기 노공의 말이 중간에 뚝 잘리더니 대신 단상 아래 사회자 마이크에서 말이 나왔다. 낙동댁은 영문을 몰라 군중들과 마찬가지로 사회자한테로 시선을 옮겼다. 막 회장이 사회자에게 귓속말을 한 후 국회의원에게로 얼굴을 돌렸다.

"이번 본회기간에는 급하게 처리할 민생문제가 산재해 있답니다. 하지만 여러분들에게 인사라도 하는 게 도리라고 생각하셨다니 얼마나 고맙습니까!"

연단 아래 마이크로 통해 노공의 말을 가로챈 사회자가 국회의원에게 자리를 양보하자, 곧 바로 국회의원이 마이크 앞에 서더니 앞서 다녀간 의원들과 마찬가지로 시간을 자유롭게 할애하지 못하는 이유로, 새해 전에 이미 통과시켰어야 할 민생법안이 아직 쌓여있어서 진

통증이라 빠질 수가 없다. 하지만 자유민주주의 대한민국 국민이라면 헌법에 명시된 재산권이 그린벨트로 묶여 누리지 못하는데, 여러분들 앞서 대변인인 우리가 가만있겠느냐. 그러니 우리를 믿고 생활현장으로 돌아가 본연의 임무에 전념하기를 부탁드린다. 부디 대회를 잘 마치기를 빌겠다! 라는 격려를 한 국회의원이 머리가 바닥에 닿도록 다시 절을 하고는 종종 걸음으로 돌아갔다. 그러자 처음에는 망연자실하던 노공이 불편한 다리로 부리나케 연단을 내려오더니 사회자 마이크 앞에 섰다.

"여러분, 또 속으면 안 됩니다. 금배지 달기 전에는 우리의 대변인으로 충실하겠다고 스스로 약속합니다. 막상 금배지 달았다 하면 그때부터는 우리의 뜻이 아닌 우리들을 이용하여 자기들의 뜻을 관철시키기에 급급하다는 걸 명심해야 합니다. 방금 보셨지요? 우리협회 집행부도 믿어서는 안 됩니다. 그러니 우리 일은 우리가 하지 않으면 그 누구도 대신 해 주지 않습니다. 해서 이왕 온 걸음이니 국회의사당은 물론이고 청와대 대통령집무실까지 이 함성이 울러 퍼지도록 젖 먹은 힘까지 내야 합니다! 이렇게 추운 날 우리가 무엇 때문에 여기까지 왔는지를 잠시라도 잊지 맙시다! 오늘의 외침은 결코 메아리로 되돌아오게 해서는 안 됩니다. 안 그렇습니까? 여러분!"

"하지만요? 방금 오셨던 국회의원님은 우리들의 재산권이 묶여있는 걸 안다고 하셨고 가만있지 않겠다. 고도 했잖아요! 그런데 왜 미리 초를 칩니까!"

군중석에서 한 여성이 일어나 허공으로 삿대질까지 하면서 노공에게 항의를 하자, 노공과 임원 단을 각각 따로 두둔하는 항변이 산발적으로 일어나면서 금방 강당 안은 아수라장이 되었다. 이때 군중 석에서 반백을 훌쩍 넘어 보이는 베이지색 파카에 회색목도리까지 한 남성이 험악한 분위기를 잠재우기라도 하겠다는 듯 연단으로 올라가는 것이었다. 이것을 보던 연단 아래 사회자의 마이크 앞에 섰던 노공이 아이쿠! 교수님께서도 오셨군요! 반갑습니다! 했다.

"그린벨트로 인해 반세기가 다 되도록 정부의 처사만 기다리며 고통을 감내해 오다가 오늘 이렇게 한 자리에 모이게 되어 너무나 감계가 무량합니다. 그린벨트 도입 목적을 간단하게 정리해 보면, 도시의 무분별한 확산을 방지하고 도시민의 건강에 필요한 녹지를 제공하기 위해 개발을 제한한 구역입니다. 그러니까 한마디로 그린벨트는 도시민을 위해 설치된 장치입니다. 그렇다면 정부가 도시민을 위해서 국민 개인의 토지를 묶어놓고 재산권 행사를 못하게 한다면, 헌법 23조 3항에는 공공필요에 의한 재산권의 수용, 사용 또는 제한 및 그에 대한 보상은 법률로써 하되, 정당한 보상을 지급하여야 한다고 했습니다. 거기다가 헌법재판소에서도 이미 보상 없는 한국그린벨트는 위헌이라며 불합치판결까지 내렸습니다. 그런데 그린벨트 지역에 땅을 소유한 국민은 이 나라 국민이 아닌가요? 공공필요에 따라 재산권을 행사 못하게 했다면 보상은 당연합니다. 그리고 제 아무리 힘센 정부라지만 국민 개인의 땅을 필요로 할 시에는 소유주의 허락을 받아야 하는 것은 상식입니다. 그런데도 십년이면 강산도 변한다고 했는데 그린벨트로 고통 받은 지가 벌써 반세기가 다 되었어요. 그동안 우리는 어떤 대접을 받아 왔나요? 정부가 필요해서 우리 개인의 땅을 공공재로 수용했으면 정부가 우리에게 보상을 하던지, 아니면 환경 비처럼 도시민들에게 돈을 거둬서라도 우리에게 지불해야 된다고요! 민주주의 국가가 이런 모순정책을 쓰는 데가 지구촌 어디에 존재 한답니까! 국민의 삶을 책임지는 정부가 어떻게 도둑처럼 주인에게 허락도 안 받고 몰래 선을 그어 공공재로 만드나요? 세금은 다 받아가면서 보상은커녕 도리어 규제와 압제까지 가하니, 이건 힘센 가해자가 약한 피해자에게 누명을 씌워 형벌을 가하는 행위와 뭐가 다른가요? 우리나라 국토의 3분의 2가 산으로 1970년대는 거의가 민둥산이었지만 지금은 다 숲으로 뒤덮였습니다. 그런데 그린벨트가 왜 필요합니까! 산소를 수출까지 하면서 말입니다!"

교수의 매우 논리적이고 이성적인 호소력에 군중들은 진심을 담아 동의하는 뜻으로, 기립박수와 동시에 한목소리로 옳소를 반복해서 외쳤다.

"48년 동안의 보상은 양보하더라도, 모인 김에 헌법에 보장된 우리 재산권만은 꼭 돌려주겠다는 다짐은 받고 가야 합니다. 그냥은 절대로 집으로 돌아갈 생각은 말아야 한다고요! 만약 그냥 또 돌아가면 후회막급일 것입니다!"

노공에게 항의하던 여성이 교수의 열변에 정신이 들었든지 자신의 실언을 만회하기라도 하듯, 앞으로 쏜살같이 달려 나가 마이크 앞에 선 사회자를 밀어내고 선창을 하자 군중들은 역시 일제히 옳소를 제창했다.

국회의원들과의 질의문답이 물 건너 간 것을 확인했음인지, 누가 굳이 말하지 않는데도 질의 자들이 단상으로 연이어 올라가 성토를 이어갔다. 박범수가 네 번째 질의자로 나섰다. 대한민국은 국토면적의

⅔가 산이라 안 그래도 사용가능한 땅이 좁은데, 그린벨트까지 설치를 했으니 더욱 좁아진 국토면적이라 일반 토지 값은 천정부지로 치솟은 반면 개발이 묶여 쓸모없는 그린벨트 땅값은 하락할 대로 하락하여 지금은 하늘과 땅 차이만큼이나 벌어졌다. 거기다 우리나라 정부가 얼마나 야만적이고 갑질을 자행했는지를 잘 나타내는 한 가지 사실을 밝히자면, 영국은 지주들과 사전 충분한 합의에 따라 불만 없이 선보상 후, 50년 동안 24,000헥타(240제곱킬로미터)의 면적을 그린벨트로 수용했는데, 한국은 1971~1973년까지 단 2년 만에 영국보다 무려 22배가 더 되는 면적을 입법, 사법, 행정 삼권을 다 장악한 군부독재가 공권력을 악용해 토지 주들에게 예고도 합의도 보상도 없이 강제로 531,100헥타(5,311제곱킬로미터)를 그린벨트로 묶었다고 하자, 군중들이 일시에 기립하여 악법 그린벨트 철폐하라! 라고 쓴 팻말을 들어 흔들면서 피를 토하듯 그린벨트 철폐를 연거푸 외쳤다. 이때 반백으로 보이는 여성 질의 자가 잰걸음으로 단상으로 올라가더니, 젊은이답게 당당하게 외치기 시작했다.

"48년 동안 그린벨트라는 동토에서도 용케 버텨주신 여러분! 고맙습니다. 그리고 존경합니다. 이미 앞서 많은 분들이 한국그린벨트는 위헌이요, 민주주의에 위배되는 반민주적이고 불법이며 악법이라는 사실을 밝혀주셨습니다. 그러니 저가 새삼스럽게 어떤 미사여구로 여러 선후배님들의 마음을 만족시키겠습니까. 거두절미하고 한 가지만 말씀드리려 합니다. 주민의 대변자 국회의원님들이 우리의 고통을 외면하는데, 안 그래도 민주공화국이 아니라 공무원공화국이라는 말까지 나도는 나라에서 뭐가 답답하다고 국토부장관이나 담당공무원들이 그린벨트 주민들의 피맺힌 한에 귀를 기울이겠습니까! 대한민국은 모든 권력은 국민으로부터 나오는, 주인인 국민이 잘 사는 나라를 만들어 달라며 모든 권한을 국회의원들께 위임했습니다. 그런데… 그 결과 어떻습니까!"

"지당한 말씀입니다! 안 그래도 오늘이 본회라고 하니 국회의원들은 당연히 만날 수 있을 것이고 국회의사당도 지척이니 가서 단판을 집시다!"

여성 질의자의 메시지가 끝나자 사회자 가까이에 있던 한 남성이 나가 마이크 앞에서 외쳤다. 그러자 군중들의 박수갈채와 산발적인 성토로 실내가 시끄러워지자 사회자가 진정시켜 보겠다고 조용! 을 연거푸 외쳐도 성난 군중들의 소요는 계속되었다. 이때 정인성이 성큼성큼 단상 위로 올라가는 것이었다.

"여러분! 저는 질의자도 임원도 아닙니다. 다만 그린벨트 주민의 한 사람으로써 외람된 말씀을 드리자고 나왔습니다. 법은 불편하지만 인간이 사회를 형성하고 유지하려면 꼭 필요한 요건이라는 사실은 부인할 수 없을 것입니다. 48년간이나 참아온 게 억울해서라도 끝까지 가자고 말씀드리고 싶습니다. 악법도 법이니까요. 저는 오늘의 악법 그린벨트 철폐 촉구 범국민대회가 물거품이 될 리는 없을 거라고 장담합니다. 우리들은 한 걸음을 시작으로 헌정기념관까지 오는데 48년이 걸렸습니다. 남은 행보도 장해물 때문에 늦어질 뿐입니다. 끝으로 고정희 시인의 시 「상한 영혼을 위하여」를 낭송해 드리겠습니다.

상한 갈대라도 하늘 아래선

한 계절 넉넉히 흔들리거니
뿌리 깊으면야
밑둥 잘리어도 새순은 돋거니
충분히 흔들리자 상한 영혼이여
충분히 흔들리며 고통에게로 가자

뿌리 없이 흔들리는 부평초 잎이라도
물 고이면 꽃은 피거니
이 세상 어디서나 개울은 흐르고
이 세상 어디서나 등불은 켜지듯
가자 고통이여 살 맞대고 가자
외롭기로 작정하면 어딘들 못 가랴
가기로 목숨 걸면 지는 해가 문제랴

고통과 설움의 땅 훨훨 지나서
뿌리 깊은 벌판에 서자
두 팔로 막아도 바람은 불 듯
영원한 눈물이란 없느니라
영원한 비탄이란 없느니라
캄캄한 밤이라도 하늘 아래선
마주잡을 손 하나 오고 있거니

정인성은 시낭송이 끝나자 미련 없이 군중 석으로 내려왔지만, 군중은 미동도 하지 않은 채 무거운 공기 속으로 영혼까지 침잔되고 있었다. 반면 곳곳에서 흘러나오는 세미한 흐느낌은 점점 더 고조되었고 사회자 역시 숙연함에 빠져있었다. 낙동댁의 눈에서도 주체할 수 없는 눈물이 하염없이 흘러내렸다. 국회의사당 분수대까지 진행되던 평화적 시위나 세월의 흔적을 남기기 위해 '개발제한구역 악법 철폐하라!'고 쓴 피켓을 앞에 들고 촬영하는 순간에도 고뇌와 싸우느라 좌절했던 지난날을 추억하고, 거세게 밀려오는 한파 속에서도 따뜻한 봄날 어느 한 순간에 마주잡아 줄 손 하나 오는 속삭임을 놓칠 세라 귀를 쫑긋 세웠다. 이미 강렬했던 태양마저 내일의 힘찬 기약을 향해 서산으로 기우는데, 여전히 인내의 긴 그림자는 군중들과 키 재기를 하고 있었다.

아방궁

아방궁

오늘 아침에도 여왕개미가 눈을 뜨자마자 시종개미는 쪼르르 부엌으로 달려가 냉수를 들고 와서 그녀 앞에 대령했다. 뭐니 뭐니 해도 아침 공복에는 제일 먼저 신선한 물을 마시는 게 최고랍니다. 하지만 여왕이 눈만 멀뚱거리며 꼼짝하지 않자 시종은 다시 한 번 더 권했다. 여왕님 물을 마셔주셔야 혈액순환이 잘 되기 때문에 건강을 유지하는 데 매우 유익하답니다. 그제야 여왕이 물을 마시겠다며 몸을 천천히 일으켰다. 시종개미 중에서도 왕 시종이 물그릇을 조심스럽게 들었다. 여왕개미는 냉수를 한 모금 마시더니 이렇게 맛없는 물을 꼭 마셔야 하냐! 했다. 그러자 처음의 그 시종개미가 머리를 조아리며 이렇게 말했다.

"원래 몸에 좋은 약은 쓴 법입니다. 우리들을 위해서라도 여왕님은 건강하셔야 합니다."

여왕개미는 시종개미의 충정이 고마웠던지 군말하지 않고 천천히 냉수 한 컵을 다 마셨다. 그때 한 시종이 여왕님, 밖으로 나가 맑은 아침 공기까지 마시면 금상첨화일 텐데요…? 했다. 여왕개미는 그 말은 들은 척도 않고 물을 마시고는 무거운 몸을 시종의 도움을 받으며 TV가 보이는 방향으로 누었다. 시종은 아침 뉴스를 볼 시간이라며 여왕이 즐겨 보는 한 사설방송국에다가 채널을 고정시켰다. 이미 화면에는 여자 대통령이 청와대 집무실에 앉아있는 장면으로 채워져 있었다. 나는 언제 저런 집무실을 가져볼까. 저 대통령의 대우는 나하고는 비교도 안 되는군! 여왕은 모두 들으라는 듯 큰 소리로 말했다.

그때 한 젊은 건설대원이 더듬이를 재빠르게 흔들면서 이렇게 말했다. 여왕님, 걱정 마십시오! 저가 여왕님의 직무 실을 저것보다 더 멋지게 만들어 드리겠습니다. 라고 했다. 여왕개미는 매우 만족한 듯 빙그레 웃음까지 머금고는 그럼, 그래야지! 내가 계획하는 거대한 왕국이 건설되기 위해서는 말일세. 그리고 지구촌 어디에도 여기만큼 왕국을 건설할 좋은 조건을 가진 장소는 없을 걸세. 라더니 시종들의 도움으로 몸을 일으켰다. 이때 여왕의 몸에서 자르르 흐르던 윤기가 반짝반짝 빛났다.

이 집터는 지금의 여왕개미가 아직 공주일 때 정했다. 왕국은 어느 농장 안에 있었다. 입구는 농장 가장 뒤쪽 가장자리 즉 울타리 바로 옆이었다. 그 전에 살던 왕국은 습기가 전혀 없던 건조한 땅이라 굴을 파놓으면 자꾸만 흙이 무너져 내리는데다가, 특별히 지난해는 몇 십년만의 가뭄이 일찍부터 찾아와 6월 한 달 동안에 벌써 논까지 쩍쩍 갈라졌었다. 그때가 지금의 여왕개미가 공주로서 혼인비행을 떠나기 바로 전이었다. 곧 짝짓기를 하고 나면 수개미는 물론 공주 역시 날개가 없어지고 여왕개미로서 알을 낳고 번식을 시키게 되는 것이다. 그래서 공주 나름대로 열심히 연구를 한 결과 너무 건조한 땅에는 집이 자꾸 무너진다는 사실을 알게 되었다고 했다. 그런데 지금의 굴이 있는 농장 울타리 그 너머 바깥 깊은 골짜기로는 사시사철 개울이 흐르고 있어서 그 주변의 흙은 매우 찰 졌다. 이번에는 왕국의 터를 잘 골랐기 때문에 대대로 내려가면서 사용해도 아무런 손색이 없을 것 같다며 공주의 말을 듣고는 모두 얼마나 기뻐했던지 모른다. 구멍을 따라 땅 아래로 약 1m 들어가 여러 갈래로 파놓은 크고 작은 공간들이 꼭 나뭇가지 끝에 달린 고무풍선처럼 생겼다.

지금 나는 또 하나의 고무풍선처럼 생긴 방을 더 만들 목적으로 흙을 물어내는 중이다. 일철과는 달리 가족들이 다 집안에서만 생활하기 때문에 흙을 파서 운반하기가 여간 힘들지가 않다. 거기다가 딱딱한 땅을 파서 구멍을 내는 일 역시 매우 힘든데 제일 안쪽이라 다 판 흙을 밖에까지 끌고 가자니 힘이 부친다. 이런 나를 가족들은 사고뭉치로 취급한다. 겨울동안 즐겁게 놀 수 있는데 나 때문에 집안 구석구석 흙으로 지저분하게 한다면서, 또 내가 하는 일이 건설개미들의 일이라 거들기조차 싫다보니 그들의 불만은 이만저만이 아니다. 한데 이번에는 같은 일개미 중 한 마리가 좁은 통로에서 일부러 나를 골탕 먹이려고 옆으로 다가와서는 끌고 가던 흙덩이를 툭 쥐어박으면서 투덜거렸다. 그 바람에 흙덩이가 부셔졌다. 내가 가족들의 감정을 상하게 했구나. 자책 하면서 사과하고 흙을 치웠다. 하지만 일은 여기서 끝나지 않았다. 다른 개미들의 항의와 불평도 이어졌다. 겨울 동안 좀 편히 쉬려는데 네 때문에 망쳤다면서. 사실은 겨울에는 춥기 전에 모아놓은 양식으로 여왕개미를 보좌하면서 지내왔기 때문이다.

겨울 동안 건설대원개미들도 다른 개미들과 마찬가지로 놀고먹으려고 하는 건 너무나 당연했다. 겨울에 할 일이래야 집으로 바람이 들어오지 못하게 문풍지를 붙이는 일인데, 그것은 벌써 지난 11월 달에 마쳤다. 집안을 청소하는 일과 여왕개미가 거처하는 넓은 홀에 있는 여러 가지 화분과 어항은 물론이고 가구들을 청소하는 일은 겨울철이라 노는 개미들이 많아서 내가 돌보지 않아도 되기 때문에, 나는 새로운 일을 찾아야 했다. 겨울이 지나고 3월이 되면서 여왕개미가 알을 낳기 시작하면 식구가 늘게 될 것이다.

　나는 건설대원들을 설득해 보았다. 요즘은 농촌에도 축산과 비닐하우스에 겨울 농한기도 없질 않은가. 그런데 부지런하기로 소문난 우리들이 어떻게 긴 겨울을 놀고먹느냐. 시간이 많으면 자연히 남의 흉이나 보게 될 텐데, 그러면 몸도 정신도 함께 황폐할 수밖에 없을 거야. 나도 도울 게. 그렇다고 무리는 하지 말고 소일거리로 하면 어떨까? 하지만 그들 생각은 달랐다.

　"너 여왕개미한테 잘 보이려고 그러지? 겨울 동안 가족들이 다 집안에 있는데 이 좁은 공간으로 일한다고 들락거리면 집도 더러워지겠지만, 늙으면 그 자체만으로도 추한데 일한다고 땀을 뻘뻘 흘리며 냄새까지 풍겨봐 누가 널 옳게 보겠니!"

　건설개미 중에서도 고수인 놈이 나서서 나를 지탄하자 다들 옳소를 외쳤다. 그러나 그런 말이 내 귀에 들어올 리가 없었다. 이론이야 맞지만 그런 건 다 일하기 싫어서 하는 변명에 불과하다는 걸 왜 모르겠는가. 일을 천직으로 아는 내가 하릴없이 긴긴 겨울을 보낸다는 것은 생각만 해도 끔찍했다. 어떻게 해서든지 일거리를 만들어야 했다. 거기다가 생명이 다하는 날까지 후손들을 위해 내가 할 수 있는 일이라면 뭐든 다 해 놓고 싶었다. 다행히 지금 왕국의 터는 아무리 세월이 흘러도 안전하게 보존될 수 있는 곳이 아닌가.

여왕개미를 옹위한 일행이 일광욕을 한다며 홀을 나서고 있었다. 그때 흙을 물고 나르던 나를 발견한 여왕개미가 넌 언제나 혼자 잘난 척하네! 그러고 보니 네 일도 아니잖아…? 건데 왜 혼자서 집안 분위기를 바꾸려 해! 여왕은 금방 오만상이 되었다. 그러자 가까이 있던 건설대원 다섯이 나를 도와 흙을 한쪽 가장자리로 재빨리 옮겼다. 이때 왕시종이 건설대원한테 귀속 말로 너희들은 저놈 좀 도와! 라며 내가 상상도 못했던 말을 했다. 그들은 여왕을 수행하려던 계획이 수포로 돌아가자 기분이 무척 상했던지 동시에 나를 향해 앞발을 들어 위협했다. 우리는 여왕개미를 수행하는 행렬이 다 지상으로 올라간 후에서야 흙을 끌고 뒤따랐다. 여왕개미는 너무 살이 쪄 운신하기도 힘들다보니 지상으로 오르는 시간이 꽤 걸렸다.

나는 건설대원들의 도움으로 시간가는 줄도 모르고 흙 운반을 했다. 마지막 흙을 운반하던 중, 집 입구에서 여왕개미가 무리들에 에워싸여 외출에서 돌아오는 행렬과 마주쳤다. 외출이래야 추운 겨울이라 멀리는 못가고 굴 입구 지상에서 옹기종기 모여서 일광욕을 즐기는 게 고작이었다. 벌써 여왕개미의 수행원인 병정개미와 수개미가 차례로 앞서 들어오고 있었다. 이때 병정개미가 나를 보자 외쳤다.

"여왕님 납신다. 어서 비켜!"

내 몸 무게의 50배나 되는 흙덩이를 앞에서 끌자 건설개미들이 뒤에서 밀지만 오르막을 오르자니 땀이 비 오듯 흘러내렸다. 나는 이럴 수도 저럴 수도 없어서 잠시 머무적거리는데 그 병정개미는 아까보다 더 큰 소리로 어서 비켜! 라고 소리쳤다. 곧 바로 입군데 여왕님이 조금만 있다가 들어오시면 안 될까? 라며 나는 사정이 너무 딱해서 병정개미에게 간청을 했다.

"뭣!"

병정개미의 소리는 왕궁을 쩌렁쩌렁 울렸다. 예리한 눈초리로 나를 쏘아보면서, 아직 상황 판단이 안 되는군! 라더니 쪼르르 달려와 내 턱을 들어올렸다. 봐! 이제 보이니! 현실이! 했다. 입구는 개미 떼들로 바닥까지 벌써 까맣다. 그 한중간에 나보다 40배나 더 되는 덩그런 큰 체구의 여왕개미가 통로를 꽉 채운 것도 보였다. 그 앞뒤로 여왕개미와 가까운 거리로부터 시종개미와 유모 그리고 일개미와 건설대원과 늙어 허리가 굽어 잘 걷지도 못하면서 여왕개미를 수행한다는 자부심 하나로도 충분히 행복한 양식당번개미를 비롯해서 수개미 그리고 수행원 중에서도 경호를 전담하는 병정까지 줄은 끝이 보이지 않았다. 그런데 입에 물고 있던 흙의 무게감이 갑자기 없어지더니 내 몸뚱이가 아래로 나뒹구는 게 아닌가. 알고 보니 건설대원들이 겁에 질려 아무 언질도 없이 뒤에서 흙을 밀던 손을 놓고 도망을 쳤던 것이다. 이런 상황인데 병정개미의 불호령이 또 다시 나를 따라 오고 있었다.

"빨리 치웟!"

방금 내가 미끄러져 내려온 경사 진 통로에 깔려버린 흙 부스러기를 보았던 모양이다. 나는 급한 김에 다시 오르막을 기어오르다가 아예 아래로 데굴데굴 굴러 흙가루를 온몸에다가 묻혔다. 내 몸은 금방 흙칠갑이 되었다. 나는 평지의 첫째 방에 당도하여 그리로 몸을 피했다.

오늘따라 더 커 보이는 여왕개미가 지나갈 동안 나는 고개도 들지 못한 채 엎드려있었다. 여왕개미의 방은 한 중간, 온 가족이 한꺼번에 다 들어갈 수 있는 넓은 홀이었다. 행렬이 다 지나가기까지 고개를 바닥에 대고 있던 나를 향해 개미들은 비아냥거렸다. 그것도 나와 상관없는 개미가 아니고 가까운 사이의 개미들이 더 나를 조롱했다. 나와 한 방을 쓰는 G가 지나치다가 잠시 내 옆으로 다가와 입까지 삐죽거리면서 야유했다. 네 꼴이 이게 뭐니! 거울이라도 한번 봐! 넌 우리 집안을 위한다지만 그런 꼴로는 나이대접은커녕 무시당하고 천시당하고 말걸? 난 대접받으려고 일하지 않아! 난 내 생명이 있는 한 우리 가문을 위해 일할 거야. 너도 참 딱하다. 그 꼴에 그런 위대한 말이 나오니? 노골적으로 노탐이라고 해! 이 멍청아! 네 것이라도 되면 또 몰라. 네가 살면 얼마나 살겠어? 제발 정신 좀 똑 바로 차리고 네 몸이나 간수 잘 해! 라며 엉덩이를 툭 찼다.

그때 옆에 있던 시종개미가, 과잉충성이라도 하면 여왕님이 날 밀쳐내고 자길 등극이라도 시킬까봐 그러겠지 뭐. 라며 입을 삐죽거렸다. 시종개미가 지나가자 이번에는 건설개미 A가 동정어린 표정으로 정말 딱하다 야! 네 꼴이 지금 어떤 줄 아니? 그러자 여기저기서 킥킥거렸다. 네 혼자 사는 것도 아닌데… 왜 사서 고생을 하냐며 비아냥거려도, 내가 반응을 보이지 않자 남의 진심을 몰라준다면서 뒷발질까지 했다. 드디어 여왕개미가 지나갔다. 그 뒤를 따르던 늙은 양식당번 개미들과 순번제로 맡는 오늘의 식사 당번인 젊은 일개미들도 살금살금 행렬에서 빠져나와 주방으로 갔다. 저만치 홀에서는 일개미 몇이 여왕개미가 없는 동안 청소를 하고 빗자루와 걸레를 들고 나오고 있었다.

이것을 보자 문득 공주개미들이 떠올랐다.

　지금의 여왕개미가 아방궁의 왕권을 잡은 어느 날이라고 했다. 건설개미 한 마리가 새 방 공사를 하면서 공주가 혼인비행을 한 후 사용할 것이라고 하고부터 여왕개미는 공주개미들을 그해 겨울 집밖으로 심부름을 시켰다. 엄청 먼 곳에 있는 개미왕국의 여왕개미들에게 보내는 편지를 전달하는 임무였다. 하지만 한 공주도 임무를 완수하고 돌아오지 않았다고 했다. 추운 겨울이라 그들은 그곳에 가기도 전에 얼어 죽었던 것이다. 그 사체는 다음해 2월이 되어 집도 고치고 음식도 구하려 밖으로 나가게 되면서 발견되었다고 했다. 이런 사실을 어느 날 나는 일개미들이 귀속 말로 속닥거리는 소리를 듣고서야 알게 되었다.

　"우리 여왕님은 셈이 너무 많아. 사실 공주도 다 자기 자식인데 어떻게 혼인비행도 못하게 숫캐미들을 자기만 차지하려는지 모르겠어. 사실 여왕개미의 페로몬 때문에 우리들의 난소발달이 억제되고 일만 해야 하는 운명으로 바뀐 것만도 억울한데 이제 공주들까지 번식의 기회를 방해 하다니, 이건 순리를 거스르는 일이라니까. 이러다가는 우리 왕국의 미래를 책임질 후손들이 끊어지지 않을까 걱정돼."

　나는 일이 손에 잡히지 않았다. 공주개미가 많아야 여왕개미가 될 것이고 그러면 후손들이 자꾸 번식 될 텐데…, 불행하게도 그 사건 이후로 여왕개미는 특수먹이를 먹으면서 의도적으로 공주개미를 길러내던 일을 그만 두고 말았다. 하지만 계속 여왕개미가 순리를 따르지 않는다면 언젠가는 우리 아방궁의 대가 끊어지고 말겠구나. 라는 생각이 들자 갑자기 방을 만들어도 재미없다는 생각이 들었다. 언젠가는 여왕개미의 수명도 다할 날이 오고야 말 게 아닌가. 나는 전신의 힘이 한꺼번에 달아나는 것 같았다.

드디어 여왕개미는 식탁 앞에 앉아 식사를 시작했다. 그 외 모든 개미들은 여왕개미를 에워싸고 서로가 자기가 만든 요리를 선보이려고 홀 바깥까지 줄을 서서 차례를 기다리고 있었다. 개미들은 여왕개미의 식성에 따라 얼마나 달게 요리를 하느냐에 사활을 걸 정도로 경쟁의식이 치열했다. 그들은 한결같이 여왕개미의 환심을 사는데 관건인 요리 만들기에 대부분 도전했다. 결국 여왕 앞에 서있던 줄이 끝나고 단 한 개미만 남았을 때, 내가 새벽에 밖에서 보았던 그 늙은 양식개미가 엄청 큰 토마토 살을 헐떡헐떡 끌고 오고 있었다. 그는 멀리 토마토를 재배하는 비닐하우스 농장에서 구해 왔다는 것이었다. 그는 토마토를 여왕 앞에 옮겨다 놓고는 단것만 먹으면 여왕님의 건강을 해칠 것 같아서 며칠을 벼르다가 다녀왔다고 했다. 그러고는 숨을 헐떡거리면서 토마토 효능에 대해 설명을 시작했다.

"토마토는 말입니다. 여왕님, 항암효과는 물론이지만 비만과 다이어트."

"뭐! 비만과 다이어트!"

여왕은 놈의 말을 뚝 자르고는 늙어 자기 몸 하나도 건사 못하는 주제에 왜 남의 체구를 두고 비아냥거리느냐며 불같이 화를 냈다. 얼마나 여왕의 목소리가 컸던지 이방 저 방에서 가족들이 눈을 동그랗게 해 가지고는 몰려들었다. 여왕이 얼마나 증오에 찼으면 지금은 멀쩡한 것처럼 설쳐도 어느새 칵! 꼬꾸라지고 말텐데! 라며 저주를 했다. 늙은 개미는 고개를 푹 숙인 채 토마토를 끌고 나오고 있었다. 그가 홀을 나오다가 나를 보더니 참았던 눈물을 주룩 흘리면서 눈빛으로 넌 내 마음 알지? 했다. 나는 고개를 끄덕거렸다. 그는 당장 눈물을 훔치고 는 정색을 했다. 나는 그의 그런 행동을 원망하지 않았다. 그렇잖아도 여왕에게 잘 보이려다 반대로 혼이 났는데 여왕을 위한 요리도 만들지 않으면서 일만 아는 외톨이인 나와 친했다가는 무슨 악 영향이 미칠지 조심을 해야 할 것이었다.

나는 토마토를 보고나자 허기가 나서 부엌으로 달려가 물을 한 사 발 들이켰다. 역시 오늘도 매우 이른 새벽부터 일을 했으니 허기가 날 만도 했다. 나이도 있는데다가 일을 하니 초저녁잠을 이기지 못하는 반면 새벽잠은 없다. 나는 허기를 꺼야한다는 생각으로 부엌 구석구석 을 뒤졌다. 이미 설거지까지 다 마친 식사 당번개미들이 나를 보자 무 슨 용무냐고 물었다. 식사를 하지 못했다고 하자 그 중 한 놈이 피식 실소를 흘리더니 느닷없이 다가와 가슴을 툭 치면서 식구가 몇 인데 자기 몫은 자기가 알아서 챙겨야지! 했다. 나는 그래도 먹을 게 어디라 도 있겠지라는 기대감으로 사방을 두리번거리다가 혹시 하고 음식쓰레 기를 찾았지만 그것도 보이지 않았다. 나는 하는 수 없이 물을 한 사 발 또 마셨다. 그때 마침 냉장고에 여왕개미가 원하면 언제라도 대령 할 진상품들이 가득 차있다는 생각이 들었다. 다윗도 시장할 때에 제 사장 외에는 먹어서는 안 되는 진설병을 자기와 또 함께 한 자들까지 먹었다는 사실이 기억나자, 나는 주저 없이 냉장고 문을 열었다.

이때 양식당번 한 놈이 부리나케 달려와서는 왜 이래! 누굴 골탕 먹 일 일 있어! 라더니 냉장고 문을 콱 닫았다. 하지만 그 속에 있던 과자 와 사탕 그리고 설탕과 오징어다리까지 보고나니 허기가 더 졌다. 나는 다시 문을 열려고 하는데, 아까 여왕개미한테 거절당했던 늙은 양식당번 개미가 언제 왔던지 조금도 줄지 않은 토마토를 나에게 주면서 나는 거기서 이미 배불리 먹고 왔어. 라는 것이었다. 죽으란 법은 없구나. 나는 체면이고 뭐고 배가 너무 고파서 덥석 받자마자 입에 넣으니까. 아무도 맛없다고 안 먹더니 주인이 따로 있었네. 다행이다. 내가 헛고생은 안 한 것 같아서. 라더니 훌쩍거렸다. 식사 때는 아무리 일이 바빠도 챙겨먹어야지. 네가 거둬들인 양식일지라도 일단 창고에 들어가면 당번 외는 그 누구도 문을 열 수가 없다는 걸 명심해야 할 거야. 일철에는 먹이를 먼저 먹은 후에 운반해도 되니 허기질 일은 없지만, 요즘은 때를 놓쳐버리면 국물도 없는 매우 삭막한 현실임을 꼭 기억하기 바래라며 진심으로 충고했다.

식사가 끝나고 다들 방으로 들어간 통로는 한산했다. 간혹 물을 마시기 위해 부엌으로 가든가 아니면 화장실에 가는 개미 외는 거의 통로에는 나타나지 않았다. 대부분 낮잠을 자는지 방에서도 조용했다. 그런데 유일하게 내가 작업하는 바로 옆방에서만은 떠들썩했다. 수개미 소리도 간간히 섞여 있었지만 거의가 병정개미 소리였다. 그들은 현 정치가들의 이야기에 열을 올리고 있었다. 갑자기 한 개미가 흥분한 어조로 여당이나 야당의 국회의원들을 국민의 대표로 뽑을 때는 민생을 위해 머슴이 되겠다며 가진 수단과 방법을 다 동원하여 환심을 사지만, 막상 법도 개정할 수 있는 그 자리에 올라갔다하면 자기들의 권익부터 챙기는 법 개정을 먼저 한다면서 통탄해 마지않았다. 그러자 다른 개미가 맞어! 라더니 그런데 너무 희한한 건 국회의원들의 권익을 위한 안을 통과시킬 때만큼은 유일하게 여·야가 하나가 된다면서 폭소를 터뜨렸다.

　그때 한 개미가 큰 소리로 정말 웃기는 일이지. 다 거기 올라가면 분별력도 없어지나 봐. 라더니, 그렇지 않고서야 진짜 민생을 위한 일에는 철저하게 당리당략만을 위해 투쟁하겠는가. 라며 분통을 터뜨렸다. 그런데 한 개미가 매우 근엄한 어조로 세상사가 그렇다고 우리까지 그럴 수는 없지. 라며 한숨을 폭 내쉬더니, 사실 우리 여왕님을 섬기는 건 좋지만 맹종만은 공멸의 행위라고 봐. 그래서 하는 말인데 우리 공동체가 오래 오래 번성하려면 권력을 한 곳으로 집중하지 말고 각자의 재능을 적극적으로 후원하면서 분야별 전문성을 인정해 주는 풍토가 조성되어야 한다고 생각해. 그때 한 개미가 벌떡 일어섰다.

　“나는 지금 아무 말도 못들은 거다!”

　그때 너도 나도 서로 눈치를 보더니 다른 한 개미가 이렇게 말했다.

　“좋은 게 좋다고, 우리 공동체를 위해 세운 주군의 뜻을 따라야지, 별수 있나. 괜히 똑똑한 척 설쳐봐야 뾰족한 수도 없지만 계란으로 바위를 치면 부셔지기 밖에 더하겠어?”

　그 말을 듣던 모든 개미들은 하나같이 옳다는 뜻으로 고개를 끄덕였다. 그들은 즉시 볼일이 있다는 이유를 남기고는 방을 나갔다. 그들은 방을 나가자마자 하나같이 그 길로 홀 입구에서 여왕에게 안마를 하겠다며 경호원인 병정개미에게 신청을 했다. 이때 왕 시종이 홀에서 살그머니 나오더니 문을 힘껏 들면서 최대한 소리가 나지 않게 닫았다. 그는 앞다리를 밀어보이며 여왕님이 낮잠을 자니 돌아가라는 시늉을 했다. 그러면서 귓속말로 속삭였다.

　“우리 여왕님 정말 큰일 이야. 가족들이 주는 맛난 요리는 다 드시고 잠만 자니 몸이 무거워질 수밖에, 저러다가는 수명도 그렇고 이세를 번식시키는데도 영향을 미칠 것 같아서 걱정스럽다니까. 우리 아방궁을 위해서는 여왕님도 운동을 하고, 마음을 바꾸어 공주들도 길러내도록 우리들이 바른 말을 해 줘야 한다고 생각하는데, 모두들 의견을 말해 봐?"

나는 하필이면 그때 흙을 끌고는 거기에 당도하고 있었다. 다행히 그들이 양 옆으로 비껴서면서 나에게 통로를 열어주었다. 역시 내 뒤에는 건설대원 다섯이 흙을 밀고 있었는데, 그 중 한 놈이 큰 소리로 간단한 문제를 고민 한다며 타박까지 한 후 입을 열었다. 요즘은 농민들도 비닐하우스로 식물을 재배하니까 겨울에도 먹거리들이 지천이기에 사철 다 일을 한다라는 법을 만드는 겁니다. 라고 했다. 그러자 모두 진지한 표정을 하고 귀를 쫑긋했던 개미들이 그럼, 그 법은 누가 만들 건데? 라며 그 개미에게로 다가가 쿡쿡 쥐어박았다.

며칠 후, 그날도 역시 아침 식사를 마치자 하던 일을 시작했다. 건설대원 다섯 마리는 오전이 거의 지나서야 어슬렁거리며 나타났다. 마침 내가 다 파놓은 흙덩이를 앞에서 끌자 그들이 밀고 지상으로 올라갔다. 바로 그때 병정개미 한 마리가 뒤에서 탄성을 질렀다. 심봤다! 바위 덩이처럼 보이는 초콜릿이었다. 다른 한 놈이 군침을 흘리면서 제안을 했다. 우리가 먹어 무게를 줄이자고, 그래야 운반하기도 편할 게 아니냐. 하지만 먹이를 발견한 놈이 여왕님부터 먹어야 한다며 어림도 없었다. 우리들은 더 이상 토를 달지 못하고 끙끙거리며 운반하여 홀 앞에 도착했다. 그러자 경호를 맡고 있던 병정개미들이 우르르 몰려와 틈새 없이 빼꼭히 달라붙더니 번쩍 들어 여왕님 앞으로 가져갔다.

"어머, 이렇게 귀한 걸 누가 구해왔니?"

여왕은 매우 만족한 듯 당장 한 조각 입에 물면서 물었다. 그때 병정개미와 함께 어울려 초콜릿을 옮겨간 그 건설대원이 앞으로 나가 이렇게 말했다.

"여왕님 오래 오래 건강하시라고 하늘이 내리신 것입니다. 다 여왕님의 홍복입니다."

그 말을 들은 여왕이 얼마나 만족했던지 곧 바로 파티를 연 것이다. 우리가 일을 시작기도 전에 병정개미가 여왕님이 부른다며 건설대원들을 데리고 갔다. 나는 흙을 혼자 끌고 갈 정도로 줄여서 홀을 막 지나는데 왁자지껄 해서 돌아봤더니 각 방의 반장과 부반장, 시종들과 나와 함께 일하던 건설대원들이 여왕개미와 큰 식탁에 마주앉아있었다. 거기에는 조금 전 우리가 운반해 온 커다란 초콜릿이 얹혀있었는데, 그 외도 꿀 발린 사탕과 초콜릿, 설탕, 박하사탕 오징어 다리와 캐러멜 등 냉장고에 있던 게 수북이 쌓여 있었다. 때마침 초콜릿을 한 입 물은 여왕개미가 건설대원들에게 캐러멜을 들어주면서 이렇게 말했다. 농한긴데도 일한다고 수고했으니 많이들 먹어라고 말하면서 고개를 드는데, 마침 나와 시선이 마주친 것이다. 순간 여왕개미의 얼굴이 금방 오만상으로 변하더니, 하필이면 이때 저 늙은 게 지나갈게 뭐람. 기분 잡치게, 문 닫아! 했다.

그해의 겨울은 그렇게 지나갔다. 봄이 오고 또 여름, 가을과 겨울도 왔다. 하지만 여왕개미는 아예 알을 생산하지 못했다. 의사의 진단결과는 비만에 불임이라 했다. 세월은 또 흘러갔다. 그리고 개미들은 하늘이 그들 각자에게 부여된 수명에 따라 한 마리 두 마리 계속 죽어갔다. 다시 겨울이었다. 여왕개미는 추워서 아방궁에만 갇혀 살았다. 냉장고나 먹이 창고 어디에도 먹을 것이라고는 없었다. 여왕개미도 늙고 병들어 기침까지 했지만 그렇게도 자상하던 시종도 양식개미도 지천이던 일개미나 수개미들, 듬직한 경호원이던 병정개미와 건설대원 하물며 유모개미도 없었다. 하지만 그는 휑하니 빈 아방궁이 떠나가라 호령을 했다.

"나는 왕이다! 내말만 들으면 잘 된다. 알았어!"

여왕의 호령이 떨어졌지만 어디서도 대꾸하지 않았다. 그녀는 다시 외쳤다. 날 샌지가 언젠데 아직 물도 대령하지 않니! 그리고 시종은 어딧어! …거 누구 없니! 초콜릿 당장 가져와! 목이 터져라 외쳐도 역시 조용했다. 그는 배가 너무 고파서 엉금엉금 기어서 부엌으로 가 냉장고 안을 봤다. 아무것도 없었다. 창고에는 뭐라도 있겠지, 하고 문을 열었다. 역시 텅텅 비었다. 너희들 당장 안 나왓! 그녀는 이방 저 방을 엉금엉금 기어 다니며 소리쳤다. 결국 여왕개미는 마지막 방 문지방에서 쓰러졌다. 바로 거기에 몇 마리의 개미 시체가 바싹 말라있었다. 그는 점점 정신이 혼미해 갔다. 그런데도 뇌까렸다. 너희들 내 말 안 들어서 죽은 거야! 알았니!

징검다리

징검다리

　시외버스 터미널 대기실 의자에 앉은 사람들이 텔레비전에 눈을 박고 있었다. 미션시로 가는 버스 기사 역시 운전석에 앉아서 텔레비전을 시청하는 중이었다. 여자는 이른 아침부터 텔레비전을 시청하던 남편을 떠올리며 운전석 바로 뒷좌석에 자리를 잡았다. 오랜 공직생활에서 퇴직하여 무료해 하던 남편도 요즘 뉴스를 시청하면서 생기를 얻던 걸 떠올렸다. 이 모든 모습들은 통일에 대한 우리국민들의 한결같은 열망이 어느 정도인지 보는 듯 했다.

　"…남북 정상회담이 몇 시간 후로 다가왔군요! 판문점은 지금 국내는 물론 각 국에서 몰려드는 기자들로 인산인해를 이루고 있답니다. 기자들의 수가 무려 3천 명이 넘는다는 군요. 우리 모두는 역사적인 이 날을 얼마나 기다려왔는지 모릅니다. 비핵을 고수하는 남한으로서는 핵개발에 총력을 기울이는 이북을 물리적으로 방어할 능력이 없으니, 강대국인 미국의 도움을 받지 않고는 한시도 마음을 놓을 수가 없었습니다. 그러니 이북으로서는 미국이 눈에 가시 같은 존재였을 것이고, 그들이 만든 살상무기 핵은 청와대가 아닌 백악관을 겨냥한다는 말이 나올 수밖에 없었을 것입니다. 이토록 북한 최고지도자의 적화 야욕에 대한 실행으로 비단 남한뿐 아니라, 전 세계를 전쟁의 공포 속으로 몰아넣더니 비핵화를 향한 첫 걸음을 내 딛다니요! 그동안 긴가민가했던 전 세계인들은 경악과 찬사를 동시에 보내고 있답니다…."

"기사양반 출발 안 할 거요!"

전형적인 경상도 남성의 투박한 어조에 박혀있던 가시가, 출발시간도 잊은 채 텔레비전 시청에 빠져있던 기사의 귀를 찌른 모양이었다.

"네? 아, 네! 그럼, 이제 출발해도 되겠습니까?"

그동안 숨이 막힐 지경이었던 남북 간의 긴장된 분위기가, 대화의 국면으로 돌아선 데는 두말 할 필요도 없이 평창올림픽의 역할이 지배적이었다. 세계의 축제인 동계올림픽이 남한에서 개최되자 북한이 불참이냐 참가냐를 놓고 저울질하는 동안 긴장이 더 고조되긴 했지만, 결국 참가와 동시에 남북한선수단의 공동입장에 이어 여자 아이스하키 경기종목은 단일팀으로 출전까지 했다. 거기다가 북측 예술단과 응원단까지 와서 강릉 아트센터 사임당홀과 서울 국립극장에서 공연도 가졌다. 그리고 국무위원의 여동생인 당부부장을 평창 동계올림픽 개막식에 참가시키는 바람에 이북과 남한의 교류협력이 매우 자연스럽게 이루어지는 계기가 됨은 물론 남북 간의 긴장이 급속도로 완화되어 왔다. 수십 년 동안 암울했던 적대관계가 상생의 사이로 급진전할 수 있었던 것은 피를 나눈 한 민족임을 부인할 수 없기 때문일 것이다.

여자는 미션시 서부주차장에서 내려 지하철을 타지 않고, 아는 길로 가기 위해 시내버스를 타고 장신동에서 환승하기로 했다. 55년 전

자계는 거의가 나대지로 농토가 아니면 불모지였던 곳이었는데, 지금은 어떻게 변했을지 궁금했다. 여자는 미션시 자계에서 여고시절을 시작했다. 산골마을에서 태어난 것도 서러운데 딸들을 객지로 내 보내면 허파에 바람이 들어 못쓰게 된다는 말이 떠돌아다니던 시절이라, 가정형편이 유학을 시킬 수 있느냐 없느냐를 논하기 전에 딸들은 주변에 있는 상급학교라도 보내주면 그것만으로도 감지덕지였다. 이런 시절이었지만 여자에게는 다행히 큰오빠가 자계에서 형제원이라는 고아원 원장으로 있다 보니 유학의 기회를 얻을 수 있었다.

장신동은 그때의 모습이 남아있었다. 반가운 옛 추억들이 기억 속에서 하나 둘 고스란히 되살아나 여자를 흥분시켰다. 장신대학교도 그 자리에 그대로 있었고, 도로가의 공설운동장도 그대로다. 여자의 모교는 이미 들은 대로 이사를 가고 없었고, 그 주변으로 다닥다닥 경사를 따라 계단을 이루고 있던 판잣집들 대신에 튼튼하고 화려한 양옥들이 들어찼다. 시내버스는 그 때와 비교도 안 될 만큼 노선도 많아지고 운행시간도 단축되어선지 연이어 다녔다. 지하철은 65세 이상만 되면 경로우대권이 발급되고 무료탑승이 가능하지만, 버스모양과 색깔은 달라도 그 옛날에 이용했던 시내버스를 선택했다. 여자는 자계에서 장신동 판자촌인 산동네에 위치한 학교까지 걸어 다니면서, 익혔던 지형들도 볼 겸 그때를 추억하고 싶었다.

"저만 따라 오십시오. 저도 자계 갑니다."

여자가 옆의 여성에게 자계 가는 버스를 묻자 친절하게 안내했다. 공설운동장을 뒤로 하고 시내버스는 자계를 향해 가다가 터널로 들어갔다.

"이 버스 자계 가는 거 아닌가 봐요…?"

"맞습니다."

"그럼, 장신동에서 자계로 넘어 다니던 장계고개는요…?"

"장계고개는 이 터널 위에 있어요. 터널이 1971년도에 개통한 걸로 아는데 그러고 보니…, 호랑이 담배 피우던 시절 얘기네요."

"그랬군요. 그땐, 장계고개를 넘어 다니면서 꿈을 키웠는데…."

여자는 산골에서 태어나 가장 멀리 가 본 곳이래야 4㎞ 밖인 면소 재지 5일 장이었다. 언니들이 3명이나 되었으니 위 언니들이 차례로 받아 입은 옷이 여자에게 넘어올 때쯤이면 천이 낡아서 구멍 날 직전 이다. 하지만 예쁘게 옷을 만들어 주던 큰언니가 시집을 가자 위 언니 들이 옷을 쉽게 벗어주지 않았다. 어느 날 어머니가 처음으로 장에 여 자더러 가자고 했다. 근사한 기와집들과 지붕을 함석으로 덮은 집들 을 보니, 초가집만 보던 여자는 딴 세상에 온 것처럼 어리둥절했다. 그 날 처음으로 새 옷도 샀다.

여자가 중학교 2학년 여름방학 때였다. 대학을 졸업하고 미션에서 고아원 원장을 하던 큰오빠가 불혹의 나이로 보이는 총무라는 직원 한 명을 대동하고 왔다. 총무는 쇠고기 통조림과 비스킷, 초콜릿 그리 고 분유와 치즈, 버터 그 외도 여러 가지 과자가 들어있는 박스를 선 물로 내놓았다. 미제라고 했다. 하지만 여자는 이런 미제들을 초등학 교 때 이미 먹어본 경험이 있었다.

한국전쟁 후, 미국에서 보내온 구호물자들이 면으로 통해서 각 마 을로 분배되거나 아니면 헬기가 직접 시골구석까지 전달해 주었다. 처음 헬기가 강변 모래사장에 착륙하자 주민들이 구경하느라 달려갔었는데, 여자의 어머니는 헬기를 구경하겠다고 있는 힘을 다해 달려 1등을 했다. 그런데 생각지도 않았던 미제 구제품까지 받았으니, 그 후로는 헬기만 떴다하면 주민들이 너도나도 있는 힘을 다해 뛰었다. 여자는 달리기에 능한 어머니 덕분에 미제 껌과 비스킷, 초콜릿은 물론이고 분유와 버터도 그때 이미 다 맛을 봤다.

여자가 미션시에서 유학할 당시만 해도 한국전쟁으로 인해 부모를 잃은 고아들로 고아원들마다 포화상태였다. 거리를 떠도는 양아치들도 수두룩했다. 이렇게 전쟁으로 인해 후유증을 앓던 나라였으니 당연히 선진국에서 오는 구호물자야 말로 엄청나게 귀한 것들이었다. 어머니는 그런 귀한 것을 원아들에게 줄 것이지 가지고 왔느냐고 나무라면서도, 온 동네사람들을 불러 모았다. 안 그래도 객지에서 큰오빠가 오는 날이면 우물 밖의 소식을 듣기위해 밤만 되면 모여 들던 동민들이 그날은 더 많았다. 이미 마당에는 멍석을 깔고 군데군데 모깃불까지 놓았다. 어머니는 맛보겠다고 애걸하는 자식들의 청도 다 뿌리친 채 결국 미국 구제품을 동민들 앞에서 개봉했다.

오빠는 그날뿐 아니었다. 가끔씩 그렇게 왔다 가곤했다. 그런데 오빠만 다녀갔다 하면 마구간에 있던 소들의 수가 줄어들거나 논 아니면 밭뙈기가 남의 소유로 넘어갔다. 여자는 몹시 궁금했다. 큰오빠가 시골에서는 유일하게 대학을 다녔지만 그리 큰돈을 가지고 간 적이 없었다. 입학금과 학비는 장학금으로 충당하고 생활은 입주 가정교사로 해결했던 것이다. 그런 오빠가 졸업과 동시에 고아원 원장으로 취직이 되었으니, 월급을 받으면서도 부모 잃은 전쟁고아들을 키우고 가르치는 좋은 일까지 겸한다며 어머니는 동네방네 얼마나 아들 자랑을 했던가. 평소에도 어머니는 네 큰오빠가 대학을 졸업하고 취직만 했다하면 너희들은 무조건 다 대학까지 공부시켜 줄 것이다. 그러니 네 큰오빠가 잘 되어야 한다. 네 아버지도 돌아가시고 안 계신데 앞으로 고생하지 않고 살아가려면 대학까지는 마쳐야 취직을 하지. 땅뙈기 있어봐야 농사지을 사람도 없지만 설사 농사 짓겠다고 나서는 자식이 있다 해도, 사람대접도 못 받으면서 한평생 고생만 하는 농사일을 시킬 부모가 어디 있겠나. 어머니는 큰오빠가 집안의 살림을 축낼 때마다 변명을 늘어놓곤 했다.

여자가 3학년 여름 방학을 맞이했을 때다. 상급학교에 진학하는 친구들은 방학 동안에도 학교에 나가 공부를 했지만, 여자는 이미 상급학교 진학을 포기한 상태라 어머니가 재배한 수박과 참외밭을 지키면서 아침저녁으로는 소고삐를 몰고 꼴을 뜯어 먹이러 다녔다. 그 방학 기간에 형제원에서 지내는 둘째오빠가 오랜만에 고향을 방문했다. 그는 대학시험에서 장학생이 되려면 수석을 해야 한다는 목표를 세웠기 때문에 시간을 허비하지 않으려고 고향과는 거의 인연을 끊고 살았다.

그날 마침 큰오빠도 총무와 같이 왔다. 큰오빠는 구제품을 절대로 사사롭게 사용하지 말라고 엄명을 내렸기 때문에 그걸 들고 오는 날이면 총무가 동행했다. 둘째오빠는 큰오빠 일행을 보자마자 다짜고짜 비아냥거렸다. 또 형제원에 양식이 떨어졌군요! 하지만 날 미끼로 이건 너무 지나치지 않아요! 생판 모르는 전국 깡패새끼들은 다 모아놓고서는 자선사업! 쳇 웃기지 말라지. 자선사업이 무슨 애들 소꿉장난인줄 아나? 놈들을 어렵게 먹여 살려놓아 봤자야. 놈들의 머릿속에는 어떻게 하면 남의 호주머니 속에 든 거 꺼내 먹나 하는 생각들뿐이라고, 그동안 형님이 형제원의 원장이랍시고 야금야금 팔아먹은 토지만도 만만찮은데, 언제까지 구멍 난 독에 물을 부을 작정이세요! 뱁새가 황새 따라가려면 가랑이가 찢어진다는 말도 못 들어봤어요? 그놈의 원장이 그렇게도 좋은가! 했다.

그날 두 오빠 사이에는 결국 주먹다짐까지 일어났다. 그 다툼 중에 큰오빠는 몇 번 연거푸 네가 알면 얼마나 안다고 형을 함부로 판단해! 라며 작은오빠를 질타했다. 결국 큰오빠에게 얻어맞은 둘째오빠는 감정을 억누르지 못하고, 눈물로 말리는 어머니의 청도 거절한 채 한 치 앞도 보이지 않던 어둠속으로 사라져갔다.

이튿날, 큰오빠가 떠나기 전 아침 식사를 하는 자리에서 총무가 운을 뗐다. 여자가 미션시에 있는 여자고등학교로 진학을 했으면 좋겠다는 것이었다. 여자는 그 순간 자신의 청각을 의심했다. 아예 포기해 버릴 수밖에 없었던 진학, 꿈에서라도 한 번 이뤄진 적이 없었던 오로지 환상 속에서만 존재했던 진학의 꿈이 여자 앞에 버젓이 현실로 도래할 것이라고 감히 상상이나 했겠는가. 그 아침에 식탁 앞에 앉았던 어머니도 오빠도 그리고 시집 간 두 언니 말고 동석한 언니 한 명과 남동생 두 명까지 있는 자리에서 그 일은 곧 현실로 부화되는 역사적인 순간이었다. 큰오빠의 식사를 책임지는 조건으로 여자는 그 순간부터 진학을 위해 최선의 노력을 경주했다. 언제나 그랬듯이 큰오빠가 가고 3일 후 어머니가 가장 아끼는 논이 남의 소유로 넘어갔지만 여자는 아무런 의미를 부여하지 않았다. 단지 어머니가 입버릇처럼 말해왔듯이 네 큰오빠만 잘 되면 너희들은 다 대학까지 공부할 수 있다, 라는 말만이 여자의 귓전에 머물러 있을 뿐이었다.

"저는 여기서 내립니다. 그럼…"
"벌써 자계군요!"
여자는 여성도 자계 간다던 말을 떠올리며 무작정 따라 내렸다. 이미 차창 밖으로 보던 자계가 화려하게 변신한 모습에 어리둥절했다. 55년 전 산골 소녀가 처음으로 대도시 미션시에 도착했을 때도 마찬가지였다. 오빠와 같이 왔던 총무가 집에 도착하자마자 복순아! 입학시험 날 맞춰서 오겠다던 내 편지 받았지? 내일 아침 일찍 우리와 같이 가자! 했다. 여자는 가슴이 뛰었다. 어머니 말이 제일 먼저 떠올랐다. 네 큰오빠만 잘 되면 너희들 모두 다 대학까지 시킬 것이다. 그때 이미 둘째오빠와 본동은 물론이고 주변 마을에 거주하는 몇몇 남자학생들까지도 소위 큰오빠 백으로 형제원에서 합숙하면서 유학을 하고 있었다. 도회지 자녀들은 학비만 해결되면 마음대로 학교를 골라 다닐 수 있다. 하지만 농촌학생들은 학비와 숙식비까지 이중고에 시달릴 수밖에 없다보니 대부분 진학을 포기했다. 그러니 여자는 어머니를 예언자랄 수밖에. 다른 집 자녀들까지 고등학교는 물론이고 대학까지 다니도록 도와주는 큰오빠였기 때문이다. 여자는 총무가 모는 낡은 미군용 지프차 안에서 도회지에서, 문화적 혜택을 누리며 살 것을 상상하면서 얼마나 기뻤던가.
총무는 화려한 미션 시내를 다 지나 마지막으로 장계고개를 넘었다. 거기서부터 한참 동안 판자촌을 지나 도로변에 있던 자계초등학교를 등지고 골목길로 들어갔다. 초가들이 옹기종기 모여 있었다. 총무가 차를 세운 곳은 앞에는 내가 흐르는 기와집 뜰이었다. 셋방을 놓을 수 있을 정도의 농가이니 좀 사는지 기와를 얹은 위채가 매우 덩그렇다. 하지만 오빠가 사는 뜰아래채는 초가였다. 여자의 실망은 이만저만이 아니었다. 고향마을처럼 밤에는 개짖는 소리가 간간이 났고 새벽에는 수탉이 홰를 치는 농촌이었기 때문이다.

여자가 자다가 깨어났다. 하지만 고향의 분위기를 그대로 느끼면서 화장실을 찾아 나섰다. 비로소 다른 환경임을 발견하고서야 고향을 떠나왔다는 사실을 깨달았다. 서러움이 울컥했다. 내가 이런 곳에 오려고 정든 집과 가족들까지 떠나 왔나! 여자는 어제 저녁에 총무가 일러주던, 고향의 화장실과 별반 다를 바 없는 곳에서 볼일을 보고서야 오빠의 귀가가 궁금해졌다. 벌써 부엌방에서 나와 마루를 사이에 두고 반대편에 있는 오빠 방으로 살금살금 걸어갔다. 인기척이 없었다. 아니나 다를까. 마루 아래를 살피니 큰오빠의 구두가 보이지 않았다. 갑자기 무서움이 엄습했다. 아무도 없는 곳에 혼자 버려졌다는 생각이 들었다. 저녁밥은 오다가 시내 제과점에서 총무가 여자를 위해 사 준 빵으로 해결하겠다고 하자, 큰오빠는 형제원에 들려 둘째오빠를 데리고 오겠다는 말을 남기고 총무와 같이 나갔다.

여자는 부랴부랴 어둠속을 더듬거리며 방으로 되돌아와 전등불을 켰다. 어둠이 흔적도 없이 지워졌다. 고향과 매한가지인 시골풍경이라 실망했지만 어둠침침한 호롱불과 호야 불 대신 전등불을 보는 순간 자계도 미션 시내로 인정하지 않을 수 없었다. 탁상시계를 보니 11시 45분이다. 여자는 을씨년스러움을 달래며 무료하게 앉아서 귀를 쫑긋 세우고 바깥소리에만 집중했다.

사이렌 소리가 요란스럽게 들려왔다. 여자는 처음 듣는 소리라 깜짝 놀랐다. 자정이 되면 통행금지 시간을 알리는 사이렌소리가 난다는 사실을 이미 알고 있었지만 직접 듣기는 처음이었다. 오빠는 형제원에서 자나? 그러면 잔다고 말이라도…. 여자의 생각이 아직 채 끝나지도 않을 즈음 주인집 개가 자지러지게 짖었다. 곧 개는 헛것이라도 본 걸까? 짖기를 딱 멈췄다. 간간히 멀게 가깝게 들리던 차량소리도 사이렌이 울고 나자 신기할 정도로 주위는 조용했다.

그때 밖에서 복순이 안자니? 반가운 총무의 음성이었다. 여자가 재빨리 방문을 열자 방 안의 불빛이 앞서 나가 어둠을 치웠다. 둘째오빠와 총무가 큰오빠의 팔을 양쪽에서 각각 부축하여 막 마루로 올리는 중이었다. 이내 쿵! 하는 소리와 동시에 큰오빠의 몸이 마루에 큰 대자로 뻗었다. 여자는 둘째오빠를 보자 너무 반가워 무슨 말부터 꺼내야 할지 망설이는데, 순이 너도 고생께나 하겠다! 라는 말을 남긴 채 쏜살같이 어둠속으로 사라졌다. 여자는 몹시 서운했다. 그래도 그렇지 이 먼 곳까지 온 동생한테 반가워할 기회도 주지 않다니! 여자는 둘째오빠가 원망스러워 눈에서 눈물이 왈칵 쏟아졌다. 그 이후로 큰오빠의 이런 모습을 보는 일은 다반사였다. 그래도 어머니한테 보내는 편지에는 걱정 끼치는 내용은 절대로 쓰지 않았다.

여자가 금여자상업고등학교에 입학을 하고 한 달 반 정도 지난 어느 토요일 저녁때 둘째오빠가 왔다. 그의 손에는 아직 따끈따끈한 찐만두와 찐빵이 들려있었다. 먹으라며 여자 앞에 푸짐한 꾸러미를 풀어헤쳤다. 여자의 눈에서 어느 사이 눈물이 주룩 흘렀다. 오빠한테 들키지 말아야 되겠다는 생각으로 부엌으로 달려가 눈물을 닦고는 상과 젓가락을 들고 들어왔다. 둘째오빠는 여자와 같은 해에 대학입학 시험에서 목표한 법학과 수석 자리를 거뜬히 달성했다. 드디어 큰 회사의 사장 댁으로 원하던 입주 가정교사 자리를 얻어 그 지긋지긋한 형제원을 나가게 되었다고 했다. 오빠는 이제부터 온돌도 없는 그 험한 판자건물에서 벌벌 떨면서 지나지 않아도 된다. 그리고 거슬거슬한 꽁보리밥과 소금으로 반찬 삼던 대신에, 흰 쌀밥과 고기는 물론이고 온갖식품으로 요리한 반찬들로 맛있는 식사를 할 수 있으니 오빠로서는 너무나 잘된 일이다. 하지만 어쩌면 오빠를 영영 볼 수 없을지 모른다는 생각이 여자를 좀 슬프게 했지만, 그 정도는 얼마든지 참아야 한다고 각오했다.

"그럼, 고향이 자계인가요?"

"그랬으면 얼마나 좋았겠어요!"

"그럼…?"

"그때는 시골이었는데…, 가장 기억에 남는 건 장계고개를 넘으면 곧 바로 판자촌이었다는 겁니다. 한국전쟁 후라 여기저기서 모여든 피란민들이나 또 벌어먹고 살려는 사람들이 도시로 몰려들다보니, 자재가 싼 판자를 이용해서 집을 짓는 것이 제격이었을 겁니다. 위치도 도시가 가까우면서도 장계고개를 넘으면 농토라 당연히 땅값도 쌀 테니 그만한 적지가 없었겠지요. 그 판자촌을 한참 지나야 원주민인 농민들이 사는 마을이 나왔어요."

여자가 아무리 둘러봐도 옛날 자계는 흔적마저 발견할 수 없었다. 고층빌딩들이 틈새 하나 없이 빽빽하게 들어 찬데다가 화려하게 장식된 간판들마저 여자를 어리둥절하게 만들었다. 그 당시 미션시의 중심지 보다 훨씬 더 번화하게 변한 게 눈이 부시고 어리어리해서 어디가 어딘지 전혀 분간이 안 갔다. 여자 생각에는 자계에 오면 그동안 변하여 본 실체는 없어졌다 해도 그 흔적들이라도 남았을 것 같았던 것이다. 그런데 전혀 딴판이다.

"그때는 자계가 농촌이었으니, 아무래도 인심이 좋았겠어요?"

"글쎄요…?"

여자의 학교는 장계고개를 넘어서도 한참을 더 갔다. 형제원 총무가 입학원서를 가지고 시골집으로 왔을 때 말했다. 대학도 당연히 가고 싶겠지? 그러니 여자상업고학교에 들어가는 게 좋을 것 같아. 그래야 취직을 할 거고 야간대학이라도 갈 게 아니니. 지금부터는 네 꿈은 네가 이뤄야 한다고 각오를 해야 하는 거야. 그러니 여상에서 주산을 잘하면 은행에 취직을 할 수 있을 거야. 그렇게만 되면 그때부터는 네가 하고 싶은 것은 다 이룰 수가 있단다. 미션 시에는 야간대학도 있어. 총무의 조언이 세상 물정모르는 여자에게 길잡이가 되어 주었다. 1학기 말에 교내 주산대회가 열렸다. 여자는 1학년 전체에서 2등을 하는 바람에 주산선생한테 인정을 받아 주산부에 들어가서 훈련받을 기회를 얻었다. 주산 부 학생들은 방과 후에 남아서 주산연습을 했다. 주산선생이 얼마나 지독하게 훈련을 시켰으면 호랑이 할머니로 통했다. 여자가 1학년 2학기 처음으로 주산부에서 연습을 하는 날이었다.

전등불을 켜고 주산연습을 하다 보니 시간이 얼마나 지났는지 몰랐는데, 연습을 마치고 교실 밖으로 나오니 캄캄했다. 하지만 학교 위치가 높은 곳이라 넓은 시내가 한 눈에 들어왔다. 어둠을 밝히는 불빛이 전등의 색깔에 따라 제각기 다른 색을 연출하는데 꼭 꽃밭 같았다. 아침에는 시내버스 비를 아끼려고 5km를 걸어서 등교를 했다. 하지만 총무가 미리 언질을 했다. 너가 주산부라서 연습을 늦게까지 하면 밤일 테니 절대로 걸어올 생각은 하지 말거라. 라며 버스회수권을 미리 사주었다. 여자는 다른 학생들을 한참 앞질러 잰걸음으로 평지에 도달하자 시내버스 정류소를 향해 뛰었다. 늦은 시간이라 그런지 그렇게도 꽉 차던 버스 안이 헐렁했다.

여자는 남은 좌석을 찾아 뒤쪽에 앉았다. 곧 여자 뒤로 교복을 입은 남학생 두 명과 그 다음에는 헌칠한 청년이 따라 올라왔다. 차장이 그 청년의 앞을 가로막으면서 차비 내고 들어가십시오! 라며 오른손을 내밀었다. 하지만 그 청년은 들은 척도 않고 성큼성큼 통로를 향해 걸었다. 마침 여자의 시선이 그 청년의 얼굴에 닿았다. 순간 깜짝 놀랐다. 둘째오빠였기 때문이다. 비단 그뿐만이 아니었다. 오빠의 얼굴을 보는 순간 입이 아예 봉해지고 말았다. 그때까지 오빠의 그런 표정을 본 적이 한 번도 없었다. 잔뜩 경직된 얼굴에는 분노의 빛이 역력했다. 과연 누구를 향한 분노인지? 감히 그 누구도 접근할 수도 또 항변할 수도 없을 만큼 예리한 시선을 분출하고 있었다. 주어진 권한으로 기세등등하게 차비를 받겠다는 일념으로 뒤쫓던 차장의 기세가 쏘아보는 둘째오빠의 시선에 감전된 듯 걸음을 딱 멈췄다. 여자도 오빠의 그런 모습을 보는 순간 겁에 질려 떨리는 손으로 오빠의 몫인 회수권 한 장을 차장 앞으로 내밀면서 낮은 어조로 내가 대신 낼게요. 했지만, 차장의 몸은 이미 망부석처럼 굳어있었다. 한참만에야 차장이 가까스로 정신을 차렸던지 기어들어가는 소리로 오라이… 했다.

여자는 버스에서 먼저 내려 둘째오빠를 기다렸다. 책 한권을 옆구리에 낀 오빠가 차에서 내리더니 여자를 본 척도 않고 앞질러 갔다. 오빠가 어쩐 일로 집엘 다 오고! 여자는 너무 기뻐서 오빠의 뒤를 잰걸음으로 쫓았다. 하지만 오빠의 걸음이 어찌나 빠르든지 눈 깜짝할 사이에 여자의 시야에서 사라졌다. 언제나 통행금지 시간이 가까워서야 집으로 돌아오는 큰오빠인지라, 둘째오빠 보다 앞서 가서 문의 자물쇠를 열어야 한다는 생각에 걸음을 재촉했다. 초등학교가 있는 도로 주변은 가로등불이 밝았는데, 골목길로 접어들수록 점점 어둠이 짙었다. 여자는 예배당 건물 하나를 지나 마을 중앙을 가로지르는 내를 따라 걷기 시작했다.

학교에서 집으로 돌아오는 시각이 이렇게 늦은 건 처음이었다. 그전에는 밤길이 이토록 어둡고 인적까지 일찍 끊어져 으스스하다는 사실도 전혀 몰랐다. 시골이라도 고향에 있을 때는 마을 사람들이 저녁밥을 먹고 나면 또래 별로 모여 환담을 즐기다가 잠자리에 들곤 했다. 여기는 도시나 마찬가지라 더 오래 사람들이 벅적거릴 줄 알았다.

여자는 시골보다 오히려 더 적막한 분위기를 처음으로 접하자 무척이나 당황스러웠다. 무엇에 쫓기듯 걸음을 재촉하면서도 혼자 가 버린 오빠가 원망스러웠다.

좀 가다가 한적한 방천길로 접어들었다. 그런데 시꺼먼 물체들이 방천 아래서 기어 올라와 순식간에 여자를 에워싸는 게 아닌가. 어둠속에서도 사람이라는 것을 금방 알아차렸다. 벌써 한 명이 번개처럼 여자의 책가방을 낚아채갔다. 그 중에 두 명이 여자 앞으로 바싹 접근하더니 가진 것 다 내놔! 했다. 소년 목소리 같았다. 자계는 보통 시골과는 달라. 시골에는 대문이 있어도 열어두지만 이곳에는 어두워지기도 전에 벌써 대문 걸어 잠그기에 바쁘다니까. 그리고 여자 아이들은 두 말할 것도 없지만, 남학생들이나 어른들까지도 밤에 다니다가는 봉변을 당하는 아주 무서운 곳이 자계야. 이런 말은 우리끼리만 하는 비밀이지만, 저쪽 판자촌에는 고아원만 해도 무려 다섯 개나 돼. 거기에 수용된 원아들이 한창 먹을 시기에 배를 다 채우지 못하니, 밤만 되면 철통같이 단속을 하는데도 그 높은 담장을 넘어 나와서는 쓰리에 강도질까지, 그러니 상점들도 다 일찍 문을 닫아. 너도 조심 또 조심! 알았지?!라며 주인집 언니가 언젠가 일부러 불러 낮은 어조로 엄중하게 당부까지 했었다.

여자가 다니는 학교에도 원생들이 있긴 해도, 교복차림이라 다른 학생과 별반 다른 걸 느끼지 못했으니 예사롭게 듣고 넘겼다. 하지만 여자가 막상 밤길에서 경험을 하고서야 언니의 말을 귀담아 듣지 않았던 걸 후회했다. 여자는 너무 갑작스럽게 당한 일이라 어떻게 해야 할지 먹먹해하고 있을 때였다. 그 두 명이 퍽 소리와 동시에 쓰러졌다. 정말 눈 깜짝할 사이에 일어난 일이었다. 이어서 다른 물체들은 각각 흩어져 도망치기 시작했다. 이성적으로는 전혀 이해가 안 갔다. 이어서 그런 여자 앞에 또 다른 이상한 일이 벌어졌다. 전혀 다른 정체불명의 한 물체가 나타났던 것이다. 어둠 속이지만 둘째오빠란 걸 단번에 알아차렸다. 그러면 그렇지, 여동생을 지키기 위해 계속해서 오빠는 따라오고 있었던 거야. 눈시울이 갑자기 뜨거워지는가 싶더니 금방 촉촉이 젖었다. 어느덧 여자 주변에는 이미 아무도 없었다. 여자는 되돌아온 가방을 들고 뛰기 시작했다.

"여기까지 온 김에 주인집은 꼭 찾아보고 가야 하는데…!"

"원래부터 임대인과 임차인은 서로 간 이권이 걸려있어서 그다지 좋은 사이는 못 되거든요. 그런데도 오랜 기간 주인집을 못 잊는 걸 보니…?"

"네, 맞아요. 그 집 언니가 아니었으면 전 졸업을 못했어요."

여자는 여고 두 번째 추석날도 큰오빠의 셋방에서 보냈다. 여름 방학을 고향집에서 보내고 왔기 때문에 명절을 쇠겠다고 또 고향까지 갈 수는 없었다. 큰오빠는 고향에 갔고 둘째오빠는 형제원에서 보내기로 했다는 것이었다. 그런데 하필이면 여름 장마철에 오던 태풍이 명절날 올게 뭐람. 마침 그날 열대저기압등급 중 최고인 5급이라는 엄청난 위력을 가진 제14호 사라호 태풍이 많은 비와 바람을 동반하여 남해안에 상륙하여 동해상으로 북상하면서 전국적으로 피해를 입혔다. 무척이나 무섭고 긴 날이었다.

하늘이 구멍이라도 뚫린 듯 쏟아지는 비와 그에 뒤지지 않겠다는 듯, 불어대는 바람이 지면에 존재하는 그 무엇도 다 휩쓸어갈 기세로 보였다. 결국 몇 시간 안 가 홍수가 방천을 넘어섰다. 그 바람에 여자가 살던 셋집으로 점점 물이 기어오르기 시작했다. 그때 여자는 노아시대처럼 세상을 물로 심판하는 게 아닌가. 라는 생각까지 했다. 하지만 다행히 그날이 다 지나가기 전에 사라호 태풍은 많은 인명과 재산 피해를 입힌 채 한반도를 통과했다. 다행히 위채는 방천에서 더 멀리 떨어져있기도 했지만 지형이 높아서 거기까지는 물이 올라가지 못했다. 10시간가량 쏟아진 비와 바람이 얼마나 거세었으면 내를 따라 각종 농작물과 살아있는 짐승들이 떠내려 왔을까. 각종 농작물에 섞여

강아지와 닭들이 질식한 채 방천 둑 너머로 홍수에 휩쓸려 여자의 셋집 주변으로 둥둥 떠 다녔다. 흑 돼지 한 마리는 주둥이를 한사코 수면 위로 쳐들고는 떠밀려 가는가 하면, 뱀이 나무 가지 위에 똬리를 틀고 물살에 떠내려가는 광경을 보자 삶에 대한 애착은 짐승도 사람에 못지않다는 생각을 들게 했다.

여자가 살던 셋집은 그 날 밤 결국 무너졌다. 흙담으로 쌓은 집이라 아래가 물에 젖자 결국 위의 무게를 이기지 못하고 흐물흐물 물러앉았다. 다행히 여자는 주인집의 배려로 언니 방에서 잤고, 걱정스러워 태풍 속을 뚫고 돌아온 큰오빠는 형제원의 판자건물이 날아가고 망가지는 바람에 원생들과 같이 지냈기 때문에 피해를 면했다. 신문과 라디오는 연일 사라호 태풍으로 늘어나는 전국적인 피해만 보도했다. 큰오빠는 그날부터 비상근무에 들어갔다. 판자로 건축한 형제원 건물을 재건하느라 밤낮으로 그곳에서 원생들과 지냈다.

여자는 더 이상 버틸 여력이 없어서 공부를 포기하고 고향으로 가려고 짐을 꾸렸다. 안 그래도 고향이 강변이라 여름만 되면 홍수의 범람으로 마을 전체가 곤욕을 치른다. 그런데 큰 태풍의 피해로 농토가 다 수몰되면 공부를 계속한다는 건 무리다. 그동안 고향에서 보내던 농산물도 보낼 수 없을 것이기 때문이다. 여자가 짐을 다 챙겼을 때 같은 학교선배인 주인집 언니가 네 먹는 식량만 어머님께 좀 보내 달라 하고 내 방에서 나와 함께 지내자고 했다. 여자는 이미 모든 의욕이 떨어진 상태라 건성으로 들어 넘긴 채 고향으로 향했다.

고향은 여자가 상상했던 것 보다 훨씬 더 처참했다. 밭은 대부분 제방 밖에 있어서 거의가 다 수몰상태였다. 논농사 역시 제방이 터지는 바람에 모든 벼가 홍수에 잠겼고, 제방 밖 모래땅이 재배적지인 땅콩이나 김장용 무와 배추는 물론이고 고구마 그 외도 여러 가지 콩류까지 수몰된 현장을 보자 여자는 학업을 중단한 것을 잘한 일이라고 생각했다. 그러나 어머니 생각은 달랐다. 지금까지는 네 오빠를 믿었지만 이제부터는 내가 너의 학비를 책임진다. 그러니 곧 바로 돌아가거라. 네 주인집 어른들도 고맙지만 그 집 딸이 정말 고맙다. 넌 그 은혜를 잊지 말고 꼭 갚아라! 했다.

"꼭 언니 집을 찾고야 말 겁니다!"
"그럼, 저는 여기서 인사하겠습니다. 찾는데 성공하시기 바랍니다."
"아, 네. 지금까지 집 찾는 것까지 도와주시고, 정말 고마웠습니다."
여자는 여성과 헤어지자 갑자기 마음이 조급해져서 허겁지겁 발걸음을 재촉했다. 다행히 도심을 가로지르는 큰 도로가 55년 전의 형태가 분별이 가능하여, 거기를 시점으로 옛날의 기억을 더듬어 나가다가 어느 순간 까마득하면, 또 다시 기억이 남아있는 처음 장소로 돌아가기를 벌써 여러 번 반복했다. 그런데 여자를 이런 막막함에서 구제한 건 친구의 전화였다. 왜 오지 않느냐는 것이다. 그때서야 동기동창회에 참석 중이었다는 사실을 깨닫고는 허둥지둥 버스 정류장을 찾아가다가 비로소 심한 갈증을 의식했다. 마침 가까운 곳에 대형마트가 있어서 생수를 사기 위해 들어갔다. 열 명 가까이 되는 남녀가 계산대 뒷면 벽에 설치된 텔레비전을 시청하느라 시선을 집중하고 있었다. 화면에는 활짝 웃는 남북정상과 그들과 동석한 양측 관계자들의 모습들이 생중계되는 중이었다.

"생수 한 병 주세요!"

"그냥 꺼내 마시세요! 같은 민족끼리 68년간이나 핵무기도 개의치 않고 위협하던 적이 아닙니까. 그동안 우리 모두는 통일을 얼마나 손꼽아 염원했는데요. 그런데 오늘 남북의 두 정상이 손을 맞잡았어요! 이 역사적인 순간에 생수 한 병 못 쏘겠습니까! 여기 계신 분들께도 똑같이 쏘겠습니다!"

마트 여주인은 흥분을 감추지 못했다. 텔레비전 화면의 생방송 장면을 놓치지 않고 보도하느라 아나운서와 해설자의 말이 무척 빨랐다. 여자는 버스 정류장을 향해 가면서도 줄곧 생각에 잠겼다. 55년 전 한국전쟁으로 인한 분단의 희비애락을 몸소 겪었던 이곳 자계에서, 비핵화로 가는 평화통일의 첫 발을 내딛는 남북정상회담의 장면을 생방송으로 보게 된 게 우연으로 치부해 버리기에는 너무나 감회가 새로웠다.

세계유일의 분단국인 남북한이 세계평화를 가로막고 있다는 사실을 절감하면서도, 아직은 멀고도 험한 길이 가로놓였다고 생각하자 섣불리 단언도, 또 함부로 기뻐할 수도 없을 것 같았다. 그렇다고 포기할 수도 없는 매우 어려운 과제 앞에서, 비단 우리민족뿐 아니라 세계인이 염원하는 일이기에 힘들게 시작된 대화의 물꼬가, 지구촌 곳곳에 완전비핵화가 실현되는 순간까지 끊임없이 이어지기를 여자는 빌고 또 빌었다.

꿈꾸는 사람들

문갑연 소설집

발 행 처 · 도서출판 청어
발 행 인 · 이영철
영   업 · 이동호
기   획 · 이용희
편   집 · 방세화
디 자 인 · 이해니 | 이수빈
제작이사 · 공병한
인   쇄 · 두리터

등   록 · 1999년 5월 3일
(제1999-000063호)

1판 1쇄 인쇄 · 2019년 7월 20일
1판 1쇄 발행 · 2019년 7월 30일

주소 · 서울특별시 서초구 남부순환로 364길 8-15 동일빌딩 2층
대표전화 · 02-586-0477
팩시밀리 · 0303-0942-0478

홈페이지 · www.chungeobook.com
E-mail · ppi20@hanmail.net
ISBN · 979-11-5860-672-5(03810)

이 도서의 국립중앙도서관 출판시도서목록(CIP)은 서지정보유통지원시스템 홈페이지
(http://seoji.nl.go.kr)와 국가자료공동목록시스템(http://www.nl.go.kr/kolisnet)
에서 이용하실 수 있습니다.(CIP제어번호: CIP2019026189)